Katharina Sommer

Tanzen unterm Mistelzweig

Katharina Sommer

Tanzen unterm Mistelzweig

Roman

PIPER

Mehr über unsere Autoren und Bücher:
www.piper.de

Wenn Ihnen dieser Roman gefallen hat, schreiben Sie uns unter Nennung des Titels »Tanzen unterm Mistelzweig« an empfehlungen@piper.de, und wir empfehlen Ihnen gerne vergleichbare Bücher.

ISBN 978-3-492-50300-6

Redaktion: Diana Napolitano
Covergestaltung: Traumstoff Buchdesign traumstoff.at
Covermotiv: Bilder unter Lizenzierung von Shutterstock.com genutzt
Printed in Germany

Für alle, die eine Pause
von der stressigen Vorweihnachtszeit brauchen.

Prolog

Drei Wochen zuvor

Das Blitzlicht der Fotografen blendete mich, während Nicolai mir seinen Arm reichte und wir gemeinsam auf der Treppe posierten. Von dort aus hatten wir einen guten Überblick auf die zahlreichen Gäste, die in der prunkvollen Eingangshalle an kleinen Büfetttischchen zusammenstanden und sich angeregt über die gelungene Aufführung unterhielten.

Über uns. Über mich.

Stolz erfüllte mich, und mein Lächeln wurde noch strahlender. Die langen Abendroben der Damen funkelten im goldenen Kerzenlicht, und die Männer in ihren adretten Anzügen erinnerten mich an eine Armee von Pinguinen. Es berauschte mich, im Mittelpunkt der Aufmerksamkeit zu stehen, und mein Herz flatterte vor Aufregung, obwohl ich eigentlich todmüde sein sollte.

»Ah, da sind ja meine zwei Stars«, rief Troy, der Intendant der Oper, in der unsere Premiere aufgeführt worden war. »Die Menschen sind begeistert.« Seine roten Wangen und die glasigen Augen bestätigten meine Annahme, dass der Gute während der Aufführung vor allem mit Champagnergläsern anstatt dem Ballett an sich beschäftigt gewesen war. Aber Troy war ein netter und lustiger Kerl, auch wenn er mehr den wirtschaftlichen als den künstlerischen Wert des Opernhauses vertrat. Begleitet wurde er von Alexis, unserem Choreografen. Die zwei Männer waren von Grund auf verschieden, weswegen sie sich vermutlich auch nicht sonderlich gut verstanden. In der Liebe hätte es wohl nach dem

Motto »Gegensätze ziehen sich an« geklappt, aber das hätte Troys Frau wohl nicht so gerne gesehen.

»Maddison, mein Engel«, zwitscherte Alexis mit seiner typisch nasalen Stimme. »Ihr habt euch heute selbst übertroffen.« Er küsste die Luft links und rechts neben meinen Wangen. Das Ballett hatte mich schon immer gefordert. Aber seit ich als Profitänzerin an der Oper engagiert war, stand ich unter enormen Druck. Nun den Erfolg vor Augen geführt zu bekommen, erleichterte mich unglaublich.

»Darauf wird jetzt ordentlich gefeiert.« Troy hob sein fast leeres Glas und prostete uns zu, während ich ein Gähnen nur schwer unterdrücken konnte. Das Adrenalin schwächte langsam ab, und der Champagner machte mich müde und erschöpft.

»Danke.« Ich lächelte. Die Aufführung hatte mir meine ganzen Kräfte abverlangt. Sobald der offizielle Teil erledigt war, würden wir zurück in unser Apartment gehen und schlafen, um für die morgige Aufführung ausgeruht zu sein. Troy gegenüber erwähnte ich das nicht, und Alexis und Nicolai wussten ohnehin, wie der Hase im Berufsalltag lief.

Dennoch gesellten wir uns unter die Gäste, ließen uns fotografieren und führten Small Talk, der mich nicht interessierte. Gerne hätte ich nach einem der Brötchen am Büfett gegriffen. Aber die Mayonnaise darauf leuchtete wie ein rot blinkendes Gefahrenschild, und der zu hohe Fettanteil darin schreckte mich ab.

»Du siehst heute übrigens ganz bezaubernd aus«, flüsterte mir Nicolai zu und küsste meinen Nacken. Er roch nach einem betörenden Aftershave und verdrängte damit den intensiven Geruch nach Essen in meiner Nase.

Ich lächelte verhalten. Die Stylistinnen hatten für die große Premiere ganze Arbeit geleistet. Mit dem golden schimmernden Abendkleid passte ich genau in das glitzernde und funkelnde Bild, das das elegante Innere der Oper bot. Die hochhackigen Stöckelschuhe machten mich beinahe so groß wie Nicolai, und ich überragte den kleinen Troy um zwei Köpfe.

»Ich störe unsere Turteltauben nur ungern. Aber ich möchte

eine kleine Ansprache halten. Bitte kommt dafür mit mir mit«, sagte Troy und legte seine Arme um unsere Schultern, wobei er sich so strecken musste, dass der Stoff seines Anzugs gefährlich spannte. Zwar hatte er eine recht schmale Statur, aber um die Mitte herum ließ sich ein Bierbäuchlein nicht verstecken.

»Sehr gerne«, antwortete ich und stellte mein Glas an einem der Stehtische ab.

Troy tapste versehentlich auf den Saum meines Kleides und hätte mich beinahe bäuchlings auf den Boden geworfen. Aber Nicolai fing mich auf. Er grinste amüsiert.

»Huch, Entschuldigung«, rief Troy aus und wurde vor Verlegenheit noch röter im Gesicht. Die knollige Nase glich bereits der von Rudolf dem Rentier – er hätte locker in einem Zeichentrickfilm die Hauptrolle spielen können.

»Nichts passiert«, sagte ich und winkte ab. Obwohl ich Eröffnungsevents normalerweise nicht ausstehen konnte, war ich heute ausgesprochen gut gelaunt. »Geh voraus. Wir folgen dir.«

Ein wenig wacklig auf den Beinen bahnte sich Troy einen Weg durch die Menge. Vom Foyer führten unzählige mit rotem Teppich überzogene Stufen eine Empore nach oben. Dort, wo sich die Treppe teilte und in zwei Bögen in die Galerie hinaufführte, stellte sich Troy nun hin, um von allen gut gesehen zu werden.

»Miss Clark, dürfte ich Sie um ein kurzes Interview bitten?«, fragte mich plötzlich jemand und hielt mich damit zurück. Unentschlossen blickte ich zwischen einem braunhaarigen Mann in den Dreißigern und dem Opernleiter hin und her.

Nicolai war schon ein Stückchen weiter vor mir, um Troy davor zu bewahren, die Balustrade hinunterzufallen.

»Kann das warten?« Nervös sah ich zu Troy, der nun ein Löffelchen gegen den Rand seines Glases schlug und damit die allgemeine Aufmerksamkeit auf sich zog. Der Reporter und ich standen auf halber Höhe der Treppe und waren somit im Blickfeld aller Umstehenden. »Ich kann im Moment nicht.«

Aber der junge Mann schien darin nur einen Versuch zu sehen, ihn vollkommen abzuwimmeln, denn er ließ nicht locker. »Miss

Clark, wie stehen Sie zu den Vorwürfen der sexuellen Belästigung gegenüber Frauen in der Tanzbranche? Ich wurde darüber informiert, Sie selbst hätten genauso mit dem Choreografen Lionel Leroy zusammen …«

Bei seiner Frage begann sich mein Magen unangenehm zu drehen und mir wurde schlecht. Automatisch fuhr ich meine inneren Schutzmauern hoch und blockte ab.

»Dazu werde ich nichts sagen. Bitte lassen Sie mich in Ruhe«, unterbrach ich ihn forsch und wandte mich ab.

In dem Moment griff er nach meinem Arm und drückte eine Spur zu fest zu. »Bitte, warten Sie.«

»Ich habe Ihnen nichts zu sagen«, zischte ich und riss mich los. Da Troy bereits mit seiner Rede begann, wollte ich nicht hier vor aller Augen eine Szene veranstalten. Anstatt nach oben zu gehen, würde ich in der Menge untertauchen, um dem aufdringlichen Journalisten zu entgehen. Hektisch setzte ich einen Schritt nach vorn. Dabei verhedderte ich mich mit dem Stöckel meines Schuhs im bodenlangen Stoff meines Kleids und knickte mit dem Knöchel um. Innerhalb einer Sekunde verlor ich meine Balance. Fahrig versuchte ich, mich zu halten, doch ich griff ins Leere und fiel.

Kapitel 1

Anstatt die Landschaft hinter den Glasfenstern verschwinden zu sehen, wie es bei den New Yorker U-Bahnen mit den grell beleuchteten Bahnstationen der Fall war, starrte mir gähnende Leere entgegen. Mit der Geschwindigkeit einer altersschwachen Weinbergschnecke tuckerte der Bus über die Landstraße – nicht ohne Grund hatten meine Schwester und ich in unserer Kindheit das in die Jahre gekommene Gefährt als Bummelbus bezeichnet. Aber das war kein Wunder, da der alte Busfahrer Barry mehr darauf bedacht war, ein Gespräch in Gang zu setzen, als auf die Straße zu achten. Das Schild *Sprechen Sie nicht mit dem Fahrer* lächelte mir nur mitleidig zu, während ich seufzend aus dem Fenster sah.

»Meine Frau will schon seit Jahren nach New York, aber ich sag ihr immer, das ist nichts für uns. Viel zu groß und voll. Außerdem schmutzig, und die Leute sollen unhöflich sein«, führte Barry Blake seinen Monolog weiter aus.

Auch auf die Gefahr hin, wie ein unhöfliches New Yorker Großstadtgör zu reagieren, zog ich missmutig die Brauen hoch. »New York ist eine ganz zauberhafte Stadt, besonders im Winter.« Small Talk war nicht so meine Stärke, und ich verfluchte meine eigene Wenigkeit dafür, mich so weit vorne hingesetzt zu haben. Die Schuld lag dabei allerdings bei meinen Krücken, mit denen es eine Tortur gewesen wäre, den langen Gang nach hinten zu gelangen.

»Ach, aber Maple Valley hast du doch bestimmt trotzdem vermisst – nicht?«, antwortete Barry und winkte ab. »Die Landschaft und die Weite, so frei kann man sich in New York unmöglich fühlen. Aber das muss ich dir ja nicht sagen, immerhin bist du wieder da. So ist es mit den meisten. Bilden sich ein, in der großen Stadt zum Erfolg zu kommen, und nach einem Jahr sind sie wieder zurück.« Er schüttelte melancholisch den Kopf. »Mit zerplatzten Träumen.«

Ich knirschte mit den Zähnen. »Fünf Jahre«, verbesserte ich ihn.

»Was?« Beinahe etwas überrascht, dass ich mich doch noch mal zu Wort meldete, warf er mir einen kurzen Blick zu. Dabei verriss er das Lenkrad, und ich musste mich an die Armlehne klammern, wobei meine Krücken zur Seite rutschten und klappernd auf den Boden fielen. »Wie schnell die Zeit vergeht.«

»Fünf Jahre war ich in New York, und nach Hause komme ich nicht wegen zerplatzten Träumen, sondern, um mich kurzzeitig von einer Verletzung zu erholen. Lange werde ich nicht hierbleiben.« Das hoffte ich zumindest inbrünstig.

»Schade, schade, das muss man schon sagen. Gerade bei eurer schönen Ranch. Dein Vater hat es nicht leicht. Nur Töchter, und alle gehen weg – wer soll da die Farm übernehmen?«

Darauf wusste ich nicht viel zu erwidern. Nachdem ich bereits mit 16 Maple Valley verlassen hatte, um die *National Academy of Dance* zu besuchen und fortan nur noch die Wochenenden und Ferien zu Hause verbrachte, wohnte meine Schwester Ally wenigstens während ihres Studiums weiterhin bei meinen Eltern. Als sie dieses jedoch vor einigen Monaten abbrach und einen Job in einem kleinen Laden in unserem Dorf begann, zog sie ebenfalls aus. Einzig Jessy, die Jüngste, lebte mit Mom, Dad und unseren Großeltern auf der Ranch. Aber da sie ein Freigeist war, würde auch sie sich nicht mit Maple Valley zufriedengeben und stattdessen in die Welt hinausziehen. Davon war ich überzeugt.

»Im Grunde haben wir doch alle gedacht, du und Adam würdet heiraten und die Ranch fortführen.«

Meine Laune wurde, wenn möglich, noch schlechter. Mein Ex-Freund hatte mir gerade noch gefehlt. Der eine Tag, den wir verlobt gewesen waren, zählte nicht wirklich, und vom Heiraten waren wir damit weit entfernt gewesen. Dennoch war er meine große Jugendliebe gewesen, und folglich würde ich ihn nie ganz aus meinem Leben und meinen Gedanken streichen können. »Ich wollte schon immer tanzen und etwas erreichen«, entgegnete ich eine Spur zu forsch. »Aber glücklicherweise geht es meinen Eltern gut, und sie werden die Ranch noch lange am Laufen halten«, fuhr ich nun etwas versöhnlicher fort.

»Zum Glück. Nicht jeder kann das in dem Alter behaupten.« Und schon redete er die darauffolgenden Minuten ohne viel Beihilfe meinerseits über seine Gesundheit und die Gebrechen des Älterwerdens.

Da außer mir kein Mensch im Bus war – und in den nächsten 20 Meilen in der Einöde vermutlich auch niemand mehr einsteigen würde – machte Barry einen kleinen Umweg und lieferte mich direkt bei der Kreuzung zu unserer Hofeinfahrt ab. Von dort aus musste ich nur ein paar Hundert Meter zum Haus gehen, die für Barry wohl mit dem Jakobsweg gleichzusetzen waren.

»Es tut mir so leid, aber wenn ich mit dem Bus da hineinfahre, kann ich unmöglich wenden. Ich kann dich aber gerne tragen«, bot er an und machte bereits Anstalten, sich abzuschnallen.

»Nein, nein. Das geht schon«, antwortete ich schnell, in der Angst, er könnte sich vor der Haustür dann selbst auf einen Kaffee einladen. Außerdem konnte ich mir gut vorstellen, wie sich meine Schwestern totlachen würden, sollte ich in Barrys Armen über die Türschwelle getragen werden.

»Aber wenigstens die Tasche«, bat er.

Ich schüttelte vehement den Kopf und hob umständlich meine Krücken vom Boden auf. »Auf Wiedersehen, Mr. Blake«, sagte ich zur Verabschiedung und schulterte meine Reisetasche. Das Ding sah einfach unmöglich aus, aber wenn man keine Hand frei hatte, war es eine Lebensaufgabe, mit dem Koffer zu reisen. Daher hatte ich diesen notgedrungen gegen Nicolais überdimensional große Sporttasche ausgetauscht.

»Tschüss, Maddie. Man sieht sich bestimmt die Tage bald wieder«, rief Barry und winkte vergnügt.

»Maddison«, verbesserte ich ganz automatisch, aber er hörte mich nicht.

Zwar waren es nicht mehr als ein paar Hundert Meter, aber als ich mit meinen Krücken über die schlecht asphaltierte Straße humpelte, kam es mir tatsächlich wie das finale Stück des Jakobswegs vor.

Beim Haus angekommen, brauchte ich erst mal einen Moment, um mich wieder zu fangen. Schwer atmend ließ ich meinen Blick schweifen. Eigentlich hatte ich erwartet, meine Eltern im Freien arbeiten zu sehen, aber der Hof war geradezu wie leer gefegt. Am Koppelzaun erspähte ich Cimi und Papagena, wie sie neugierig ihre Köpfe reckten, und ich überlegte, den Pferden einen kurzen Besuch abzustatten. Schlussendlich entschied ich mich allerdings dagegen, da ich noch immer ganz außer Atem war. Ich erklomm die letzten Stufen und öffnete die Eingangstür, die wie üblich nicht abgesperrt war.

»Mom? Dad?«, schrie ich, aber jegliche Antwort blieb aus. »Jessy? Grandpa?« Ich ließ die Tasche auf den Boden fallen und zog meinen Mantel aus. »Grandma? Ist irgendjemand hier?«

Das konnte doch nicht wahr sein. Sie waren nicht zu Hause. Schlimm genug, dass mich niemand vom Flughafen abgeholt hatte. Jetzt war meine Heimreise nicht mal wichtig genug, dass sie mich begrüßten. Verärgert ließ ich mich auf einen Küchenstuhl sinken, um mir eine kurze Verschnaufpause zu gönnen. Wenigstens wurde so niemand Zeuge meines ramponierten Äußeren.

Plötzlich horchte ich überrascht auf und zog die Stirn kraus. War das nicht Musik? Sie schien aus dem oberen Stockwerk zu kommen. Nun doch neugierig hievte ich mich hoch und ging durch das Wohnzimmer auf die Treppe zu. Die Holzdielen knarrten unter dem Gewicht meiner Krücken jedes Mal unangenehm laut.

Als ich es in den ersten Stock geschafft hatte, schnaufte ich wie nach dem Erklimmen des Mount Everest, und ich wischte mir mit dem Ärmel meines Pullovers über die Stirn. Hier oben war die Musik lauter, und ich hatte das Gefühl, mit jedem Schritt näher an die Quelle zu gelangen. Misstrauisch lief ich an den Zimmern meiner Schwestern vorbei und stellte fest, dass der Beatles-Song aus meinem alten Kinderzimmer zu kommen schien. Hatte mich meine Familie vielleicht doch nicht vergessen?

Die Tür war nur leicht angelehnt, und mit dem Fußende meiner Krücke gab ich ihr einen kleinen Schubs, sodass sie nach innen aufschwang. Aber anstatt auf meine Familie zu stoßen, die *Überraschung* schrie, wurde der Blick frei auf einen jungen Mann, der mir den Rücken zugewendet hatte. Genau genommen seinen Knackarsch in Boxershorts.

Ein Einbrecher hat es auf mein Puppenhaus abgesehen, war mein erster Gedanke. *Das kommt davon, wenn man die Tür nie zusperrt*, mein Zweiter. Und erst einen Herzschlag später, begriff ich, dass ein Dieb wohl kaum in Unterhosen meine Kindersachen durchwühlen würde.

Aber da hatte ich schon aufgeschrien. »Hände hoch oder … oder …« Ich begann zu stammeln.

Kurzzeitig überrascht, drehte sich der vermeintliche Dieb um und blinzelte mich irritiert an. Dann verzogen sich seine Lippen zu einem amüsierten Grinsen. »Hände hoch oder was? Erschlägst du mich mit der Krücke?«

Erst jetzt realisierte ich, dass ich das graue Plastikding drohend auf ihn gerichtet hielt. »Wer bist du? Und was machst du in meinem Zimmer?«

Mittlerweile hatte er sich umgedreht, sodass mich sein heißer Hintern nicht mehr ablenken konnte. Nun stellte ich jedoch fest, wie durchtrainiert sein Oberkörper war. Ihm schien es nichts auszumachen, sich so unbekleidet zu geben, und er machte auch keine Anstalten, sich etwas überzuziehen. Lässig strich er sich eine weizenblonde Haarsträhne, die wohl von der Dusche noch ganz feucht war, zurück.

»Barbara hat mir heute Morgen gesagt, dass du zu Besuch kommst. Aber Bobby brauchte überraschend meine Hilfe mit der Futterlieferung, und ich musste unter die Dusche. Daher bin ich noch nicht dazu gekommen, meine Sachen hinüber in den Stall zu tragen. Das erledige ich gleich.« Er zuckte mit den Schultern.

»Barbara«, wiederholte ich den Namen meiner Mutter, als wüsste ich nicht, von wem er sprach. Dabei wusste ich viel eher nicht, warum er sie beim Vornamen nannte. »Wer zum Teufel bist du?«, fuhr ich ihn verärgert an.

»Die Ranchaushilfe, ich habe im Frühjahr hier angefangen.«

»Und warum wohnst du dann nicht im Zimmer über dem Stall oder in Allys?«, entgegnete ich verständnislos.

»Deine Schwester übernachtete an manchen Wochenenden noch hier, und im Stall hat es im Sommer an die 50 Grad, und dein Zimmer hier war immer frei. Barbara hat es vorgeschlagen.«

Einen Moment lang irritierte es mich, dass er offenbar von Grad Celsius und nicht von Fahrenheit sprach, dann schüttelte ich schnell meinen Kopf und konzentrierte mich auf das Wesentliche. »Mrs. Clark«, verbesserte ich ihn mit zusammengebissenen Zähnen leise. »Aber jetzt ist nicht mehr Sommer und es hat auch keine 50 Grad mehr.«

»Aber bald kommt der Winter, und es ist kalt draußen«, gab er zurück. Seine Mundwinkel zuckten. Es schien ihm ganz offensichtlich zu gefallen, mir auf die Nerven zu gehen.

»Und wo sind alle anderen?«, fragte ich, um das Thema zu wechseln.

»Dein Vater ist mit deiner Großmutter beim Arzt. Nur die Gelenke«, fügte er hinzu, als er meinen erschrockenen Gesichtsausdruck sah. »Deine Mutter ist ebenfalls mit in der Stadt, für das Mittagessen einkaufen. Jessy ist in der Schule, und dein Großvater ist in der Nähe von River Blake und repariert Zäune«, gab er mir eine kurze Zusammenfassung. »Und zu dem bin ich übrigens gerade auf dem Weg. Also, du kommst die nächste Stunde hoffentlich allein zurecht?«

»Wolltest du nicht auch gleich deine Sachen in den Stall bringen?«, fragte ich und setzte mich demonstrativ auf das Fußende meines Bettes. Verdutzt kniff ich für einen kurzen Moment meine Augen zusammen. Dann zog ich eine Socke unter der Bettdecke hervor. Er hatte mein altes Kinderzimmer in einen einzigen Saustall verwandelt. »Na großartig.« Meine angespannten Nerven kochten, aber das ignorierte er frech. Solch lässiges Gehabe hatte mich schon immer genervt.

»Machen wir aus dem *Gleich* besser ein Später. Wir sehen uns dann beim Mittagessen«, sagte er nur und lächelte entschuldigend.

Für meinen Geschmack war das Lächeln allerdings viel zu selbstgefällig. Verärgert verschränkte ich die Arme vor meiner Brust und hätte ihm gerne etwas Schlagfertiges geantwortet. Aber aus unerfindlichen Gründen war mein Hals wie zugeschnürt. An der Tür zog er sich noch eine Hose über und schnappte sich ein zerknittertes Karohemd vom mit Kleidung überhäuften Stuhl. Wie ein Holzfäller. Abschätzig sah ich ihm nach.

Sobald er weg war, stellte ich mich ans Fenster und beobachtete, wie er in den Stall ging. Vielleicht sollte ich doch noch die Polizei rufen und den vermeintlichen Dieb stellen. Aber während ich mich so in meinem Zimmer umsah, wurde mir klar, dass er ganz ohne Zweifel hier wohnte. Als er allerdings mit meiner Stute Sansa aus dem Stall zurückkehrte, wurde ich endgültig wütend. Da riss er sich nicht nur mein Zimmer, sondern sogar mein Pferd unter den Nagel. Das bedeutete Krieg.

Kapitel 2

Verärgert musste ich feststellen, dass der Eindringling in meinem Zimmer all meine Ballettposter abgehängt und gegen ein Regal voller CDs eingetauscht hatte. In einem Anflug kindlichen Trotzes hätte ich die Veränderungen gerne mit einem Hammer bearbeitet (Veränderungen gehörten nicht gerade zu den Dingen, die ich gerne mochte), aber da hörte ich glücklicherweise noch rechtzeitig, wie ein Auto im Hof vorfuhr. Da ich mit den Krücken die Gefahr sah, erneut die Treppe nach unten zu fallen, rutschte ich auf meinem Hintern sitzend die Stufen hinunter. Nur gut, dass mich dabei niemand beobachtete. Gleichzeitig mit dem Öffnen der Haustür richtete ich mich wieder auf.

»Maddie?«, rief Mom, als sie die Sporttasche neben dem Eingang stehen sah.

»Hallo.«

»Schatz, du bist schon hier! Was für eine schöne Überraschung. Wie wunderbar. Michael, schau! Maddie ist da.«

»Maddie?«, hörte ich Jessy rufen und keine Sekunde später sprang mich ein kleiner Zwerg an und drückte mich in eine Umarmung. Die Bezeichnung Zwerg passte für die 15-jährige Jessy allerdings nicht mehr ganz. Auch wenn ich sie noch immer gerne als meine kleine Schwester bezeichnete, wurde sie zunehmend zu einer erwachsenen Dame. Sie sah meinem eigenen 15-jährigen Ich unglaublich ähnlich. Die gleichen grünen Augen und Grübchen in den Wangen. Einzig ihre braunen Haare reichten ihr lediglich bis unters Kinn, während mir meine in langen Wellen über den Rücken fielen.

»Nicht so wild. Sie ist doch verletzt«, rügte Mom und zog Jessy von mir weg, um mich selbst zu umarmen. »Es ist so schön, dich zu sehen.«

»Ich freue mich auch«, sagte ich, während Mom sich eine Träne aus dem Auge wischte. Es war viel zu lange her, seit wir uns das letzte Mal gesehen hatten. Aber das Training und die Proben hatten meine ganze Zeit beschlagnahmt.

»Unser Großstadtmädchen«, rief Dad erfreut und stapfte ins Wohnzimmer. »Es ist viel zu lange her.« Er drückte mich an sich. »Mein Gott ist das lange her!«

»Ich war doch zu deinem Geburtstag hier«, hielt ich dagegen.

»Eben, das war im April. Aber so viel zu tun, unsere Ballerina.« Stolz sah er auf mich hinunter. Mit seinen 1,95 war er der Inbegriff eines klassischen Riesen.

»Dann mach ich mich mal ans Kochen. Wir müssen dich ja wieder aufpäppeln«, sagte Mom und kniff mir in die Wange. »Du bist in New York viel zu dünn geworden. Komm mit in die Küche, und setz dich zu mir, dann können wir in der Zwischenzeit reden.« Ich verzichtete darauf hinzuweisen, dass meine Proportionen für eine Ballerina absolut normal waren. Denn Mom liebte es, uns zu verhätscheln wie aus dem Nest gefallene Küken. Ich konnte nur hoffen, Nicolai würde mich wiedererkennen, wenn ich nach meiner Genesung zwanzig Pfund schwerer zurückkommen würde.

»Jessy, bring Maddies Tasche doch schon mal in ihr Zimmer.«

Da kam mir ein Gedanke. »Mom?«, fragte ich und folgte ihr in die Küche. »Habt ihr mein Zimmer, während ich weg war, jemanden anderem gegeben?« Natürlich war die Frage blöd, immerhin war der junge Mann mit den weizenblonden Haaren ganz eindeutig kein Einbrecher. Dennoch wollte ich die Bestätigung aus ihrem Mund hören.

»Ja, bist du Dylan schon begegnet?«

Dylan. So hieß der eingebildete Mistkerl also. »Könnte man so sagen«, murrte ich leise.

»Er ist so eine große Hilfe auf der Farm. Glaub mir, du wirst ihn mögen.«

Das bezweifelte ich zwar stark, aber ich wollte ihr nicht widersprechen. »Woher kommt er? Er ist nicht von hier, oder?«

Unsere Gemeinde glich einem kleinen Nest. Ich hatte Dylan zuvor noch nie gesehen, daher lag es nahe, dass er aus einer anderen Stadt kam.

»Du wirst es nicht glauben, aber manche Menschen zieht es genauso von der Stadt auf das Land. Auch junge Leute«, antwortete Mom und hielt das Gemüse unter den Wasserhahn.

Obwohl ich nicht gerne zugab, dass Dylan mich interessierte, so war dennoch meine Neugierde geweckt. »In welcher Stadt hat er gelebt?«, bohrte ich weiter nach.

»Ich weiß nur, dass er ursprünglich aus Toronto kommt.« Sie grinste. »Woher dieses Interesse? Gefällt er dir?«

Ich wusste nicht, warum ich plötzlich den Drang verspürte, nicht ertappt wegzusehen. Schnell suchte ich nach Ausflüchten. Wobei mir nichts Überzeugendes einfiel.

»Nein, ganz bestimmt nicht«, widersprach ich sofort und schüttelte vehement den Kopf. »Aber ich mache mir Sorgen. Ihr könnt doch nicht einfach so einen Fremden im Haus wohnen lassen. Das ist gefährlich.«

»Das sage ich auch immer, wenn sie die Haustür nie abschließen«, sagte unvermittelt eine Stimme hinter mir, und erschrocken fuhr ich herum. Eine peinliche Vorahnung beschlich mich, und mein Herz flatterte nervös. Nun wäre der richtige Zeitpunkt gewesen, ertappt wegzusehen. Aber ich konnte meinen Blick nicht von seinen faszinierend blauen Augen lösen.

»Hallo, Dylan. Maddie hast du ja schon kennengelernt«, begrüßte ihn Mom mit einem amüsierten Schmunzeln.

Es war klar, dass ihm unser Gespräch nicht entgangen war, und mein Gesicht lief so rot an, wie die Tomate, die Mom eben auf die Anrichte legte.

»Ja, wir kennen uns bereits.« Er wirkte nicht beleidigt, sondern nahm sich lediglich mit einem überheblichen Grinsen ein Glas und füllte es mit Wasser. Die Tatsache, dass er sich davon nicht beeindrucken ließ und sich damit viel erwachsener zeigte, als ich es in meinem ersten Anflug von Arroganz getan hatte, kratzte an meinem Ego. Das war fast noch schlimmer, als wenn er mir eine Szene gemacht hätte. Beschämt senkte ich meinen Blick.

* * *

Es war eine Wohltat, wieder in den Genuss von Moms Kochkünsten zu kommen. Das Abendessen schmeckte vorzüglich, und kurzzeitig konnte ich überdies sogar vergessen, wie elend ich mich eigentlich fühlte. Aufgrund meiner Verletzung wieder hier zu sein, war mit einem riesen Rückschlag gleichzusetzen. Meine Karriere lag fürs Erste auf Eis, und ich hatte Angst, nie wieder tanzen zu können. Zumindest nicht wie früher. Der würzige Geschmack der Bratensoße ließ meine Geschmacksknospen explodieren, und für einen Moment zählte ich keine Kalorien, dachte an keine Tanzschrittabfolgen, die ich mir merken musste, oder an Pressekonferenzen, die mich nervös machten. Das erste Mal seit Langem fühlte ich mich wie eine normale 23-Jährige, die mit ihrer Familie zu Abend aß. Jedoch endete das Hochgefühl abrupt, als das Tischgespräch auf mich zu sprechen kam.

»Aber jetzt erzähl mal, was passiert ist, Maddie«, forderte mich Grandma auf. Sie saß neben mir und tätschelte mir nun den Oberschenkel. Wenigstens nicht das verletzte Bein.

Mir behagte das Thema ganz und gar nicht. Allerdings konnte sie nicht wissen, dass ich die letzten Wochen von nichts anderem geredet hatte und mir langsam der Geduldsfaden riss. Jedes Mal, wenn mich jemand danach fragte, wäre ich am liebsten in Tränen ausgebrochen, und es kostete mich unglaublich viel Selbstbeherrschung, die Fassung zu wahren und meine toughe Fassade aufrechtzuhalten.

»Ich bin die Treppe hinuntergefallen und habe mir dabei eine Sprunggelenksfraktur zugezogen«, sagte ich kurz angebunden. Alle wichtigen Fakten in einem Satz. »Ein Bruch des Außenknöchels meines Fußes«, setzte ich hinzu, als ich nur in fragende Gesichter blickte. Auch für mich waren es früher nur nichtssagende Fremdwörter gewesen, nun waren sie jedoch mein Alltag.

Fraktur. Wenn ich das Wort auch nur dachte, wurde mir schon schlecht.

Eine Woche Liegegips, sechs Wochen Gehgips, dann Sportverbot und eine nervenzehrende Physiotherapie. Die Wochen waren schrecklich gewesen, und ich dankte Gott (und vor allem Nicolai, der mich in der Zeit gepflegt und unterstützt hatte) dafür, dass diese nun vorüber waren. Zwar benutzte ich noch immer die Krücken, um den Knöchel zu entlasten, aber das Gröbste war überstanden, und ich trug nur noch einen elastischen Verband. Lediglich ein paar weitere Routineuntersuchungen beim Arzt, dann konnte ich das Training langsam wieder aufnehmen. Es hörte sich so leicht an. Aber das war es nicht. Ich bemerkte, wie verkrampft ich das Messer in meiner rechten Hand hielt und legte es schnell beiseite.

»Und was bedeutet das für dein Tanzen?«, fragte Jessy, wobei Dad ihr einen bösen Blick zuwarf. Er wusste, dass ich nicht darüber reden wollte.

Aber da mich nun alle gespannt ansahen, fühlte ich mich verpflichtet, zu antworten. »Die Operation ist gut verlaufen und ich darf das Bein langsam wieder belasten. In den letzten Wochen haben sich die Muskeln zurückgebildet, und ich muss mit Übungen anfangen. Innerhalb der nächsten zwölf Wochen sollte ich es wie gehabt voll beanspruchen dürfen.« Zumindest wenn alles gut lief. »Alexis war der Meinung, Zeit zu Hause würde mir guttun und …«, weiter kam ich nicht, denn plötzlich schluchzte ich auf. Die Angst, vielleicht meinen Platz in der Kompanie zu verlieren, schnürte mir die Brust zu, und alle unterdrückten Gefühle brachen wie ein Kartenhaus über mir zusammen.

* * *

So etwas Peinliches. Jetzt hielt mich auch meine Familie für eine Versagerin, deren Träume geplatzt waren, so wie Barry Blake. Ich hatte mich in meinem Bett zusammengerollt. Mein verletztes Bein nur leicht abgewinkelt, wie ein kaputter Käfer. Ich hatte das Gefühl, der mitleiderregendste Mensch auf Erden zu sein (obwohl das absoluter Blödsinn war) und ließ meinen Tränen freien Lauf. Die nächsten Tage über badete ich in Selbstmitleid und verbarrikadierte mich in meinem Zimmer.

Als ich mich Donnerstagabend noch immer nicht wieder gefangen hatte, berief Mom eine Intervention ein.

»So kann das nicht weitergehen«, sagte sie im strengen Tonfall und setzte sich zu mir an den Bettrand. »Tanzen war schon immer dein Traum, deswegen darfst du jetzt nicht aufgeben.« Natürlich hatte sie recht, aber ich brachte einfach kein Wort zustande. »Du musst an deinen Zielen dranbleiben. Was sagt Nicolai zu deinem Unfall? Kommt er uns zu Weihnachten besuchen?«

Ein bitterer Stich in meinem Herz ließ mich zusammenzucken, und ich versteckte die Tränen in meinem Gesicht hinter der Bettdecke. Selbst das Kissen, das ich an meine Brust gedrückt hielt, roch nach Zuhause. Nach einer Mischung aus Waschpulver und Schokolade. Als hätte Mom Kekse gebacken, während der Bettüberzug auf dem Wäscheständer trocknete. Aber auch Kakao und Kekse vermochten das Loch in meiner Brust nicht zu füllen. Ich vermisste Nicolai.

»Wir haben uns getrennt«, murmelte ich leise in mein Kopfkissen und schloss die Augen. Ich schmeckte salzige Tränen auf meinen Lippen. »Vorübergehend und in Freundschaft.« Aber es tat trotzdem weh.

Für einen Moment wusste auch Mom nichts zu erwidern, dann rüttelte sie an meiner Schulter. »Schluss damit. Ab jetzt wird nach vorne geschaut. Ich will dich wieder lachen sehen.«

Ich rechnete es ihr hoch an, dass sie nicht in der Wunde bohrte und keine Fragen stellte, die ihr mit Sicherheit auf der Seele brannten. Dennoch fühlte ich mich elend, und ihr Zuspruch prallte einfach von mir ab. In letzter Zeit kam es mir vor, als wäre ich ein Planet, der seine Umlaufbahn verloren hatte und nun orientierungslos durch das Universum kreiselte. Mein gewohnter Alltag war durchbrochen, und ich hatte keinen Platz, der mir das Gefühl gab, zu Hause zu sein. Selbst mein Zimmer war mir fremd geworden. Obwohl Dylan sein Zeug in das Zimmer über dem Stall gebracht hatte, empfand ich eine seltsame Fremdartigkeit gegenüber meinen vier Wänden. Nicht einmal die Bettwäsche roch nach mir. Das war streng genommen auch nicht weiter verwunderlich. Immerhin war die letzten Jahre über das Apartment in New York mein sicherer Hafen, mein Zuhause gewesen. Die Wohnung, in der Nicolai und ich gemeinsam gelebt hatten. Nun konnte ich es mir nicht im Traum vorstellen, dorthin zurückzukehren. Freundschaft hin, Freundschaft her – ich wusste, dass es wehtun würde. Denn für Nicolai hatte sich nichts geändert. Er war noch immer der Star des Balletts. Ich hingegen ein vom Nachthimmel gefallenes Sternchen. Es half nichts, mir etwas vorzumachen. Meine Genesung würde noch Wochen dauern, und bis dahin hatte mich die Welt vergessen.

»Ich habe Angst.« Zwar richtete ich mich auf, trotzdem verschleierten Tränen meinen Blick. »Ich will nicht alles verlieren.«

»In ein paar Wochen stehst du wieder auf der Bühne«, sagte Mom bestimmt und drückte mich fest.

Meine Angst und Verzweiflung konnte sie mir damit allerdings nicht nehmen. Meine rotierenden Gedanken verstrickten sich und spannen düstere Szenarien für meine Zukunft. Was hätte ich zu diesem Zeitpunkt alles dafür gegeben, nur um zu wissen, wie mein Leben in wenigen Monaten aussehen würde. Die Ungewissheit war wie eine Nebelwand. Ich wusste nicht, was dahinterlag.

Kapitel 3

Als ich morgens aufwachte, ging es mir natürlich nicht wie durch Zauberhand besser. Genau genommen fühlte ich mich schlechter als je zuvor. Mein Bein und mein Rücken schmerzten, und ich konnte mich nicht aus dem Bett herausquälen. Noch immer lagen »Get well soon«-Karten neben Obstkörben und Teddys zu einem Haufen getürmt neben meinem Bett und waren eine tägliche Ermahnung, dass ich mein Trübsalblasen beenden musste. Aber ich schaffte es nicht. Nicolai und ich schrieben uns, hin und wieder rief er an, aber ich hob nicht ab. Seine Stimme zu hören hätte nur den Damm der Tränen erneut zum Brechen gebracht.

Mom versuchte, mich zu überreden, mit ihr und Grandma zum Gottesdienst zu gehen. Aber davon hielt ich nicht viel.

Irgendwann, als die Sonnenstrahlen des Spätseptembers durch das Fenster strahlten, klopfte meine Mutter an die Zimmertür.

»Maddie, steh auf. Dylan nimmt dich mit in die Stadt.«

Ich stellte mich schlafend. Da rüttelte sie mich an der Schulter. »Auf mit dir, Schatz. Deine Schwester kommt heute Abend zum Essen.«

Ich richtete mich abrupt auf. »Ally kommt auf Besuch?«, rief ich erfreut und strahlte.

Mom grinste mir zu. »Ja, sie will dich doch auch begrüßen.«

Alison war nur ein Jahr jünger, und die Leute hatten uns immer für Zwillingsschwestern gehalten. Früher hatten wir uns einen Spaß daraus gemacht, uns die gleichen Frisuren zu machen und dieselbe Kleidung zu tragen. Wir standen uns sehr nahe, und ihre positive Frohnatur vermisste ich in New York ganz besonders.

»Also stehst du auf?« Moms blaue Augen funkelten amüsiert.
»Reichst du mir die Krücken rüber?«

* * *

»Hier der Einkaufszettel. Dylan setzt dich bei Nannas Laden ab, fährt weiter zu Derek und nimmt dich dann wieder mit.«

Derek war der Tierarzt der Stadt, weshalb ich besorgt die Stirn runzelte. »Wer ist krank?«

»Niemand«, sagte Mom schnell. »Aber Dylan greift Derek in letzter Zeit oft unter die Arme und hilft ihm bei Untersuchungen mit Pferden und Rindern. Ein sehr fleißiger Junge.« Sie zwinkerte mir zu, worüber ich nur missmutig die Nase rümpfte. Es gefiel mir ganz und gar nicht, wie Dylan während meiner Abwesenheit meinen Platz in der Familie eingenommen hatte. Immerhin war er nur die Aushilfe auf der Farm.

»Er ist einer von den Netten, also sei auch nett zu ihm«, mahnte sie mich und setzte eine tadelnde Miene auf.

»Aha«, machte ich langgezogen und nickte. Bevor sie ihren Vortrag noch weiter ausbauen konnte, nahm ich den Einkaufszettel entgegen und wandte mich zum Gehen. Dylan wartete bereits im Wagen und hupte nun ungeduldig. Mom öffnete mir die Tür, und ich humpelte auf meinen Krücken nach draußen.

»Bis später. Amüsiert euch gut – und sei nett zu Dylan«, verabschiedete sie sich und winkte.

»Ich werde es versuchen«, grummelte ich in mich hinein.

Dylan fuhr den Truck meines Vaters. In den letzten Tagen hatte ich begriffen, dass der fremde junge Mann bereits ein Teil der Familie geworden war. Vermutlich sogar ein größerer Teil der Familie als ich. Der Gedanke war mir schmerzlichst bewusst und stieß mir schwer auf. Ich liebte es, in New York zu leben, aber irgendwie fühlte ich mich seither wie das schwarze Schaf der Familie.

Auf der Ranch lebte meine ganze Familie zusammen. Meine Großeltern, meine Eltern, Jessy und bis vor wenigen Monaten auch Ally. Zwar wohnte Ally nun in einer eigenen Wohnung in der Stadt (die viel mehr einem Dorf glich), aber das war mit dem Auto nur einen Katzensprung entfernt und sie konnte die Familie jederzeit besuchen. Für mich kam ein Besuch aus New York jedoch eher einer kleinen Weltreise gleich, und mein durchgeplanter Alltag gab dafür keine Zeit her.

Meine ganze Familie war das Gegenteil von Weltenbummlern, einzig mich hatte schon immer die Ferne gerufen. Bereits mit 16 Jahren begann ich meinen Unterricht an der *National Academy of Dance* Kanadas, sodass ich nur noch an den Wochenenden zu Hause sein konnte. In meinem letzten Schuljahr bekam ich ein Stipendium für die *National Dance Academy* in New York und ich verließ das Land. Damit lebte ich nicht nur in einem anderen Staat, sondern auch in einer ganz anderen Welt. Das Leben an der Ballettschule konnte man nicht mit dem Ranchleben vergleichen.

»Hörst du gerne *The BossHoss?*«, fragte Dylan und legte während des Fahrens eine CD ein.

»The was?« Ich zog fragend die Augenbrauen zusammen.

»Eine Band aus Deutschland«, informierte er mich amüsiert, beeindruckte mich damit aber wenig.

»Ich höre lieber Klassisches.«

»Hmh«, machte Dylan verlegen. »Da haben wir, glaube ich, nichts da.«

Eine unangenehme Stille breitete sich zwischen uns aus, und die Fahrtzeit zog sich in die Länge wie zu lang gekauter Kaugummi. Obwohl die Musik in meinen Ohren ungewohnt ruppig und schnell war, drehte ich die Lautstärke demonstrativ hoch und blickte aus dem Fenster. Zuletzt hatte ich Countrymusik bei der Geburtstagsparty von Adam gehört. Es war der Sommer nach dem Abschluss, den ich ein letztes Mal hier verbrachte, bevor ich meinen Vertrag bei der Kompanie unterzeichnete und endgültig nach New York zog. An diesem Abend machte mir Adam den Antrag. Vermutlich hoffte er, so könne er mich zum Bleiben bewegen. Aber ich konnte meine Flügel nicht stutzen lassen, bevor ich überhaupt ein erstes Mal ausfliegen konnte. Raus in die Freiheit und ein erwachsenes Leben führen.

Die Erinnerung an diese Zeit ließ ein dumpfes Gefühl von Wehmut in mir aufsteigen.

Dylan trommelte mit den Fingerspitzen im Takt auf das Lenkrad ein, und für einen kurzen Moment fragte ich mich, was gewesen wäre, hätte ich Kanada nicht verlassen. Natürlich durchkreuzte dabei sofort Adams Name meine Gedanken.

Als wir endlich in der Stadt ankamen und Dylan mich am Supermarkt absetzte, atmete ich erleichtert auf. Das Schweigen zwischen uns hatte mich geradezu erdrückt.

»Bis später. Ich bin in gut einer halben Stunde wieder da. Aber warte noch einen Moment.« Da sich meine Krücke im Fußraum des Trucks verfing, schaffte ich es sowieso nicht, gleich zu flüchten. Verwirrt beobachtete ich, wie er sein Fenster herunterkurbelte und einen Jungen heranwinkte. »Hey, Robin. Die Lady braucht Hilfe beim Einkauf. Sei so gut, und trag ihr die Tüten.« Er reichte ihm einen Geldschein als Belohnung.

»Ich brauche keine Hilfe«, versuchte ich dazwischenzugehen, aber Dylan sah mich ungläubig an.

»Und wie genau stellst du dir vor, dass du die Einkaufstüten trägst, wenn du mit Krücken unterwegs bist?« Spöttisch hob er die Augenbrauen.

Darauf wusste ich nichts zu erwidern und bemühte mich stattdessen, möglichst hoheitsvoll (soweit das mit Krücken nun mal durchführbar war) aus dem Truck zu steigen.

»Hi«, grüßte Robin und trottete auf mich zu. Mir war es peinlich, ihn als Butler engagiert zu bekommen, wollte ihm gegenüber aber auch nicht unhöflich sein. Ganz abgesehen davon, musste ich wirklich eingestehen, dass ich Hilfe brauchte.

Robin war ungefähr in Jessys Alter und trug ein Skateboard unter dem Arm. Als er mich zu Nannas Laden begleitete, stellte er es davor am Fahrradständer ab.

»Was ist mit Ihrem Bein passiert?«, fragte er neugierig, während er mir die Ladentür aufhielt. So, wie er mich begutachtete, fühlte ich mich wie eine Veteranin, die aus dem Krieg heimgekehrt war.

»Eine kleine Erinnerung, wie gefährlich Treppen sein können«, antwortete ich schwermütig.

Auch wenn ich es mir nur ungern eingestand, allein hätte ich den Einkauf tatsächlich nicht bewältigen können. Als ich nun also mit Robin im Schlepptau den Laden verließ, war ich mehr als froh, seine Hilfe bekommen zu haben. Das Gehen mit Krücken war eine Belastung für die Arme, und schon die kurze Strecke brachte mich ganz außer Atem. Vor dem Laden setzte ich mich auf eine Parkbank. Ich war erleichtert, dass Nanna, die Ladenbesitzerin, während meines Einkaufes im Lager gewesen war. So war ich wenigstens ihrem Verhör entgangen. Ich kannte sie schon lange genug und wusste genau – sie nahm kein Blatt vor den Mund und sprach aus, was ihr gerade in den Sinn kam.

»Du kannst die Tüten hier abstellen. Danke für deine Hilfe«, sagte ich zu Robin und beobachtete, wie dieser mit seinem Skateboard davonfuhr.

Für September hatten wir erstaunlich gutes Wetter. Mit geschlossenen Augen hielt ich mein Gesicht in die Sonne, während ich wartete. Das Wetter war besonders grotesk, da in den Schaufenstern bereits die Weihnachtsdeko auslag. Das konnte nur bedeuten, dass sich bei uns zu Hause bald auch die Weihnachtsmänner und Plastikschneeflocken auf den Regalen türmen würden. Mom beteuerte immer, wie schade es war, die Weihnachtsdeko nur so kurz aufgestellt zu haben. Mit anderen Worten, das war ihre Begründung, ihren Weihnachtsfetisch ausleben zu können.

»Maddison Clark. Wenn das nicht eine Überraschung ist«, rief plötzlich jemand aus.

»Tiffany?«, fragte ich und blinzelte gegen das grelle Sonnenlicht an.

»Es ist so schön, dich wiederzusehen. Wie lange ist es her? Fünf Jahre – an Adams Geburtstag?«

Perplex sah ich meiner ehemaligen Klassenkameradin entgegen. Da ich sie insgeheim nie sonderlich gemocht hatte, glich ihr Auftauchen einer unheilschwangeren Gewitterwolke. »Ja, die Zeit vergeht«, antwortete ich lahm und stand auf, sodass sie nicht mehr so auf mich herabblicken konnte.

Erst jetzt fiel ihr Blick auf meine Krücken. Ein schlechter Schachzug von mir. Innerlich stöhnte ich gequält auf.

»Was ist passiert? Doch nicht etwa eine Tanzverletzung?«

Typisch Kleinstadt wusste sie natürlich, dass ich nach unserer gemeinsamen Schulzeit zuerst nach Toronto und daraufhin nach New York ans Ballett gegangen war.

Ich nickte. »Ich brauche ein paar Wochen Pause, aber dann gehe ich wieder zurück nach New York.«

»Aha«, machte sie nur mitleidig und ärgerte mich damit. Es klang nicht, als würde sie mir glauben. Und langsam war selbst ich nicht mehr so überzeugt davon. Fünf Monate ohne Tanzen war eine Qual. Ich hatte danach so viel aufzuholen.

»Wie geht es dir?«, fragte ich hölzern, um von mir abzulenken.

»Glücklich verheiratet«, verlautete sie mit einem Strahlen, das ihren goldenen Haaren Konkurrenz machte. Dabei hielt sie ihre Hand hoch, um mir den Ring zu zeigen. Meine Wangen färbten sich rot. Ihre Worte erinnerten mich daran, dass ich ganz vergessen hatte, die Glückwunschkarte an das Paar abzuschicken. Aber solche Themen wühlte man bekanntlich besser nicht weiter auf. »Und das Baby kommt auch bald. Vermutlich wird es ein Christkind.« Sie kicherte.

»Ein Baby?«, rief ich überrascht aus und fragte mich im selben Moment, wie ich ihren gigantischen Babybauch hatte übersehen können. Nun passte der Vergleich mit der unheilschwangeren Gewitterwolke gleich noch viel besser. Ich unterdrückte ein Grinsen.

»Dachtest du, ich wäre etwa einfach so fett geworden?« Der beleidigte Unterton entging mir nicht.

»Nein, natürlich nicht.« Meine Wangen nahmen einen noch dunkleren Rotton an. »Wie geht es Peeta?«

»Gut. Er muss nur aufpassen, dass ihm das Eheleben keinen Bierbauch beschert. Man hört ja immer wieder, dass Männer während der Schwangerschaft aus Solidarität zunehmen.«

Nun musste ich doch kichern. »Ich bin immer noch beeindruckt, wie jung ihr geheiratet habt.« Tiffany und Peeta waren in der gleichen Klasse wie Adam und ich gewesen. Bei ihnen hatten, sobald sie mit der High School fertig waren, die Hochzeitsglocken geläutet. Beeindruckt war zwar in Wahrheit nicht ganz das richtige Wort, womit ich ihre Entscheidung betitelt hätte, aber das würde ich ihr nicht unter die Nase reiben. Vor allem da ich selbst nur kurz davorgestanden war, denselben Fehler zu begehen. Doch schlussendlich war mir das Tanzen wichtiger gewesen.

»Aber wir sind nicht die Einzigen.« Tiffany lachte. »Ich konnte es kaum glauben, dass Ally jetzt wirklich heiraten will.«

Für einen Moment starrte ich sie nur entgeistert an. Ihre Worte sickerten wie Honig durch meinen Kopf und verklebten mein Gedankenwirrwarr zu einem einzigen Knoten.

»Äh, ja«, gab ich vage zurück und schluckte schwer. Fragezeichen kämpften in meinem Inneren, während schwarze Punkte vor meinen Augen tanzten. Meine kleine Schwester und Heiraten? Das konnte unmöglich wahr sein. Bestimmt brachte Tiffany, von ihren Schwangerschaftshormonen vernebelt, etwas durcheinander. Am liebsten hätte ich glucksend aufgelacht. Ally und Heiraten – wie absurd. Wäre da nur nicht diese unangenehme Vorahnung gewesen.

»Ally und Adam. Wer hätte das gedacht?« Zwar schien Tiffany es als rhetorische Frage zu meinen, doch mir klappte die Kinnlade auf.

»Was sagst du da?«

Kapitel 4

»Adam, wie in: mein Ex-Verlobter Adam?«, fragte ich perplex.

Ein erschrockener Ausdruck erschien auf ihrem Gesicht. »Oh, mein Gott, Maddie. Ich dachte, du wüsstest es.«

Ich war in jeder Hinsicht sprachlos. Mit einer Mischung aus Unglauben und Entsetzen starrte ich Tiffany an. Betreten sah sie weg und spielte nervös mit einer blonden Haarsträhne. Das musste ein Scherz sein. Ally und Adam waren unmöglich ein Paar. Taumelnd hielt ich mich an der Lehne der Holzbank fest. Ich hatte das Gefühl, den Boden unter den Füßen zu verlieren. Steckte dahinter der Grund, warum Ally in letzter Zeit immer seltener anrief und auch erst heute Abend zum Essen kam, um mich zu sehen, obwohl ich schon die ganze Woche über hier war?

»Es tut mir wirklich leid. Ich wollte dich damit nicht so überfallen.«

»Nein, danke, dass du es mir gesagt hast«, erwiderte ich. Allerdings war mein Gesicht zu einer wütenden Maske gefroren, weshalb Tiffany schnell Reißaus nahm. Ich konnte es ihr auch nicht verübeln.

Schlagartig kam mir die Septembersonne unnatürlich heiß vor, und ich befürchtete schon, in Ohnmacht zu fallen. Zum Glück spürte ich das Holz der Bank in meiner Kniekehle, die mir Halt gab. Andernfalls wäre ich wohl tatsächlich umgekippt. Wie zu einem Schneemann gefroren stand ich am Straßenrand in der Sonne und wartete darauf, dass mich die Sonne schmolz, sodass ich auf Nimmerwiedersehen vom Erdboden verschwand.

Die Zeit verging. Plötzlich hupte ein Auto, und ich zuckte

zusammen. So in meine dunklen Gedanken versunken hatte ich gar nicht bemerkt, wie Dylan zurückgekommen war.

»Tut mir leid, es hat unerwartet länger gedauert. Fehlt dir etwas?« Mit einem besorgten Gesichtsausdruck kam er auf mich zu. Als ich den Kopf schüttelte, wurde er ungeduldig. »Dann komm. Wir müssen uns beeilen. Deine Mutter braucht das Eingekaufte schließlich zum Kochen für das Abendessen.«

Das Abendessen! Natürlich. Kein Wunder, dass Ally mich die letzten Tage gemieden hatte. Mit Sicherheit plante sie, mir heute von Adam und ihr zu erzählen. Mir wurde schlecht. Bestimmt war ich aschfahl im Gesicht. Es war schwer zu beschreiben, doch plötzlich fühlte ich mich ganz leer. Nicht so wie nach dem Unfall, als ich voller Wut und Ärger auf mich selbst gewesen war, sondern eine trübsinnige Kälte, die mein Herz schmerzhaft zusammenzog.

»Du benimmst dich merkwürdig. Was ist passiert?«, bohrte Dylan weiter, nachdem er die Einkaufstüten verstaut hatte und sich anschnallte.

»Du kennst mich doch gar nicht. Vielleicht verhalte ich mich immer so«, schoss ich angriffslustig zurück.

»Zicke«, kommentierte er und traf damit einen wunden Punkt.

»Arsch«, zischte ich leise und drehte mich demonstrativ weg. Somit hatte sich jegliches anderweitige Gespräch erübrigt, und wir wechselten die ganze Fahrt über kein weiteres Wort mehr.

Als wir in der Einfahrt vorfuhren, hatten sich meine Nerven noch nicht beruhigt. Immer und immer wieder versuchte ich, mir eine Erklärung zusammenzureimen. Vielleicht litt Tiffany auch unter Wahnvorstellungen, jetzt wo sie verheiratet und schwanger auf ewig an dieses Nest hier gekettet war. Doch sie hatte so sicher geklungen. Adam und Ally. Es war schon lange her, seit Adam und ich ein Paar gewesen waren. Aber er und meine Schwester? Das konnte einfach nicht sein.

»Ich komme gleich nach. Ich bring das Zeug nur noch schnell in die Scheune.« Dylan deutete auf die Futtersäcke auf der Transportfläche des Wagens.

Ich nickte nur stumm. Ohne auf ihn zu warten machte ich mich auf den Weg ins Haus. Vor Wut setzte ich meinen verletzten Fuß eine Spur zu fest auf den Boden auf und ich verzog vor Schmerzen das Gesicht.

Adam und Ally – wiederholte ich in Gedanken immer wieder wie ein Mantra. Ich wusste nicht, wie ich mit meiner Wut und der Verletztheit umgehen sollte.

»Mom«, rief ich laut, als ich die Küche betrat.

»Maddie, Schatz. Hat Dylan die Einkaufstüten?«, fragte sie nichtsahnend und lächelte mich an. Doch als sie meinen Gesichtsausdruck sah, wich ihr das Lächeln schlagartig aus dem herzförmigen Gesicht. Besorgt machte sie einen Schritt auf mich zu. Abwehrend hob ich eine Hand, soweit mir das mit den Krücken möglich war.

»Warum hat mir niemand erzählt, dass Ally und Adam heiraten wollen?«, brauste ich auf. Aufgebracht schüttelte ich den Kopf. »Herrgott noch mal! Warum hat mir niemand gesagt, dass sie überhaupt zusammen sind?«

»Hallo, Mad«, sagte plötzlich eine nur allzu vertraute Stimme, und ich fuhr herum.

Adam stand vor mir.

Schwarze Punkte tanzten vor meinen Augen, und nur mühsam konnte ich mich auf den Beinen halten.

»Was machst du hier?« Meine Kehle war trocken, und die Worte klangen kratzig. Ich räusperte mich.

»Ally hat mich abgesetzt. Sie wollte dich in der Stadt abpassen.«

»Hat wohl nicht so recht funktioniert«, erwiderte ich trocken. Es war geradezu unwirklich, ihm nach so langer Zeit gegenüberzustehen. Er sah noch ganz genauso aus wie vor fünf Jahren. Einzig der Bart zu den dunklen Haaren war neu. Auf gewisse Art und Weise ließ ihn genau dieser wie einen komplett anderen Menschen wirken. Aber diese Augen hätte ich überall wiedererkannt. Dunkelblau und stechend.

Ich war so wütend gewesen, sodass es mich nun überraschte, wie ruhig ich blieb. Mein Herz klopfte zwar viel zu schnell, und ich hatte das Gefühl, mich an Deck eines Schiffes auf hoher See zu befinden. Aber wenigstens begann ich nicht zu schreien oder veranstaltete anderweitig eine Szene. »Könntest du uns eventuell kurz entschuldigen? Ich würde gerne mit meiner Mutter sprechen.« Nun klang ich doch etwas frostig. Aber schließlich war ich seit Neuestem eine Schneefrau. Zu Eis erstarrt. Vielleicht wäre mein Leben in einem Schaufenster neben einem Plastikschneemann doch schöner. Die Realität erschien mir im Moment mehr wie ein Albtraum. Mom sah besorgt zwischen uns hin und her.

»Mad, lass uns darüber reden«, begann er, um Einsicht bittend. Die Tatsache, wie vertraut er mich mit meinem alten Kosenamen anredete, gab der Wut in mir nur noch mehr Zunder.

»Ich will nicht darüber reden«, fauchte ich. Zumindest nicht mit ihm. »Kannst du jetzt bitte gehen?«

»Und wohin genau? Im Wohnzimmer kann ich euch noch genauso gut hören«, gab er schnippisch zurück, da der Wohnraum durch keine Türen getrennt war.

»Dann geh raus«, presste ich zwischen den Zähnen hervor. Verstand er denn nicht, dass es nun einfach besser war zu verschwinden? Sicherlich wollte er nicht einem Angriff mit einem Küchenmesser zum Opfer fallen.

»Du benimmst dich absolut kindisch«, murrte er, aber er nahm schließlich seine Jacke und verließ das Haus. Kindisch? Das war ja wohl die Höhe. Da verlobte er sich hinter meinem Rücken mit meiner Schwester und besaß nun auch noch die Frechheit, sich in meinem Zuhause zu zeigen. Doch vermutlich hatte er sich, während ich unwissend in New York lebte, bereits hier eingeschlichen, genau so, wie es Dylan getan hatte. Ein Wunder, dass nicht er mein altes Zimmer bekommen hatte. Kurz davor, zu explodieren, spannte sich mein ganzer Körper an. Ich wartete, bis die Tür hinter ihm ins Schloss fiel, dann drehte ich mich zu meiner Mutter um.

»Es ist wirklich wahr.« Mit unverhohlener Enttäuschung erwiderte ich ihren Blick, bis sie wegsah. »Wie konntet ihr mich nur so belügen.«

»Maddie, es tut mir leid, dass wir dir nichts gesagt haben. Aber du warst nie hier, und wir wollten es dir nicht am Telefon erzählen.«

»Wenigstens von Ally hätte ich es erwartet.« Kopfschüttelnd stierte ich durch das Küchenfenster nach draußen. Adam lehnte am Koppelzaun und beobachtete augenscheinlich die Pferde. »Ich kann es einfach nicht glauben.« Mein Herz zog sich schmerzhaft zusammen, und ich kämpfte gegen die Tränen. Schnell blinzelte ich sie weg.

»Du warst so glücklich mit Nicolai … Ich hätte nicht gedacht, dass es dir etwas ausmachen würde.«

»Wäre das wahr, hättet ihr es mir nicht verschwiegen«, brauste ich auf.

»Also macht es dir etwa aus?« Mom hob die Augenbrauen.

Einen langen Moment schwieg ich. Ich war damals diejenige gewesen, die nach fünf Jahren die Beziehung beendet hatte. Ja, wir waren das perfekte Traumpaar gewesen. Der klassische Verlauf: Freunde seit dem Sandkasten, der erste gemeinsame Kuss beim Flaschendrehen, und plötzlich wurde aus uns mehr als beste Freunde. Selbst die Wochen, die ich im Internat verbracht hatte, waren kein Problem gewesen. Wir chatteten ständig und sahen uns an den Wochenenden. Aber je älter wir wurden, umso deutlicher sah ich, wie unterschiedlich unsere Ziele fürs Leben waren. Ich hatte nie an der Entscheidung gezweifelt, mit ihm Schluss zu machen, da das Tanzen Priorität hatte. Daher hätte es mich nicht weiter beschäftigen müssen, dass er nun mit einer anderen glücklich war. Das hätte es wahrscheinlich auch nicht, wäre es eben nur nicht meine Schwester gewesen. Ich fühlte mich verletzt und hintergangen. Es tat so weh.

Mom sah mich noch immer fragend an. Eine Antwort fiel mir nicht leicht. Ein Ja lag mir auf der Zunge, aber ich sprach es nicht aus.

»Ihr habt mir doch gar keine Zeit gegeben, überhaupt darüber nachzudenken.«

Damit verlagerte ich mein Gewicht abermals auf die Krücken

und verließ das Haus. Ich spürte, dass Adam mich beobachtete. Aber keiner von uns sprach ein Wort.

Ihn nun wiederzusehen und zu wissen, dass er meine Schwester heiraten wollte, führte mir klar vor Augen, was ich aufgegeben hatte. Wegen der Liebe zum Tanzen. Und was hatte es gebracht? Eine gebrochene Ballerina und ein zerbrochenes Leben.

Kapitel 5

»Schatz, komm wieder ins Haus.« Das war die Stimme meines Vaters. »Es ist kalt, und das Essen ist bald fertig.«

»Ist Ally hier?«, fragte ich, ohne aufzusehen. Mein Blick war starr in die Ferne gerichtet. So stand ich schon eine ganze Weile am Koppelzaun.

»Bitte sei ihr nicht böse. Sie wollte dich damit nicht verletzen. Du weißt, wie das mit der Liebe ist. Entweder ist sie da oder nicht. Deswegen hast du dich doch von Adam getrennt.«

»Ich habe mich nicht von Adam getrennt, weil ich ihn nicht geliebt habe«, entgegnete ich. »Die Liebe zum Tanzen war einfach größer, und unsere Träume gingen in zu unterschiedliche Richtungen.« Nun klang ich eingeschnappt. Kein Wunder, dass mich niemand ernst nahm.

»Aber Ally und Adams Träume sind nun zusammen. Bitte gib ihnen eine Chance.« Seine Stimme hatte einen flehenden Klang. Als wolle er mich zu Einsicht drängen. Merkten sie denn alle nicht, wie skurril die ganze Situation war?

»Wie lange geht das schon so?«, warf ich dazwischen, und Dad seufzte. »Sag schon. Immerhin wollen sie heiraten. Das entscheidet man nicht von heute auf morgen. Bestimmt sind sie bereits längere Zeit ein Paar?«

»Seit fast einem Jahr«, gestand Dad ein.

Das bedeutete, sie hatten es mir selbst bei meinem Besuch im April verschwiegen. Ich biss mir so fest auf die Zunge, bis ich Blut schmeckte. Normalerweise war ich immer davon ausgegangen, Dad blind vertrauen zu können. Er war wie ein ruhiger aber starker Fels in der Brandung. Bisher hatte er sich nie in Streitereien und dergleichen hineinziehen gelassen, sondern immer den besonnenen Schiedsrichter gespielt. Nun fühlte ich mich sogar von ihm verraten.

»Ihr hättet es mir sagen müssen.« Ich konnte ihm noch immer nicht in die Augen sehen.

»So etwas bespricht man nicht am Telefon.«

»Ich war hier. Als ich das letzte Mal zu Besuch war. Ihr habt es alle gewusst, und niemand hat ein Wort gesagt.« Anklagend richtete ich nun meinen Blick auf ihn.

»Sie wollte es dir nicht erzählen, weil sie sich erst sicher sein wollte, dass es etwas Ernstes ist und nicht von kurzer Dauer.«

»Und jetzt ist ein Jahr um, und sie wollen heiraten.« Ich lachte bitter auf. »Hätte ich nicht den Unfall gehabt, wäre ich dann überhaupt zur Hochzeit eingeladen worden oder wäre das Versteckspiel einfach so weitergegangen?«

»Natürlich hätte sie es dir erzählt«, hielt Dad dagegen. »Aber sie wollte dich nicht von deinen Aufführungen ablenken.«

»Ich bin … war mit Nicolai zusammen. Es gibt keinen Grund, warum es mich hätte ablenken sollen«, knurrte ich, nicht wirklich überzeugend und Dad legte mir seinen Arm um die Schulter.

»Ich weiß, du magst Adam noch immer. Aber du hast das Tanzen ihm vorgezogen. Er war am Boden zerstört, als du die Verlobung aufgelöst hast und nach New York zurückgegangen bist. Jetzt hat er endlich jemanden gefunden, der dasselbe Ziel im Leben hat und mit dem er glücklich werden kann. Wenn du ihn jemals wirklich geliebt hast, musst du ihm das Glück gönnen.«

Obwohl ich wusste, dass er recht hatte, zog sich mein Herz schmerzhaft zusammen.

»Ich habe nie aufgehört, ihn zu lieben.«

* * *

Normalerweise war die Stimmung bei uns im vollen Haus immer belebt und ausgelassen. Jeder redete durcheinander, und es wurde viel gelacht. Heute war es allerdings, als wäre ein Schneesturm durch unser Esszimmer gefegt und hätte nichts außer Kälte zurückgelassen. Die Atmosphäre war frostig und angespannt – niemand traute sich, die Stille zu brechen. Nur Mom versuchte es nach einer Weile mit Small Talk.

»Wie war es heute in der Schule?«, fragte sie an Jessy gewandt, wobei der Satz wie aus einem auswendig gelernten Skript klang.

»Gut«, antwortete meine Schwester einsilbig und zuckte mit den Schultern.

Damit war das also auch geklärt. Schweigen, während die Gabeln über die Teller kratzten.

»Derek kommt morgen wieder vorbei, um sich die Stute anzusehen. Dylan, sei so nett und greif ihm dabei unter die Arme«, sagte Grandpa und genehmigte sich einen Schluck Wein.

»Ich kann morgen auch gerne auf der Ranch helfen, Nathan«, sprach Adam meinen Großvater direkt an. Wein konnte ich jetzt auch gebrauchen. Ally, die neben ihm saß, verspannte sich merklich.

»Das wäre sehr freundlich. Dylan kann einen freien Tag gut gebrauchen, oder?«

Der Blonde nickte mit vollem Mund. »Dann kann ich die Probe für die Weihnachtsaufführung vorverlegen. Danke, Adam«, sagte er, sobald er hinuntergeschluckt hatte.

»Oh ja, da fällt mir ein, Maddie könnte dir dabei doch helfen«, rief Mom aus, und ich sah sie ungläubig an.

»Eine Weihnachtsaufführung?«, wiederholte ich seine Worte.

»Ja, Dylan arbeitet mit den Kindern der Tanzgruppe an einer kleinen Aufführung für Heilig Abend.«

»Du und tanzen?« Nun musste ich grinsen.

»Danke, aber auf deine Hilfe werde ich besser verzichten«, gab Dylan säuerlich zurück.

»Ich kann mich nicht erinnern, sie überhaupt angeboten zu haben«, antwortete ich pikiert.

Mom verdrehte über unser Wortgefecht hinweg die Augen. »Ihr benehmt euch wie kleine Kinder. Und wisst ihr, wie man kleine Kinder dazu bringt, sich zu vertragen?« Kunstvoll setzte sie eine drohende Pause. »Man zwingt sie, zusammenzuarbeiten.

Maddie, du fährst morgen mit Dylan in die Stadt und wirst ihm helfen, die Aufführung zusammenzustellen.«

»Aber, Mom – ich kann nicht tanzen …«, begann ich, doch sie schnitt mir das Wort ab.

»Keine Widerrede. Du musst nicht tanzen, das sollen die Kinder. Ganz abgesehen davon, dass ich nicht zulassen werde, dass du hier versauerst. Du musst wieder anfangen, dein Bein zu belasten. Der Arzt hat gesagt, du müsstest langsam die Muskeln wiederaufbauen. Aber dazu musst du dich bewegen.«

Standpauken war ich von ihr nicht gewohnt, weshalb ich nur überrascht den Mund auf- und zumachte.

»Sonst bekommt Maddie Hausarrest«, sagte Ally.

Für einen Moment herrschte betretene Stille, dann lachten alle aus vollem Hals los.

* * *

»Können wir reden?«, fragte Ally zaghaft, als sich die Runde auflöste und jeder seinen eigenen Weg ging.

»Ich muss Mom beim Abwasch helfen.« Meine Ausrede war lahm, aber ich wollte nicht mit ihr sprechen. Schon gar nicht über Adam. Er war ganz offensichtlich bereits in die Familie integriert, und sie gaben ein schönes Paar ab. Das wusste ich so genau, weil das exakt das war, was die Leute früher immer zu Adam und mir gesagt hatten. Und Ally und ich waren wie aus einem Gesicht geschnitten, ganz klar als Schwestern zu erkennen. So konnte ich nicht abstreiten, wie gut sie zueinander passten.

»Ich helfe euch.« Wie nicht anders zu erwarten blieb sie stur und folgte mir in die Küche. Grandpa, Dad, Dylan und Adam hatten sich ins Wohnzimmer zurückgezogen, wo gerade ein Pferderennen im Fernsehen lief. Währenddessen half Grandma Jessy bei den Hausaufgaben, die sie erledigen musste, wenn sie dafür das Wochenende mit ihren Freunden verbringen wollte.

»Meine Mädels vereint«, sagte Mom verzückt, als sie die Küche betrat und schloss uns beide in die Arme. »Schön, dass ihr euch wieder vertragt.«

Da ich keineswegs bereit war, mich *wieder* zu vertragen, verschränkte ich trotzig meine Arme. »Haben wir etwa gestritten?«, schnappte ich sarkastisch zurück. »Ist doch nichts dabei, wenn einen alle anlügen.«

»Maddie«, seufzte Mom. »Bitte sei nicht böse.«

»Bin ich nicht«, feixte ich und griff etwas zu fest nach einem Geschirrtuch, sodass ich beinahe eine Reihe von Gläsern von der Anrichte gefegt hätte.

»Wenn es dir nicht passt, dann sag es doch einfach.« Nun wurde auch Ally wütend, aber damit stachelte sie mich nur noch mehr an.

»Natürlich passt es mir nicht«, schrie ich auf. »Schlimm genug, dass du dich auf Adam einlässt. Aber dass du es mir auch noch verschwiegen hast, werde ich dir niemals verzeihen.«

»Du hast ihn verlassen. Da kann man keine Besitzansprüche erheben.« Allys Stimme wurde immer lauter.

»Mädchen, beruhigt euch«, versuchte Mom dazwischenzugehen.

Doch ich nahm keine Notiz davon. »Ist es dir so egal, wie sehr du mich damit verletzt?«

»Es war nie meine Absicht, dich zu verletzten. Deswegen haben wir es ja geheim gehalten.«

»Das ändert nichts«, entgegnete ich verärgert.

»Darf ich denn nicht glücklich sein?«, schrie sie nun, sodass es bestimmt alle im Haus hörten.

Einen Moment starrten wir uns nur an.

»Wenn Adam dich glücklich macht, nur zu. Aber glaub nicht, ich würde so tun, als würde ich mich darüber freuen.«

Tränen brannten in meinen Augen, als ich die Küche verließ.

Kapitel 6

Mit halb geschlossenen Augen stellte ich den Mixer auf die höchste Stufe. Drei Karotten wurden soeben gnadenlos von den Messern malträtiert. Mein Gehirn brauchte noch eine Weile, bis ich wirklich wach sein würde. Ich starrte ausdruckslos mit leerem Blick ins Nichts. Grandpa und Dad waren schon längst draußen im Stall. Dylan half ihnen vermutlich. Im restlichen Haus war es allerdings still. Mom und Jessy schliefen noch, und Grandma war bei ihrem Samstagmorgen-Damentreffen in der Stadt. Sobald die Karotten klein püriert waren, füllte ich den Matsch in ein Glas um und trank es in großen Zügen leer, während ich an der Spüle stand und in den Garten hinausblickte. Die Karotten hinterließen einen fahlen Geschmack auf meiner Zunge, und ich konnte den Gedanken an ein Nutellabrot nicht verdrängen. Jessy liebte das Süßzeug, weshalb ein Glas davon immer in der Küche stand. In der Wohnung in New York gab es solche Versuchungen nicht. Umso schwerer fiel es mir nun, zu widerstehen.

Plötzlich öffnete sich die Haustür, und Dylan kam mit schweren Schritten in die Küche gestapft. »Morgen.« Er hob grüßend seinen Cowboyhut an. Die zerfranste Naht an seiner Krempe ließ mich vermuten, dass es sich um einen von Dads ausrangierten Hüten handelte. »Ich hätte gedacht, dich erst aus dem Bett schmeißen zu müssen. Aber wenn du schon wach bist, können wir ja gleich los.« Im Gegensatz zu mir (müde mit verquollenen Augen) war Dylan bereits so früh am Morgen ein wirklich schöner Anblick, das musste man ihm schon lassen.

»Los?«, fragte ich und spielte die Unwissende. Natürlich konnte ich mich so nicht einfach aus der Affäre ziehen.

»Spar es dir. Wir fahren in zehn Minuten.«

Um Dylans Geduld nicht unnötig zu strapazieren, zog ich mir schnell einen Mantel über und folgte ihm nach draußen. Ich war mir darüber bewusst, dass es langsam Zeit wurde, mein verletztes Bein zu belasten. Doch ich wusste nicht, wie ich damit anfangen sollte. Es war eine gewaltige Überwindung, den Fuß überhaupt auf den Boden aufzusetzen, selbst wenn es nur eine leichte Belastung war. Seit dem Unfall fühlte ich mich, als wären meine Knochen aus Glas.

»Möchtest du über gestern Abend reden?«, fragte Dylan, als wir nebeneinander im Auto saßen. Wieder einmal lief Countrymusik im Radio, und er versuchte, die Stille zwischen uns zu verdrängen. Natürlich war Dylan nicht entgangen, dass mich der Besuch von Ally und Adam vollkommen aus der Bahn geworfen hatte. Ich wunderte mich noch immer, dass ich heute Morgen überhaupt aus dem Bett aufgestanden war. Beim Einschlafen letzte Nacht hatte ich das Gefühl gehabt, vor Kummer zu sterben. Doch heute ging es mir auf merkwürdige Art und Weise gut. Fast so, als wären die Geschehnisse von gestern nur ein böser Albtraum gewesen und nun sei wieder alles gut.

»Ich würde es lieber vergessen«, antwortete ich möglichst versöhnlich, da ich Dylan anmerkte, dass er sich tatsächlich etwas daraus machte, ob es mir gut ging. Vielleicht hatte Mom doch recht und Dylan war gar nicht der arrogante Arsch, als den ich ihn von Anfang an abgestempelt hatte. Adam war schlussendlich einfach der bessere Bösewicht in meiner Geschichte.

»Verdrängen ist nicht immer die beste Option.« Die Ernsthaftigkeit, mit der Dylan das sagte, ließ mich schmunzeln.

»Bist du jetzt etwa auch noch Hobbypsychologe?«, fragte ich und hob die Augenbrauen.

»Nur meine Meinung«, rechtfertigte er sich, und wir versanken erneut in Schweigen.

Aufgrund der Samstagvormittagseinkäufer wurde das Verkehrsaufkommen in der Stadt immer größer, und wir kamen nur langsam voran. So blieb mir Zeit, meine alte Heimatstadt vom

Auto aus genauer zu betrachten. Es hatte sich seit meinem letzten Besuch nicht viel verändert. Einzig die Fassade der Bäckerei hatte einen neuen Anstrich bekommen und leuchtete nun in einem Himbeertörtchenrosa zwischen den anderen Gebäuden hervor. Das Stadtzentrum bildete die Kirche, die inmitten einer kleinen Parkanlage thronte. Selbst die Bäume hielten schon seit Jahrzehnten hier die Stellung, und einzig der Farbwechsel ihrer Blätter veränderte sich über das Jahr hinweg. Wie die Arme einer Krake bewegten sich die Zweige im Wind, und vereinzelt schwebten die goldbraungefärbten Blätter zu Boden. Die warme Septembersonne blitzte hin und wieder zwischen der Wolkendecke hervor, und ich kurbelte das Fenster hinunter, um die frische Brise in meinem Gesicht zu spüren. Lange würde dieses Wetter nicht mehr anhalten, und ich freute mich auf den Zauber des Winters, der unweigerlich folgen würde.

»Madame Joan kennst du bestimmt? Sie leitet die Veranstaltung.«

Dylan parkte den Wagen vor Tonis Diner, und wir stiegen aus. Wie immer stellte es eine wahre Herausforderung dar, mein verletztes Bein nicht zu belasten. Vermutlich sollte ich einfach im wahrsten Sinne des Wortes – den Schritt wagen – und wenigstens versuchen, zu gehen.

»Natürlich. Bei ihr hatte ich meinen ersten Ballettunterricht. Aber ist sie nicht bereits über 60?«

Meine Erinnerungen an die etwas verschrobene aber durch und durch warmherzige Madame Joan waren nur von positiver Natur. Ihr verdankte ich, dass ich die Aufnahme in die *National Academy* geschafft hatte.

»Das hält sie nicht davon ab, ihre Tanzschule am Laufen zu halten.« Dylan musste sich meinen kleinen Schritten anpassen. Geradezu quälend langsam hielten wir auf den Eingang der Tanzschule zu.

»Aber sie kann doch kaum noch tanzen oder? Bereits zu meiner Zeit hatte sie jegliche erdenklichen Gebrechen. Wer unterrichtet die Schüler?« Die Anstrengung des Gehens trieb mir den Schweiß auf die Stirn, und vorsichtig setzte ich auch den Fuß meines verletzten Beines auf dem Boden auf. Zwar lag der Großteil meines Körpergewichtes auf den Krücken, dennoch war es ein seltsames Gefühl, mein Bein überhaupt zu belasten. Es war ein beängstigender Druck, und mir wurde bewusste, wie schwer es werden würde, zu meiner alten Form zurückzugelangen.

»Sie hat Hilfe«, hielt sich Dylan vage und machte mich damit noch neugieriger.

»Von wem?«, bohrte ich weiter nach. Plötzlich schien er es eilig zu haben, und ich musste darum kämpfen, mit ihm Schritt zu halten.

»Von mir«, sagte er dann kurz angebunden. Es erweckte ganz den Eindruck, als wäre es ihm peinlich, darüber zu reden.

»Du kannst tanzen?«, fragte ich erstaunt.

»Einigermaßen, auch wenn das klassische Ballett nie meine Stärke war.« Mittlerweile hatten wir fast den Eingang der Tanzschule erreicht, und ich hörte den Klang eines Klavieres aus dem Inneren des Gebäudes.

»Was stattdessen?« Meine Neugierde war geweckt. Gerne hätte ich mehr über seine Vergangenheit erfahren. Aber Dylan blockte ganz eindeutig ab.

»Frag nicht so viel. Komm, wir sind ohnehin spät dran.« Auffordernd hielt er mir die Glastür auf und wartete darauf, dass ich ihm folgte. Da er mir in Sturheit wohl in nichts nachstand, war eine Diskussion zwecklos, und zum Reden würde ich ihn damit auch nicht bringen.

* * *

Wir betraten den Tanzsaal, und plötzlich wurde mir mulmig zumute. Alte Erinnerungen zogen vor meinem inneren Auge an mir vorüber, und ich war mir jetzt sicher, es war eine schlechte Idee, mit Dylan hierhergekommen zu sein. Für die Vorbereitungen für den Tanzabend würde ich ihnen ohnehin keine große Hilfe sein können.

»Worauf wartest du?«, fragte Dylan mit hochgezogenen Augenbrauen, als ich im Eingang verharrte.

Die Klaviermusik war laut genug, sodass unser Eintreffen unbemerkt geblieben war, und gerne hätte ich die Chance ergriffen und mich davongestohlen.

»Ich komme schon«, hörte ich mich allerdings zu meiner eigenen Überraschung sagen und betrat den Saal.

Neugierig ließ ich meinen Blick durch den Raum schweifen. Alles war noch so, wie ich es in Erinnerung gehabt hatte. Wehmut erfasste mich. An der langen Spiegelfront entlang waren Ballettstangen montiert, an denen gerade eine kleine Gruppe an Kindern unbeholfene Aufwärmübungen durchführte. Fünf Mädchen und drei Jungen zählte ich. Der Größe nach schätzte ich sie zwischen fünf und elf Jahre. In dem Alter hatte auch ich mit meinen ersten Ballettstunden begonnen. Der trockene Staubgeruch, die grauen Wände, die Abdrücke von kleinen Kinderfingern an den Rändern der Spiegel. All das war mir schrecklich vertraut. Die Luft des Tanzsaals zu schnuppern und mich daran zu erinnern, wie das Gefühl beim Tanzen war, schmerzte noch um ein Vielfaches mehr als die mehr oder minder neutrale Umgebung zu Hause. Aber der düstere Gedanke, vielleicht nie wieder als Profitänzerin arbeiten zu können, verstärkte sich an diesem Ort unglaublich.

Als wir eintraten, drehten die Kinder interessiert die Köpfe, wobei Madame Joan tadelnd rief: »Konzentration, Schwäne.«

Den Klang ihrer rauchigen Stimme zu hören versetzte mich schlagartig um siebzehn Jahre zurück, und meine Lippen verzogen sich zu einem Lächeln. Schwäne. Auch ich war einer ihrer Schwäne gewesen. Ob sie sich daran wohl noch erinnerte?

Selbstsicher betrat Dylan den Tanzsaal, legte seine Sporttasche zur Seite und schritt auf Madame Joan zu, als würde der Raum ganz ihm gehören. Es war das erste Mal, dass mir auffiel, wie graziös er ging. Womöglich war er doch kein so schlechter Tänzer. Oder lag es einfach an der Umgebung?

»Verzeih mir die Verspätung«, sagte Dylan zu ihr. Ich hörte ihn selbst über die Klaviermusik hinweg. Bei wem die Schuld für diese Verspätung lag, ließ er allerdings unausgesprochen, wofür ich ihm dankbar war.

»Ach, papperlapapp. Vierzig Jahre habe ich diese Tanzschule allein geführt. Da schaffe ich auch noch einen weiteren Morgen.« Die völlige Gelassenheit sprach aus ihr. »Aber nun sag, wen hast du uns da mitgebracht?«

»Es ist Maddison Clark.«

Madame Joan stockte in der Bewegung. Ein falscher Ton in der Musik, der alle aufhorchen ließ. Dann stoppte das Klavierspiel abrupt, und sie sprang auf.

»Maddie? Meine Maddie?«, fragte sie verblüfft und blinzelte ein paar Mal zu oft, als hielte sie mich für eine Fata Morgana.

»Hallo, Madame Joan«, sagte ich leicht verlegen. Mein Blick huschte durch den Raum, auf der Suche nach etwas, das ich nicht fand.

»Was für eine Überraschung«, rief sie aus, wobei das bei ihrem Gesichtsausdruck gar nicht weiter notwendig gewesen wäre.

Dann flog sie mit einer für ihr Alter erstaunlichen Leichtigkeit auf mich zu, und ehe ich mich versah, zog sie mich in eine feste Umarmung. »Ich freue mich so«, murmelte sie und pustete mir dabei ungewollt ins Ohr. Ich verzog das Gesicht, musste aber grinsen.

»Es ist so schön, Sie wiederzusehen.« Das meinte ich ehrlich. Nach so langer Zeit hier zu sein war auf seltsame Art und Weise vertraut. Als wäre ich nie weg gewesen.

Madame Joan roch nach Marmelade, obwohl das bei ihr ein Ding des Unmöglichen war. In ihrem Haushalt fand sich nichts Süßes, außer den bestickten Kätzchenpolstern auf dem Sofa, das bewies allein schon ihre schmale Figur.

»Dylan, bitte übernimm für mich die Gruppe. Ich möchte gerne mit Maddie sprechen. Immerhin haben wir einiges aufzuholen.« Großmütterlich zwickte sie mir in die Wange und lächelte breit. Normalerweise konnte ich es nicht ausstehen, wenn mich Leute bei meinem Spitznamen nannten, doch aus Madame Joans Mund klang es wie damals, als sie mich nach meinem ersten Wettbewerb anfeuerte, weiterzumachen und nicht aufzugeben. Trotz einer absoluten Niederlage. Ich verdankte ihr so viel.

»Eigentlich ist sie hier, um uns auszuhelfen und nicht, um die Tanzlehrerin wegzuschnappen«, kommentierte Dylan, schien es aber nicht ernst zu meinen.

»Tatsächlich? Das ist wunderbar.« Ihr Lächeln wurde noch strahlender.

»Meine Schwäne, Dylan wird das Aufwärmen für heute leiten. Für die Choreografie ist er ja ohnehin zuständig«, informierte sie die neugierigen Tanzschüler, dann zwinkerte sie Dylan aufmunternd zu und legte einen Arm um meine Schulter.

»Sein Klavierspielen ist noch nicht so ausgereift, das ist für die Kleinen manchmal eine richtige Geduldsprobe«, raunte sie mir verhalten kichernd zu. Daraufhin wurde ihr Blick allerdings wieder ernst. »Aber es ist nicht zu übersehen, dass du nicht freiwillig hier bist.« Sie sah dabei besorgt auf meine Krücken.

»Was ist passiert?«

Kapitel 7

Madame Joans mütterliche Art war wie Balsam für meine angeschlagene Seele. Sie hörte mir zu, während ich ihr mein Leid klagte und spendete mir Trost. Eigentlich hatte ich erwartete, mir würden bei den Worten die Tränen kommen. Doch nichts dergleichen geschah. Stattdessen breitete sich eine innere Ruhe in mir aus. Als Madame Joan allerdings fragte, ob ich gerne bei der Weihnachtsaufführung vortanzen wollte, lehnte ich vehement ab. Es waren nur noch vier Monate bis Weihnachten, und ich befürchtete, bis dahin nicht zu meinem alten Können zurückzufinden.

»Du brauchst einen Anreiz und ein Ziel. Nach so einer schweren Verletzung ist es wichtig, bald wieder aufzustehen. Deine Muskeln brauchen Training, und dein Geist braucht das Tanzen«, sagte sie eindringlich und nickte nachdrücklich.

Gemeinsam saßen wir auf einer Parkbank gegenüber der Tanzschule. Die Blätter der Bäume verfärbten sich bereits golden und schwebten während unseres Gespräches beständig zu Boden. Ich fragte mich, wie lange das noch so weitergehen würde, bis alle Zweige kahl waren. Dann stünde dem Winter nichts mehr im Weg.

»Ich habe ein Ziel. Immerhin will ich zurück an meinen Platz am Opernballett«, entgegnete ich. Jedoch entging selbst mir nicht, dass ich mit meiner störrischen Antwort wie ein bockiges, kleines Kind klang.

»Willst du das wirklich?« Mit ihren dunklen Augen sah sie mich eindringlich an.

Ich setzte dazu an, inbrünstig »Natürlich« zu antworten. Bevor ich jedoch zu Wort kam, wurden wir abrupt unterbrochen.

»Maddie, was für ein Glück«, ließ mich eine schrille Stimme herumfahren. Tiffany … »Ich bin so froh, dir hier über den Weg zu laufen. Kann ich kurz mit dir sprechen?«

Der Knopf ihrer Jacke spannte gefährlich, als sich ihr Babybauch in mein Sichtfeld schob. Ungelenk erhob ich mich. Zu groß erschien mir die Gefahr, die Jacke könnte explodieren und den Knopf wegsprengen – direkt in mein Auge.

»Hallo, Tiffany«, begrüßte ich sie mäßig erfreut.

»Dann lasse ich euch zwei mal allein. Ich muss ohnehin drinnen nach dem Rechten sehen. Hoffentlich haben die Kleinen Dylan noch nicht gefesselt und geknebelt, damit er aufhört, das Klavier zu quälen«, entschuldigte sich Madame Joan und ließ mich bei Tiffany zurück.

»Was gibt's?« Ich hoffte, sie würde die Unterhaltung wirklich *kurz*halten. Nach unserem letzten Zusammenstoß war ich nicht gerade erpicht darauf, weitere Belanglosigkeiten auszutauschen. Wer konnte schon wissen, was sie noch so alles aus dem Nähkästchen plaudern würde.

»Es tut mir leid, wie unglimpflich unser letztes Gespräch verlaufen ist. Ich dachte, du würdest bereits über die Verlobung Bescheid wissen. Es tut mir wirklich leid. Ich hätte nicht damit anfangen sollen.« Unglimpflich war eine schöne Umschreibung davon, wie sie mir den Boden unter den Füßen weggezogen und zeitgleich mein Herz zerquetscht hatte. Allerdings war es töricht zu glauben, es wäre ihre Schuld. Immerhin musste ich ihr streng genommen wohl sogar dankbar sein, dass sie mich als Einzige nicht angelogen hatte. Es hatte keinen Sinn, böse auf sie zu sein, wo doch Ally und Adam die Übeltäter waren.

»Mach dir darüber keinen Kopf. Du kannst nichts dafür«, sagte ich versöhnlich und rang mir sogar ein kleines Lächeln ab.

»Danke«, antwortete sie und wirkte ehrlich erleichtert.

Schweigen breitete sich zwischen uns aus. Alles war gesagt, und nun wurde es erst recht unangenehm.

»Ich werde besser wieder hineingehen. Vielleicht braucht Joan meine Hilfe.« Natürlich war das ziemlicher Blödsinn. Wie sollte ich mit meinen Krücken schon groß von Nutzen sein? Warum Mom mich mit Dylan mitgeschickt hatte, war mir noch immer schleierhaft. Ein absolut sinnloser Plan.

»Warte«, rief mir Tiffany nach, als ich mich bereits abwendete. »Warum ich eigentlich mit dir sprechen wollte – also Peeta und ich planen eine Babyparty. Ich würde mich sehr freuen, wenn du auch kommen würdest.« Obwohl ich nicht ganz nachvollziehen konnte, warum sie gerade mich auch dabeihaben wollte, klang ihre Einladung herzlich. Vielleicht erhoffte sie sich aber auch nur noch mehr Babygeschenke.

»Du möchtest mich dabeihaben?«, fragte ich dennoch etwas verblüfft.

»Ja.« Sie nickte bestimmt. »Wir haben uns seit der Schulzeit aus den Augen verloren, und das finde ich wirklich schade.«

»Danke.« Ich lächelte.

»Perfekt. Ich mail dir die Details.« Schwungvoll warf sie ihre blonde Haarmähne über die Schulter und zupfte die Jacke zurecht.

* * *

Die Tanzproben für die Weihnachtsaufführung beanspruchten meine Zeit nur Samstag- und Mittwochnachmittags. So vergingen die Wochen für mich quälend langsam. Mir blieb viel Freizeit – genau genommen Unmengen an Zeit –, um über Ally und Adam nachzudenken. Darüber, wie sie mich belogen hatten und wie verletzt ich mich fühlte. Wie allein und gebrochen ich war, und wie ungewiss meine Zukunft aussah. Das Herumsitzen war das Schlimmste. Auch in der Tanzschule kam ich mir unnütz vor. Meistens saß ich am Rand des Saals am Boden, führte halbherzig ein paar Übungen durch und versorgte die Kinder in den Pausen mit Essen.

Hin und wieder forderte mich Dylan dazu auf, mitzumachen. Er hielt es für einen großen Spaß, mit den Kindern durch den Tanzsaal zu hüpfen. Dafür bewunderte ich ihn insgeheim. Es war erstaunlich, wie er gleichzeitig so ruhig und gelassen, aber auf der anderen Seite auch aufgeweckt und lebensfroh sein konnte. Man musste ihn nur beobachten, und es war sofort sonnenklar, was für ein unerschrockener Mann er war. Und was den Kindern besonders gefiel – er war für jeden Spaß zu haben.

Ich hingegen sah nur die Gefahr, meinen Knöchel zu früh zu belasten. Zwar verwendete ich die Krücken inzwischen immer seltener, dennoch belastete ich mein verletztes Bein nur leicht. *Zu leicht* – wie Madame Joan mich immer wieder rügte. Ihrer Meinung nach sollte ich schon längst wieder tanzen. Doch sie verstand meine Ängste nicht.

So konnte ich es ihr auch nicht übel nehmen, dass sie mich bei einer unserer Mittwochsstunden aufforderte, eine komplizierte Schrittfolge vorzuzeigen. Für mich erschien es jedoch mehr wie eine Herausforderung als eine Aufforderung. Madame Joan hatte an diesem Tag geschwollene Füße und bewegte sich nicht vom Klavierhocker weg. Dummerweise hatte Dylan erst vor wenigen Minuten den Raum verlassen, um etwas die Kostüme betreffend zu regeln. Daher blieb mir nichts anderes übrig, als über meine Trinkflasche hinweg zu einer Eisstatue zu gefrieren.

Erst nachdem Madame Joan ihre Bitte ein weiteres Mal wiederholt hatte, schaffte ich es, mich zu erheben. Ich spielte wirklich mit dem Gedanken, einfach über meinen Schatten zu springen und die für mich problemlose Schrittfolge auszuführen. Aber ganz so leicht war es dann eben doch nicht. Ich drehte durch. Mit einem Mal war da wieder dieses böse Gefühl, die Kontrolle zu verlieren und zu fallen. Nichts ängstigte mich mehr als der freie Fall.

Ohne auch nur ein weiteres Wort zu sagen nahm ich fluchtartig Reißaus. Seither war ich nicht mehr zu den Tanzvorbereitungen gegangen, und mit dem immer kälter werdenden Wetter verdunkelte sich auch meine Gefühlswelt.

»Du musst damit aufhören. So kann das nicht weitergehen«, sagte Dylan an einem besonders windigen Novembermorgen.

»Was meinst du?« Lustlos schob ich mir einen Löffel voll Joghurt in den Mund. *Fettarm – natürlich.*

»Du vergeudest dein Talent.«

Für einen Moment sprachlos starrte ich ihn an. Kurz bevor

Joghurt auf meine Hose tropfte, fing ich mich wieder. »Ich habe das Tanzen nicht aufgegeben. Aber es ist zu riskant, meinen Knöchel zu früh zu belasten und einen dauerhaften Schaden zu riskieren.« Die Erklärung hatte ich mir in den letzten Wochen zusammengebastelt und jedes Mal in den hunderten Malen, in denen ich sie aufgesagt hatte, verfeinert, sodass mir die Lüge nun mühelos von den Lippen ging. In Wahrheit hatte ich wohl einfach nur eine Scheißangst. »Sobald ich wieder fit bin, gehe ich zurück nach New York.« Ich sagte es so oft, mittlerweile glaubte ich es bereits selbst.

»Bullshit«, erwiderte Dylan heftig, und vor Überraschung klappte mir der Mund auf.

»Was meinst du denn damit schon wieder?«, fragte ich angriffslustig. Um ihm nicht länger die Möglichkeit zu geben, enttäuscht auf mich hinunterzusehen, erhob ich mich vom Küchenstuhl und ging mit meinem Frühstücksgeschirr zur Spüle. Vom Fenster aus sah ich Dad, der mit einem Heuwagen über den Hof fuhr.

»Du gehst den Problemen aus dem Weg und verschwendest die Zeit, in der du schon längst trainieren könntest. Wenn du nicht bald anfängst, wird das nie etwas. Es ist bereits ein Monat vergangen, seit du angekommen bist. Aber verbessert hat sich dein Zustand seither noch immer nicht.«

Aus irgendeinem Grund machte mich Dylans anklagender Unterton wütend. Woher nahm er sich das Recht, über mich zu urteilen? »Misch dich nicht in meine Angelegenheiten ein«, fuhr ich ihn an und stemmte zornig meine Arme in die Hüften.

»Versuch doch, mich aufzuhalten«, entgegnete er, nicht minder aufgebracht.

Gerne hätte ich ihm Hunderte Dinge an den Kopf geworfen. Doch da packte er mich an der Hüfte und hob mich hoch. Ich musste schwerer sein als ein Heuballen, dennoch schien es ihm keine wirkliche Mühe zu machen.

»Verdammter Idiot, lass mich runter«, kreischte ich und strampelte, während er mich über seine Schulter geworfen nach draußen trug. »Meine Krücken ...«

»Die bleiben für heute hier.« Er klang so standfest, als hätte er bereits seit Langem diesen Plan.

»Was zum Teufel tust du da?« Vehement boxte ich auf seinen Rücken ein, aber das schien er kaum zu bemerken. Und als er nicht antwortete, setzte ich nach: »Solltest du nicht arbeiten oder dich anderweitig nützlich machen?« Ich klang biestig.

»Heute habe ich den Vormittag frei. Und solltest du es nicht bemerkt haben – ich mache mich nützlich.«

Entsetzen packte mich, als mir trotz meiner schrägen Lage bewusst wurde, dass wir uns auf die Trucks zubewegten. Wohin wollte Dylan mich bringen?

»Daddy, hilf mir«, rief ich meinem Vater zu, als ich sah, dass er vom Heustapler sprang und die Arbeitshandschuhe ablegte.

»Wohin seid ihr denn unterwegs?«, fragte er amüsiert. Damit half er mir auch nicht gerade weiter.

»Maddie muss wieder tanzen. Keine Sorge, wir sollten bis heute Abend wieder hier sein. Zumindest wenn sie kooperativ ist.« Obwohl ich Dylans Gesicht nicht sehen konnte, war mir klar, dass er schelmisch grinste. Wie gerne ich dem Idioten nun ins Gesicht geschlagen hätte.

»Viel Spaß. Bis später.« Dad lächelte geradezu verschwörerisch.

»Hilfe!«, schrie ich ein weiteres Mal, doch niemand nahm Notiz davon.

»Ich möchte dir nur helfen.« Mit einem ernsten Gesichtsausdruck verfrachtete mich Dylan auf die Sitzbank des Trucks. Verärgert entriss ich mich seinem Griff. »Deine Eltern trauen sich vielleicht nicht, es dir ins Gesicht zu sagen. Aber niemand kann mehr ertragen, wie du dich selbst so leiden lässt. Hör endlich auf damit. Es ist mir egal, ob ich dabei deine Gefühle verletze. Ich kann es dir problemlos sagen. Alle behandeln dich wie ein rohes Ei.« Bewegungslos erwiderte ich seinen Blick. Ich war zu keiner Reaktion fähig. »Du hältst dadurch nicht nur dich davon ab, glücklich zu sein, sondern auch alle anderen.«

Seine Worte saßen. Wie ein zu großer Brocken Brot schnürte mir die Erkenntnis die Kehle zu. Gerne hätte ich geweint. Nur nicht vor Dylan. Starr blickte ich aus dem Fenster. Dylan hatte recht. Ich war unglücklich. Und seit meiner Ankunft verbreitete ich mein Unglück wie eine ansteckende Krankheit. Das konnte ich meinen Eltern keinesfalls weiterhin antun.

»Okay, ich werde kooperativ sein. Lass uns fahren.«

* * *

Als mir klar wurde, dass Dylan nicht in die Stadt fuhr, meldete sich altbekanntes Misstrauen. »Das war die falsche Abzweigung«, kommentierte ich äußerlich ruhig, aber innerlich geladen wie ein gespannter Bogen.

»Wir fahren nicht zur Tanzschule«, war darauf Dylans vage Antwort.

Da ich erwartet hatte, er würde mich entführen, um mich wieder zum Tanzen zu bewegen, war ich überrascht, dass dies genau nicht der Fall war. »Wohin fahren wir dann?«

»Lass doch einmal im Leben alles nur auf dich zukommen. Vertrau mir.« Dylan warf mir einen kurzen Blick über das Lenkrad hinweg zu. Ihm vertrauen? Eigentlich sollte mir das nicht schwerfallen. Immerhin hatte er bisher nichts getan, das meine schlechte Meinung über ihn begründete. In Wahrheit war ich wohl einfach ein Snob und sah auf ihn herunter, weil ich wusste, dass er nicht die gleiche stinkteure Ausbildung hinter sich hatte wie ich und meine Kollegen.

»Wir sind da.« Bei der letzten Abbiegung hatten wir die asphaltierte Straße verlassen. Nun parkte Dylan den Truck mitten im Nirgendwo auf dem offenen Feld.

»Was machen wir hier? Bitte sag mir nicht, du willst eine Leiche verscharren.« Gespielt entsetzt sah ich durch die Heckscheibe auf die Ladefläche. Aber natürlich war sie leer. Dylan war durch und durch ein guter Kerl, und es war schlecht von mir, ihn nur wegen seiner Ausbildung und der Tatsache, dass er als Ranchaushilfe arbeitete, zu verurteilen.

»Keine Leiche – außer du benimmst dich nicht«, drohte er scherzhaft und stieg aus dem Wagen.

Unschlüssig verharrte ich auf meinem Sitz. Eine Vorahnung beschlich mich, und ich war mir nicht sicher, ob ich dazu bereit war.

»Worauf wartest du?« Er war um die Karosserie herumgegangen und öffnete nun die Beifahrertür. Lässig lehnte er sich gegen den Türrahmen und kratzte sich über den Dreitagebart. »Du weißt genauso gut wie ich, dass du die Krücken nicht mehr zum Gehen brauchst.« Ein herausforderndes Funkeln lag in seinen blauen Augen, aber ich fühlte mich nicht schlagfertig genug, mich dagegen zu wehren. In letzter Zeit kam ich mir ohnehin wie ein Waschlappen vor. Wohin waren nur mein Mut und Selbstbewusstsein verschwunden?

»Bitte, bring mich wieder heim«, murmelte ich leise und senkte geknickt den Kopf. Eine tiefe, unerklärliche Traurigkeit drückte auf meine Brust, und am liebsten hätte ich meinen Tränen freien Lauf gelassen.

»Das kommt auf gar keinen Fall infrage.« Bestimmt zog mich Dylan aus dem Wagen und hob mich wieder hoch.

»Das hatten wir doch schon. Lass mich wieder runter«, echauffierte ich mich. Jetzt verwandelte sich die Traurigkeit in Wut. Vielleicht kein schlechter Tausch.

»Du versinkst in Selbstmitleid und bist ein Jammerlappen«, knurrte er mich an.

Vor Empörung rang ich um Worte. »Du Arsch. Lass mich sofort runter!!«

Da ich nicht wusste, wohin Dylan gedachte, zu gehen, war ich mehr als überrascht, als er meiner Aufforderung Folge leistete und mich auf meine eigenen Beine stellte.

»Es wird auch langsam Zeit, dass du auf deinen eigenen Beinen stehst«, giftete er mich an.

Ich begann vor Zorn zu kochen. »Sag mir einfach, was wir hier wollen!« Demonstrativ wandte ich mich von ihm ab und starrte auf das offene Feld. Ein kühler Novemberwind wehte um meine Ohren und peitschte mir die zerzausten Haare ins Gesicht. Fröstelnd schlang ich meine Arme um meinen Oberkörper. Es fühlte sich an, wie eine Geste, um mich vor dem Zerfall zu bewahren. Denn so kam es mir vor – als würde mein Leben in seine Einzelteile zerfallen und ich gleich mit. Die hohen Grashalme raschelten, als würden sie zu uns sprechen und über den Ruf der Natur hinweg, hätte ich Dylan fast nicht verstanden.

»Es wird Zeit, dass du sagst, was du wirklich fühlst. Du hamsterst den Schmerz wie ein Eichhörnchen, das sich seinen Wintervorrat ansammelt. Das ist nicht gut für dich.«

Gegen meinen Willen musste ich lächeln. »Der Vergleich ist doof.«

»Siehst du, du machst es schon wieder.« Wütend packte er mich an den Schultern und drehte mich zu sich um.

»Was denn?«, fauchte ich zurück. Die Wut lenkte mich davon ab, darüber nachzudenken, was für ein überraschend angenehmes Kribbeln seine Berührung auf meiner Haut erzeugte.

»Du weichst immer wieder vom Thema ab. Sagst nie, was du wirklich denkst oder was du wirklich fühlst. Stattdessen frisst du deine kaputten Gefühle in dich hinein und leidest. Aber niemand kann dir helfen, weil du niemanden dir helfen lässt.«

»Na und? Was geht dich das an? Was willst du überhaupt von mir?«, schrie ich ihm über das Rauschen des Windes hinweg entgegen. Ich wusste nicht, ob ich vor Wut oder Kälte zitterte.

»Ich will, dass du endlich loslässt. Denk nicht darüber nach, was du fühlst, sondern sag es einfach!«

Kapitel 8

»Du willst, dass ich sage, was in meinem Kopf vor sich geht?«, fauchte ich mit gepresster Stimme. Meine Nasenflügel bebten, ich brodelte vor Wut. »Gut, nichts leichter als das.« Mein ganzer Körper fing Feuer. Ich dachte, ich würde jeden Moment explodieren. »Ich hasse es, wieder hier zu sein. Ich hasse es, von allen bemitleidet zu werden. Ich hasse es, dass mich alle anlügen. Niemandem kann ich vertrauen. Ich hasse es, Ally mit Adam zu sehen. Jedes Mal ist wie ein Messerstich. Ich hasse es, so nutzlos zu sein. Ich hasse es, nicht mehr Tanzen zu können.« Ohne es bemerkt zu haben, rannen mir unaufhörlich Tränen über die Wangen. Ich schluchzte auf. »Und ich hasse dich.«

»Warum mich?« Während meiner ganzen Tirade war Dylans Gesichtsausdruck immer weicher geworden.

»Ich hasse dich, weil du mich nicht in Ruhe lässt. Weil du dich in Dinge einmischst, die dich nichts angehen.« Meine Schultern bebten, und ich schluchzte noch mehr. »Und weil du recht hast.«

»Es wird alles wieder gut«, murmelte seine rauchige Stimme an meinem Ohr, und erst jetzt erkannte ich, dass er mich in seine Arme gezogen hatte. Meine schwarze Wimperntusche hinterließ nasse Flecken auf seinem karierten Hemd, und ich fühlte mich elend.

»Ich habe das Gefühl, es wird alles noch schlimmer.« Der Gedanke an Ally und Adams Hochzeit drehte mir den Magen um.

»Nein, weil wir etwas dagegen unternehmen werden. Manches im Leben lässt sich vielleicht nicht beeinflussen, aber eines schon.« Ohne dass er weiter etwas hätte sagen müssen, war mir klar, worauf er hinauswollte. Aber es war so unfassbar schwer.

»Ich kann nicht wieder tanzen«, flüsterte ich mit schmerzverzerrtem Gesicht. Ich hatte nicht nur Angst davor, den ersten Schritt zu machen. Vielleicht war es gar nicht der Anfang, der mich ängstigte, sondern wie es sein würde, wieder dort zu stehen, wo ich am Anfang war. Alexis musste mich in der Zwischenzeit bereits neu besetzt haben. Was, wenn meine Zweitbesetzung besser war? Wollte ich diese Enttäuschung überhaupt erfahren?

»Egal, was du sagst, du kannst wieder tanzen. Du musst nur anfangen.«

»Ich kann nicht«, wiederholte ich ein weiteres Mal und schüttelte vehement den Kopf. Aber Dylan ließ sich davon nicht beirren.

»Nenn mir einen Grund, warum du nicht wieder zurück ans Ballett möchtest.«

Dunkle Gedanken schossen durch meinen Kopf, und alles drehte sich. Ich konnte es ihm nicht sagen. Es nicht mal annähernd in Worte fassen. Mein Hals war wie zugeschnürt, ich würde keinen Satz herausbringen. Ich schluckte schwer.

»Eben«, sagte Dylan siegessicher und lächelte mir aufmunternd zu. Doch er konnte nicht wissen, was wirklich in meinem Inneren vor sich ging. Ich konnte es ihm unmöglich sagen. Aber nun tat ich wieder genau das, weswegen er mich gerade vorhin noch beschuldigt hatte. *Meine Gefühle hinunterschlucken und nicht die Wahrheit sagen.* Aber ich konnte einfach nicht. Allein daran zu denken, schmerzte und beschämte mich zugleich.

»Ich fange wieder an«, antwortete ich, um die schreienden Stimmen in meinem Kopf zum Schweigen zu bringen.

»Dann leg los.« Er schien keine Zeit verlieren zu wollen.

»Was? Hier?« Irritiert sah ich über das Feld.

»Ja, ich helfe dir.« Seine blauen Augen lächelten mir gutmütig zu, und in diesem kurzen Moment fühlte ich nichts als Dankbarkeit. »Wir müssen erst mal damit starten, deine Muskeln wiederaufzubauen.«

»Du willst mir wirklich helfen?«, fragte ich geradezu ungläubig. Wie war es möglich, dass er mir noch immer helfen wollte, obwohl ich bisher nichts getan hatte, als ihn zu beschimpfen und anzuschreien. Ich verdiente seine Freundlichkeit nicht.

»Stell nicht mein Können als Personaltrainer infrage«, sagte er ausweichend und zwinkerte scherzhaft. Dann schob er mich auf den Truck zu. »Du brauchst wieder ein besseres Gleichgewicht. Los geht's.« Er legte meine eine Hand auf der Metallstange der Ladefläche des Trucks ab, sie sollte provisorisch anstelle der Ballettstange herhalten. Ich fühlte das kühle Metall unter meinen Fingern, konnte aber nicht meinen Blick von seinen Augen abwenden.

»Danke«, flüsterte ich leise. Mein Flüstern wurde vom Wind davongetragen. Aber als sich seine Lippen zu einem warmen Lächeln hoben, wusste ich, dass er mich gehört hatte.

* * *

Von da an trainierte Dylan jeden Mittwochvormittag mit mir auf dem offenen Feld. Wenn er sich wieder der Arbeit widmete, machte ich allein weiter. Mein Kampfgeist war geweckt, und ich hatte ein Ziel vor Augen. Madame Joan war ganz aus dem Häuschen gewesen, als ich sie darum bat, tatsächlich ein Solo bei der Weihnachtsaufführung tanzen zu dürfen. Ich verbrachte jede freie Minute in der Tanzschule, trainierte und wagte es endlich wieder zu tanzen. Schritt für Schritt kämpfte ich, bis ich wieder in meinen Spitzenschuhen an der Tanzstange stand. Madame Joans Tanzschüler waren begeistert, wenn ich etwas vorzeigte und auch wenn sie nicht mit dem Publikum eines vollen Lincoln Centers gleichzusetzen waren, fühlte es sich doch wie ein kleiner Erfolg an.

Die Wochen vergingen wie im Flug, und der Winter rückte unaufhaltsam näher. Verstimmt verbrachte ich den Mittwochmorgen in der Küche, als erstes Schneetreiben einsetzte und Dylan sich weigerte, mit mir aufs Feld zu fahren.

»Es ist arschkalt draußen. Gönn dir eine Pause«, sagte er und zog den Kragen seiner mit Wolle gefütterten Jacke hoch.

»Wo willst du hin?« Nach Ablenkung suchend, klappte ich den Laptop auf.

»Die Paddockboxen müssen für den Winter hergerichtet werden. Nathan will es dieses Jahr mit neuen Bodeneinlagen probieren.«

»Du arbeitest auf der Ranch, hilfst Derek bei Einsätzen und leitest die Tanzgruppe. Wer bist du? Superman?«, zog ich ihn auf und grinste.

»Vielleicht so was in der Art. Wir sehen uns später.« Er zwinkerte mir zu, dann öffnete er die Haustür und stapfte nach draußen. Ein kalter Luftzug wehte herein, und ich zog die Knie an. In meinen Schlafanzug gekuschelt kauerte ich mich auf dem Küchenstuhl zusammen und vertrieb mir die Langeweile im Internet. Dylan hatte recht, ich brauchte wirklich eine Pause. Ich hatte einen grauenhaften Muskelkater und befürchtete, eine Erkältung könnte im Anmarsch sein.

Der Duft nach frischen Kräutern stieg mir in die Nase, während ich mit einem kleinen Löffel in der Teetasse rührte. Ich las planlos irgendwelche Artikel, bis ich bei einer Schlagzeile erschrocken verharrte.

Verletzte Ballerina versteckt sich vor der Realität.

»Scheiße«, murmelte ich, während meine Augen den Zeilen folgten.

Gleich darunter hieß es – *Lionel Leroy weist Missbrauchsanschuldigungen zurück.* Mein ungutes Gefühl im Magen steigerte sich, als ich den Artikel überflog. Sobald ich das Ende erreicht hatte, war mir augenblicklich klar, von wem der Bericht verfasst worden war. John Smith – der Reporter, den ich dafür verantwortlich machte, dass ich die Treppe hinuntergestürzt war.

»Morgen«, sagte da plötzlich die Stimme meiner kleinen Schwester, und wie ertappt zuckte ich zusammen.

»Solltest du nicht in der Schule sein?«, fragte ich zerstreut und hätte mit einer hektischen Bewegung beinahe die Teetasse vom Tisch gefegt.

»Die erste Stunde entfällt.« Wie selbstverständlich griff sie nach meinem Tee und nahm einen großen Schluck. »Was schaust du da? Ist das die Times?«

»Nein, nein. Nur irgendein Boulevardblatt«, sagte ich schnell und klappte den Laptop nachdrücklich zu.

Forschend sah mich meine kleine Schwester mit einer nachdenklichen Falte auf der Stirn an. »Wirst du uns wieder für New York verlassen?« Es war sehr schwer, vor Jessy etwas zu verbergen, weshalb ich nur unschlüssig die Schultern hob.

»Es wäre möglich. Ich kann nicht ewig hierbleiben.«

»Warum nicht? Ally ist doch auch hier.« Ihre grünen Augen wirkten ein kleines bisschen vorwurfsvoll.

Wie sollte ich ihr erklären, dass meine Träume schon immer größer gewesen waren. Gerade wo ich in den letzten Monaten immer mehr ins Zweifeln gekommen war. Immerhin war ich diejenige, die Ally nun um ihr schlichtes Leben mit Adam beneidete.

»Kannst du nicht hierbleiben? Du könntest Dylan heiraten.« Manchmal war sie ganz ihrem Alter entsprechend einfach so ein Teeniemädchen. Ich musste schmunzeln.

»Dylan und ich sind kein Paar, das ist dir schon klar, oder?« Mir war in den letzten Wochen nicht entgangen, wie Jessy Dylan anhimmelte. Daher verwunderte mich ihre Antwort nicht unbedingt.

»Es wäre eh viel besser, er würde mit mir zusammenkommen.« Sie grinste verschlagen. Natürlich war sie für ihn noch viel zu jung, aber um fair zu bleiben – Dylan wäre wirklich kein schlechter Fang. Seine Unterstützung und Hilfe bei meinem Training waren unbezahlbar. Wenn er nicht gewesen wäre, hätte ich vielleicht noch immer nicht angefangen.

»Das letzte Mal war es noch Prinz Harry und jetzt, wo der nun vergeben ist – Dylan?«, zog ich sie auf und kicherte.

Auch Jessy lachte, wurde aber schnell wieder ernst. »Es wäre schön, du würdest bleiben.«

* * *

Die Fahrbahn war spiegelglatt, und ich war zutiefst erleichtert, als wir die Tanzschule erreichten. Niemand hatte den Eingang vom

Schnee frei geräumt, weswegen wir durch die Schneemassen stapften und kalter Schneematsch seitlich in meine Stiefel rieselte.

»So kalt«, bibberte ich und rieb mir die Hände. Meine Handschuhe hatte ich dummerweise im Auto liegen gelassen.

»Ich setze gleich mal Tee auf. Wenn die Kinder ankommen, wollen sie sich bestimmt erst mal aufwärmen.« Dylan schloss die Tür der Tanzschule auf, und wir beeilten uns, in den beheizten Tanzsaal zu gelangen.

Während ich mich umzog und meine Spitzenschuhe bog, hörte ich im Nebenraum den Teekessel pfeifen.

»Joan hat mir eine Nachricht hinterlassen. Sie schafft es heute nicht zur Tanzstunde.«

»Bestimmt ist es ihr zu kalt, um das Haus zu verlassen«, rief ich Dylan amüsiert als Antwort zu.

»Mag sein. Ich wäre gerade auch lieber zu Hause«, sagte er gähnend und kam mit einer dampfenden Teekanne und Bechern zurück. »Vermutlich kommen heute ohnehin nicht mehr als fünf Kinder. Bei dem Schneechaos hat kaum jemand Lust, mit dem Wagen zu fahren.«

»Ist gut. Bis die ersten kommen, würde ich sowieso gerne noch mein Solo proben. Ich bräuchte bei einem Teil deine Meinung.«

Mich immer noch streckend, richtete ich mich vom Boden auf und band die Bänder der Schuhe um meine Knöchel.

»Lass mal sehen. Ich starte die Musik.«

Zwar wusste ich noch immer nicht, wie Dylan zu seiner Tanzerfahrung kam, dennoch hatte ich in den letzten Wochen durchaus gemerkt, dass er etwas vom Tanzen verstand.

»Willst du mir eigentlich jemals verraten, was deine Geschichte ist?«, fragte ich und führte zum Aufwärmen die Grundübungen an der Stange durch.

»Was meinst du?« Ohne aufzusehen hantierte Dylan an der Musikanlage.

»Wie bist du zum Tanzen gekommen? Ohne Grund hilfst du Madame Joan bestimmt nicht bei der Weihnachtsaufführung.«

»Ist es so schwer, zu glauben, ich könnte einfach nur ein hilfsbereiter Typ sein?«, entgegnete er herausfordernd.

»Ich bin schlichtweg neugierig«, antwortete ich ausweichend, um nicht zu sagen, dass ich genau das nicht glaubte.

»Halte deine Neugierde zurück, und leg los.«

So schnell würde er wohl nicht mit den Informationen herausrücken, die mich interessierten. Aber die Kinder würden bestimmt bald eintrudeln, weshalb ich nicht weiter diskutierte, sondern mich in die Anfangsposition begab. Da ich wusste, dass die Bewohner unserer Kleinstadt nicht so viel mit dem klassischen Ballett am Hut hatten, hatte ich mich dazu entschieden, für die Musik eine etwas modernere Interpretation zu nehmen. Mit dem Klavier im Vordergrund war es jedoch immer noch mit einer weihnachtlichen Note versehen.

Die Musik setzte ein, und ich stellte mich auf die Zehenspitzen. Es war ein komisches Gefühl, wieder dort zu stehen, wo ich vor meinem Unfall gewesen war. Doch es fühlte sich gut an. Meine Muskeln waren noch nicht wieder so stark und gedehnt wie früher, aber umso verbissener kämpfte ich dafür, erneut so gut zu werden. Für die Weihnachtsaufführung hatte ich nicht die schwierigsten Figuren gewählt, und mittlerweile gingen sie mir wieder problemlos von der Hand, sodass ich mich ganz auf die Bewegungen konzentrieren konnte, ohne darüber nachdenken zu müssen, was ich tat. Mein Körper führte den Tanz im Alleingang aus. Es kostete mich mehr Kraft als früher, zu springen, aber es sah leichtfüßig aus und erfüllte mich mit Stolz. Mich selbst in der Spiegelfront zu beobachten, war, als sähe ich dort jemand anderen. Es machte mich glücklich, wieder den vertrauten Klängen der Musik zu folgen, aber irgendwie war ich nicht ganz auf einer Ebene mit dem, was ich mir bei der Choreografie vorstellte. Mit Nicolai auf der Bühne war ich ein Star gewesen, jetzt ging mir bereits nach einem Durchgang die Puste aus.

»Ich brauche eine Pause. Was hältst du von dem Teil?«, fragte ich Dylan und kam zum Stehen. Meine Haare hatte ich zu einem Dutt zusammengefasst, nun hingen mir allerdings vereinzelte Strähnen ins verschwitzte Gesicht.

»Wozu brauchst du meine Meinung? Es ist absolut perfekt.« Dylan lehnte mit verschränkten Armen gegen die Mauer. Obwohl er lächelte, konnte ich seinen Gesichtsausdruck nicht ganz deuten.

»An der Stelle, wenn die Musik schneller wird – besser Grand Jeté oder Arabesque?« Schnaufend stützte ich meine Hände in die Hüften. Schweiß stand mir auf der Stirn, und meine Brust hob und senkte sich heftig.

»Hmh …« Nachdenklich betrachtete mich Dylan für einen Moment. Dann kam er in großen Schritten auf mich zu. »Schaffst du einen Penché – dann hoch und zwei Pas de Chat? Ich weiß es wäre ein schneller Wechsel, würde aber den schnellen Musikpart unterstreichen.«

»Das klingt nach einer guten Idee. Du kennst dich ja wirklich aus«, kommentierte ich halb verwundert und musterte ihn gleichwohl fasziniert wie misstrauisch. Nun machte er mich umso neugieriger, woher seine Tanzerfahrungen stammten. Aber natürlich würde er mir sicherlich keine meiner Fragen beantworten.

»Dann zeig mal«, forderte er mich auf.

Ich ging in die Position und versuchte es erst mal in normaler Geschwindigkeit. »Huch«, machte ich erschrocken, als ich beinahe das Gleichgewicht verlor. Ich merkte bereits die Müdigkeit, die mich unkonzentriert machte.

»Gut so, aber den Sprung noch höher«, kommentierte Dylan und trat näher an mich heran. »Versuch es noch einmal.«

Als ich diesmal zu einem Penché ansetzte, legte er seine Hände an meine Hüften und unterstützte mich bei dem Sprung. Mit seiner Hilfe fühlte es sich an, als würde ich fliegen. Plötzlich erschien es so leicht. »Genau so.«

Ein weiterer Pas de Chat, und es war vorbei. Dennoch nahm er seine Hände nicht von meiner Taille. Es wäre ein Leichtes gewesen, einfach wegzutreten und alibihalber nach meiner Trinkflasche zu greifen. Doch ich tat nichts dergleichen. Stattdessen verharrte ich, wo ich war, und beobachtete unser Spiegelbild, wie wir eng aneinander im halbdunklen Tanzsaal standen. Ich spürte seinen warmen Atem in meinem Nacken, und mich überlief ein prickelnder Schauder.

»Ist jemand da?«, rief plötzlich eine Stimme. Überrascht fuhren wir auseinander.

Dylan fing sich schneller als ich. »Hallo, Cheryl. Schön, dich zu sehen. Hey, Trix, Noah. Nehmt euch doch einen Tee«, begrüßte er die Neuankömmlinge. Er schien sich wieder gefasst zu haben. Trix und Noah stürmten sofort mit bibbernden Lippen auf den Teekessel zu, während Trixis Mom Cheryl am Eingang verharrte.

»Hallo, Dylan. Don holt die Kinder später ab, Trix verbringt die restliche Woche bei ihm.« Nun schien sie es sich doch anders überlegt zu haben, denn hüftschwingend betrat sie den Tanzsaal. Gerne hätte ich sie darauf hingewiesen, dass sie mit ihren Schuhen Schnee von draußen nach drinnen brachte, aber sie hatte nur Augen für Dylan. Mit hochgezogenen Augenbrauen sah ich zwischen ihnen hin und her.

»Alles klar. Dann wünsche ich dir eine schöne restliche Woche.«

Cheryl war eine außerordentlich junge Mutter, vermutlich trat Tiffany gerade in ihre Fußstapfen. Für sie konnte man dann allerdings nur hoffen, dass ihre Ehe länger halten würde als die von Cheryl und Don.

»Danke, dir auch. Wir sehen uns dann am Dienstag. Bye.« Sie schenkte Dylan ein strahlendes Lächeln, richtete ihren Kaschmirschal zurecht und wandte sich anschließend den Kindern zu. »Viel Spaß, Knirpse.«

Als sie nach draußen stöckelte – selbst ihre Winterstiefel hatten Absätze – packte mich Eifersucht. Warum würden sie und Dylan sich dienstags sehen? War für den Tag eine weitere Tanzprobe angesetzte, von der ich noch nichts wusste? Oder datete Dylan die Alleinerziehende?

Aber es war nicht der richtige Zeitpunkt, ihn danach zu fragen. Vermutlich hätte ich ohnehin keine Antwort bekommen.

Kapitel 9

Die Tanzprobe lief gut, und als alle Kinder von ihren Eltern abgeholt worden waren, packten auch wir unsere Sachen zusammen.

»Alles klar bei dir? Du bist so nachdenklich«, kommentierte Dylan mein Schweigen, als ich mir einen Pullover über mein Trainingsgewand zog. Mittlerweile war ich zu erschöpft, um Strumpfhose und Trikot gegen normale Kleidung zu wechseln. Ich löste meine im Nacken zu einem Knoten zusammengefassten Haare und streckte mich.

»Ja klar.« Ich gähnte demonstrativ, sodass ich ihn im Glauben belassen konnte, ich sei nur müde und nicht eifersüchtig auf Cheryl.

»Hallo?« Schon wieder wurden wir von einer Frauenstimme unterbrochen. Diesmal kam sie mir jedoch von der ersten Sekunde an bekannt vor. Mit einem unwohlen Gefühl drehte ich mich zur Tür um.

»Hi«, sagte Ally ein weiteres Mal, als keiner von uns antwortete. Überrumpelt starrte ich meiner Schwester entgegen. Als ich immer noch um eine Erwiderung rang, wurde sie sichtlich nervös und nestelte unbeholfen am Saum ihres roten Wintermantels. »Kann ich kurz mit dir sprechen?«

Man brauchte nicht viel Fantasie, um zu erraten, worum es ging. Aber fühlte ich mich schon bereit für eine Aussprache? Es war bereits über ein Monat vergangen, seit unser Streit eskaliert war, und ich hatte es seither tunlichst vermieden, im Haus zu sein, wenn sie und Adam zu Besuch waren. Mom hatte schon ein paar Mal anklingen lassen, dass dies nicht so weitergehen konnte. Doch alles in mir weigerte sich, ihr zu verzeihen, wo ich doch immer noch so unglaublich enttäuscht war.

»Okay«, antwortete ich wortkarg.

»Geh ruhig. Ich schließe ab und warte dann beim Wagen«, sagte Dylan und sah mich mit einem auffordernden Blick an, der wohl so viel bedeuten sollte, wie *stell dich nicht so an, und rede mit ihr.* Also zog ich mir meine Mütze über die Ohren, schulterte meine Sporttasche und folgte ihr nach draußen. Bittere Kälte schlug uns entgegen, aber ich war viel zu sehr davon abgelenkt, womit mich Ally nun konfrontieren würde, anstatt um mein Leben zu zittern. Die Luft war so beißend kalt, es kitzelte in meiner Nase.

»Es tut mir leid, was aus uns geworden ist. Aber so kann es nicht weitergehen.« Den Satz hatte ich mittlerweile zu oft gehört, um mich davon beeindruckt zu zeigen. Ally hatte ganz offensichtlich einen emotionalen Monolog vorbereitet, und ich fuhr schon bei ihren ersten Worten wie automatisch meinen inneren Schutzwall hoch. »Du bist meine Schwester, und ich hab dich unendlich lieb. Ich kann nicht so weitermachen – ich hasse es, wenn du böse auf mich bist.« Ihre Nase im hellen Gesicht wurde immer röter, und ich fragte mich, ob es an der Kälte lag, oder sie zu weinen beginnen würde. Ich hoffte auf Ersteres, denn wenn sie erst mal losheulte, könnte auch ich die Tränen nicht länger zurückhalten. »Es ist falsch, Adam dir vorzuziehen. Ich hätte mich nie auf ihn einlassen dürfen. Aber es ist zu spät. Ich liebe ihn.« Nun schniefte sie.

Ich würde lügen, würde ich sagen, mir ginge der Streit mit Ally nicht auch nahe. Aber ihre Worte machten es nur schlimmer. Ich wollte nicht hören, wie sehr sie Adam liebte. Ich wollte nicht wissen, wie schön ihr Leben an seiner Seite war. Wie sehr er sie verehrte und liebte. Ich wollte es nicht hören. Nichtsdestotrotz war sie meine Schwester. Mein kleines Schwesterherz. Ich konnte nicht ewig böse auf sie sein.

»Schon gut«, sagte ich leise. »Ich bin dir nicht mehr böse.« Zu gerne hätte ich es ehrlich gemeint, doch meine Gefühlslage konnte sich nicht von einem auf den anderen Moment ändern. Es gab keinen Schalter, der meine Verletztheit abgeschaltet hätte und mich ihr verzeihen lassen würde. Langsam wuchs in mir die Befürchtung, dass ich neidisch war. In ihrem Leben schien gerade alles rund zu laufen, während ich vor einem einzigen Scherbenhaufen stand. Aber das konnte ich ihr nicht sagen. Stattdessen lächelte ich ihr aufmunternd zu, und unerklärlicherweise wirkte es überzeugend. Denn nun fiel mir Ally mit einem erleichterten Seufzer um den Hals und zog mich in eine lange Umarmung.

»Ich hab dich vermisst.« Sie drückte ihre tränennasse Wange an mein Gesicht, und ich bekam ein schlechtes Gewissen. Warum fiel es mir so schwer, ihr zu verzeihen?

»Ich habe dich auch vermisst«, murmelte ich leise – und das meinte ich ehrlich.

* * *

»Ally hat mir erzählt, ihr habt euch versöhnt?« Mom lächelte mich stolz an, als glaubte sie, es wäre meine erwachsene Entscheidung gewesen. Ich schämte mich dafür, wie falsch sie damit lag.

»News travel fast«, kommentierte ich mit schmalen Lippen und rührte mein Müsli.

»Sie kommt heute zum Abendessen, daher hat sie es mir verraten.« So wollte sie mich wohl versonnen stimmen, tat sie jedoch nicht.

»Sie kommen zum Abendessen?«, fragte ich verstimmt. Ally und Adam beim Abendessen – so würde es mir bestimmt gleich viel leichter fallen, mich am Verzeihen zu üben.

»Nein, nur Ally. Adam ist bis morgen verreist.« Ich fragte nicht, wohin, denn es interessierte mich nicht. »Es würde euch guttun, etwas mehr Zeit gemeinsam zu verbringen.«

»Meinst du jetzt mich und Ally oder uns alle drei?« Meine Frage kam bissiger als geplant über meine Lippen.

»Ich dachte, du wärst über ihn hinweg.«

»Ja, klar. Und deswegen muss ich gleich meine Freizeit mit ihm verbringen. Weil wir ja so gute Freunde sind.« Jetzt wurde mein Sarkasmus immer triefender.

»Maddie«, begann Mom und setzte damit bestimmt zu einer langen Predigt an.

Ich erstickte diese jedoch gleich im Keim. »Mom, lass es gut sein.«

Da ich keinen weiteren Gedanken an Adam verschwenden wollte, nahm ich meinen Wintermantel vom Haken und stapfte nach draußen in den Schnee. Bei dem heißen Sommer hatte ich beinahe vergessen, wie reinigend sich ein kanadischer, echter Winter anfühlte. Meine Lungen füllten sich mit eisig, klarer Luft und ich atmete Freiheit.

* * *

»Kommst du mit nach drinnen?« Dylan füllte einen letzten Wasserkübel in den Trog. »Du kannst dich nicht ewig vor deiner Schwester verstecken. Außerdem bist du schon den ganzen Tag draußen. Du musst bereits halb erfroren sein.«

»Ich war beim Mittagessen im Haus«, entgegnete ich und trat aus Cimis Box heraus. Die Bewegung und die Arbeit hatten mich von der Kälte abgelenkt, und ich fühlte mich mehr als motiviert. Beinahe, als könnte ich Bäume ausreißen. »Und ich verstecke mich nicht.«

»Dann komm mit.« Herausfordernd grinste er mich an.

»Gut.« Nachdrücklich schloss ich die Boxentür, hängte Cimis Halfter an die gegenüberliegende Wand und folgte Dylan. Ich mochte den Geruch nach Heu und Pferd, der nach einem Tag im Stall an mir haftete und konnte mir kaum noch vorstellen, wie sauber und steril es in unseren modernen Probesälen gerochen hatte.

»Wie läuft es mit den Vorbereitungen für die Weihnachtsvorstellung?«

Ich hatte heute bei einem Telefonat gehört, wie Dylan irgendetwas von Feenflügel gesprochen hatte. Da ich ihn nicht für die Art von Typ hielt, der in seiner Freizeit mit Feenflügel herumlief, vermutete ich stark, dass es sich dabei um die Kostüme für die Aufführung handelte.

»Trixis Mom näht die Kostüme. Sie ist fast fertig«, erzählte Dylan. Sein Atem hinterließ weiße Wölkchen in der Luft, und wir beeilten uns, über den schneebedeckten Hof ins Haus zu gelangen. Ich machte mir einen Spaß daraus, meine kleinen Schritte in seine großen Fußabdrücke zu setzen. Wobei er sich halb den Hals verrenken musste, um mich während des Redens anzusehen.

»Cheryl macht die Kostüme?« Warum hatte ich das nicht erwartet? Irritiert stellte ich fest, dass sich ein Fünkchen von Eifersucht in mir regte.

»Sie ist ziemlich talentiert.«

Aber Dylans Antwort fiel kurz angebunden aus, und mir blieb nicht viel Zeit, aus unerklärlichen Gründen eifersüchtig zu sein. Langsam sollte ich wirklich zu einem Psychologen. So, wie ich nun auch schon an Dylan hing und mich gegenüber Cheryls wie eine besitzergreifende Hyäne verhielt, schrie das ganz klar nach Verlustängsten.

Dylan öffnete die Haustür und stapfte den Schnee auf der Holztreppe ab, bevor er nach drinnen ging.

»Dylan? Ist Maddie bei dir?« Ich hörte Moms nervöse Stimme. Offenbar machte sie sich Sorgen um den neugewonnenen Frieden zwischen Ally und mir.

»Ja, ist sie.« Nun war es zu spät, um mich aus der Affäre zu ziehen.

»Hey.« An der Tür legte ich noch meinen Mantel ab, dann betrat ich ebenso die Küche.

»Endlich. Ich dachte schon, du wärst draußen erfroren«, kommentierte Mom und reichte sowohl mir als auch Dylan eine Teetasse. Der Geruch nach Orange und Ingwer stieg mir in die Nase. Das war vermutlich ihre Strategie, um uns in der Küche gefangen zu halten. Denn noch war der Tee zu heiß zum Trinken. Geduldig pustete ich auf das dampfende Wasser und wartete.

»Schön, dass du mich dann nicht gesucht hättest«, entgegnete ich sarkastisch und setzte mich gegenüber von Ally auf einen Küchenstuhl. Bisher hatte ich es vermieden, sie anzusehen, nun blieb mir allerdings nichts anderes übrig. Wenigstens schien auch sie sich unwohl zu fühlen. Nervös pulte sie an den Knöpfen ihrer Weste. Heute trug sie ihre Haare in einer eleganten Flechtfrisur, und erst jetzt wurde mir bewusst, wie ramponiert ich nach dem Tag im Stall aussehen musste. Meine braunen Haare hatte ich zu einem zerzausten Zopf zusammengebunden, ich war ungeschminkt, die Arbeitskleidung war dreckig und flatterte an meiner schmalen Statur. Und um dem Ganzen die Krone aufzusetzen, haftete Stroh und Einstreu am Stoff meiner Hose. Ally hingegen sah einfach umwerfend aus. Wäre die Stimmung zwischen uns nicht noch so angespannt gewesen, hätte ich sie nach Tipps gefragt, wie sie den Zopf so schön geflochten hatte.

»Wie geht es mit den Vorbereitungen für die Aufführung voran?«, fragte Mom, als hätte sie meinen bissigen Kommentar nicht gehört.

»Ganz gut, schätze ich«, antwortete Dylan, als ich nichts erwiderte. Er schien einen Familienstreit zu wittern und hätte sich mit Sicherheit lieber zurückgezogen.

»Dann habt ihr euch bestimmt mal ein bisschen Freizeit verdient, oder?« Das Glitzern in ihren blauen Augen bedeutete nichts Gutes, und mich beschlich ein ungutes Gefühl. Dieses spitzbübische Grinsen ließ sie um einige Jahre jünger wirken, und mit dem schulterlangen braunen Haaren erinnerte sie mich ganz klar an Jessy, wenn sie sich mal wieder als Detektivin übte. Auch Mom schien einen Plan zu haben, und ihre Frage war eindeutig rhetorisch gemeint. Mir wurde flau im Magen.

»Jaaa, vermutlich«, antwortete Dylan langgezogen. Misstrauisch zog er seine dunklen Augenbrauen zusammen.

»Sehr schön.« Sie lächelte breit, sprach aber nicht weiter. Ganz offensichtlich erwartete sie eine Antwort, doch mir war schleierhaft, worauf sie hinauswollte. Nach einem kurzen Moment der peinlichen Stille trat Dylan den Rückzug an. »Mir fällt ein, ich habe vergessen, die Satteltür abzusperren«, sagte er plötzlich und stellte seine Teetasse so schnell am Küchentisch ab, dass der darauf platzierte Plastikschneemann beinahe umgekippt wäre. »Ich bin gleich wieder zurück.«

Im Vorbeigehen zwinkerte er mir zu, und ich ärgerte mich, nicht selbst einen solchen Einfall gehabt zu haben.

»Aber Dylan, das macht doch nichts. Wer soll schon so weit abseits in einen Stall einbrechen?« Da war wieder Moms guter Glaube, warum sie auch nie die Haustür abschloss.

»Sicher ist sicher.« Und weg war er.

»Hmh«, machte Mom nachdenklich, fasste sich aber schnell wieder. »Dylan ist ein netter junger Mann, findet ihr nicht?« Ihre blauen Augen strahlten mit der funkelnden Lichterkette am Fenster um die Wette.

»Ja, das ist er«, pflichtete Ally ihr bei.

Misstrauisch sah ich zwischen ihnen hin und her. Täuschte ich mich, oder war Ally in Moms Plan eingeweiht? Zwei gegen einen – das würde kein fairer Kampf werden.

»Maddie, was hältst du von ihm? Ihr verbringt seit einer Weile ganz schön viel Zeit miteinander.« Mom tat scheinheilig, das machte ihre Absicht nur noch durchschaubarer.

»Ich mag ihn. Er hat mir bei meinem Training sehr geholfen.« Mein Versuch, unbeeindruckt zu klingen, ging offenbar in die Hose. Denn Ally und Mom bekamen ganz große Augen und ein verdächtig breites Lächeln.

»Ihr solltet ausgehen«, schlug Ally vor. »Ihr würdet wirklich gut zueinander passen.« Nun konnte ich wohl auch noch froh sein, dass sie dies wenigstens nicht in Dylans Anwesenheit vorschlugen. Andernfalls wäre es nur noch peinlicher gewesen. Zwar hatte bereits Jessy etwas Ähnliches angedeutet, dennoch war die Idee, mit Dylan auszugehen, vollkommen absurd.

»Ich werde Dylan ganz bestimmt nicht um ein Date bitten. Das wäre merkwürdig«, antwortete ich.

»Wie wäre es mit einem Doppeldate«, kam Moms Entgegnung wie aus der Pistole geschossen. Da hatten wir also den Plan, den sie mit dem Gespräch verfolgt hatte. Offenbar war sie genauso verlegen wie Ally, denn sie zupfte immer wieder am Kragen ihrer Bluse, wie sie es eigentlich nur machte, wenn Dad sie zu einem besonderen Essen ausführte und das Kleid nicht richtig saß.

»Ein Doppeldate?« Ich legte so viel Unglauben und Abscheu in das einfache Wort, wie mir möglich war.

»Oh ja. Euch Schwestern würde etwas mehr gemeinsame Zeit wirklich guttun. Und ich muss schon sagen, Dylan wäre ein guter Partner für dich. Kino oder ein Essen in der Stadt. Ganz zwanglos.«

Bei einem war ich mir jedoch sicher: Ein Date mit jemandem, dem man zwangsläufig täglich begegnete, verlief niemals *zwanglos*.

»Ich soll auf ein Date mit Ally, Adam und Dylan?« Ich betonte die Namen extra, damit auch sie begriff, wie absurd ihre Idee war. Ein Date mit meiner Schwester und meinem Ex war definitiv das Letzte, was ich wollte. In der gesamten Konstellation war Dylan wohl das kleinste Übel. Alles in mir wehrte sich dagegen, aber dennoch wollte ich auch die Annäherung zu Ally nicht gefährden. Schließlich stand Weihnachten kurz vor der Tür, und ich wusste, wie wichtig Mom der Frieden zwischen uns war.

»Mir gefällt die Idee«, sagte Ally, um Mom zu unterstützen, und in dem Moment wusste ich, dass ich die Diskussion verloren hatte.

Kapitel 10

Ally und Mom verschwendeten keine Zeit, und so kam es, dass ich mich Freitagabend schick anzog und schminkte, während draußen Schneeflocken herunterfielen. Ich konnte selbst nicht ganz glauben, dass ich mir wirklich die Mühe gemacht hatte, meine Haare mit dem Lockenwickler zu drehen und mich in ein Kleid zu zwängen. Zwar fand ich Kleider generell und enganliegende, giftgrüne Cocktailkleider im Besonderen zu schick für einen gewöhnlichen Abend. Aber Jessy erklärte den Abend für alles andere als gewöhnlich und bestand darauf. Einerseits sah ich darin wirklich gut aus, doch wohlfühlen war etwas anderes. Daher konnte ich im letzten Moment auch nicht widerstehen und lief noch mal die Treppe hoch, um mich umzuziehen. Vor dem Spiegel wurde mir daraufhin erst bewusst, wie schrecklich nervös ich vor dem heutigen Doppeldate war, und da half es nicht mal, dass ich mich schlussendlich für eine bequeme Jeans und einen weißen Pullover entschied.

»Ich würde viel lieber daheimbleiben und euch beim Backen helfen.« Mit einem genervten Stöhnen ließ ich mich auf einen der wenigen freien Küchenstühle sinken. Auf den restlichen standen Backbleche und Keksboxen.

»Viele Köche verderben den Brei«, entgegnete Grandma nachsichtig lächelnd und wuzelte ein Vanillekipferl.

»Nur sollten Kekse ohnehin zu keinem Brei werden.« Ich grinste sie an, erntete aber nur einen bösen Blick von Mom.

»Ally freut sich wirklich sehr darauf, Zeit mit dir zu verbringen.« Damit hatte sie bestimmt recht, dennoch kam es mir vor, als würde sie den Abend nur dafür nutzen wollen, mir zu demonstrieren, wie gut es ihr ging und wie schön ihr Leben war. Ja – da sprach die Eifersucht aus mir.

»Dagegen habe ich doch auch nichts. Aber warum muss Adam dabei sein?« Ich versteckte meine Abschätzigkeit nicht und betonte seinen Namen, als handelte es sich um den Teufel höchstpersönlich.

»Adam ist nun Teil der Familie. Du musst beginnen, dich mit ihm zu arrangieren. Da ist es doch das Beste, sich mal in einem neutralen Umfeld und mit anderen Leuten drumherum zu treffen.« Wichtigtuerisch hob Mom den Kochlöffel, wobei köstlich duftende Schokolade von der Löffelspitze in den Kochtopf tropfte.

»Ja, ein arrangiertes Doppeldate ist wirklich ein neutrales Umfeld«, kommentierte ich spitz. »Außerdem gibt es keinen Grund, warum ich mit ihm klarkommen sollte. Sobald …« Über mich selbst erstaunt, stockte ich in meinem Wortschwall. Beinahe hätte ich gesagt: *Sobald ich wieder in New York bin …* War es das, worauf all das hinauslief? Würde ich in wenigen Wochen meine sieben Sachen packen und zurück nach New York ziehen? Natürlich, das war von Anfang an der Plan gewesen. Es kam mir aber momentan gar nicht mehr richtig vor. Stattdessen fühlte ich mich geradezu schuldig, die Worte überhaupt gedacht zu haben. Als wäre ich undankbar, meine Familie einfach so zu verlassen, obwohl sie sich so um mich sorgten. Oder bildete ich mir das nur ein und sie erwarteten ohnehin nichts anderes? Jessys Worte spukten durch meinen Kopf. Sie würde sich wünschen, dass ich bliebe. Aber wollte ich das auch?

»Wir müssen uns beeilen. Sonst kommen wir zu spät«, sagte ich schnell, um mich von meinen wirren Gedanken loszueisen.

»Möchtest du nicht warten, bis Dylan dich vor der Tür abholt? Immerhin ist er ein Gentleman, und ihr geht aus.« Grandma zwinkerte mir zu. Wenigstens sie verstand, wie unangenehm mir die ganze Situation war. Dennoch schien es ihr Spaß zu machen, mich damit aufzuziehen.

»Ja, ich möchte sehen, ob er einen Anzug trägt«, rief Jessy und klatschte begeistert in die mit Mehl bedeckten Hände. Selbst die

Nasenspitze war ganz weiß – jene vermutlich vom Staubzucker. Alle in unserer Familie waren kleine Schleckermäulchen. Auch ich insgeheim. Gegen meinen Willen musste ich grinsen.

»Er trägt bestimmt keinen Anzug.« Wenn ich so darüber nachdachte, hatte ich ihn bisher ohnehin nur in Jeans und Karohemd gesehen und bei manchen Tanzproben mit schwarzem T-Shirt.

»Ich mache ein Foto, wenn er da ist.« Auf Moms Wangen bildeten sich vor Begeisterung rote Flecken, und ich bekam langsam Panik. Ich hatte nie diesen peinlichen Abschlussball-Abend mit meinen Eltern gehabt, da ich an jenem Abend bei einer wichtigen Aufführung in Toronto getanzt hatte. Nun schien Mom beschlossen zu haben, genau diesen Teenager-Albtraum nachzuholen.

»Mom, wir gehen in Tonis Diner, nicht zu einem Prom.« Genervt verdrehte ich die Augen.

»Aber du siehst so hübsch aus …«

»Lasst doch die arme Maddie in Ruhe. Sie ist ohnehin schon aufgeregt genug«, ging Grandma dazwischen und konnte sich ein Lachen wohl nur schwer verkneifen. »Geh schnell, bevor deine Mutter den Fotoapparat holen geht. Habt viel Spaß, und sag Dylan, er soll vorsichtig fahren. Die Fahrbahn ist rutschig und besser zu spät kommen, als einen Unfall bauen.« Sie gab mir einen Kuss auf die Wange, wobei sie sich vorlehnte und die Hände wie ein Huhn nach hinten stützte, um mein Outfit nicht mit Mehl zu verunstalten.

»Viel Spaß, Schatz.« Bevor es sich Mom noch mal anders überlegen konnte, zog ich mir schnell meinen Wintermantel über und verabschiedete mich.

Draußen hatte es eine Kälte, in der man nichts anderes tun konnte, als von einem warmen Gebäude zum anderen zu flüchten. Der Schnee knirschte unter meinen Schritten und kündigte bereits mein Kommen an, sodass Dylan nicht überrascht wirkte, als ich die Stalltür aufschob. Auch er richtete gerade seinen Schal zurecht und schien ausgehfertig. Die Situation zwischen uns war seltsam, und ich konnte mir nicht verübeln, dass sich mein Magen nervös zusammenzog. Ich erwartete, Dylan würde ebenfalls verlegen sein, doch stattdessen wirkte er regelrecht hektisch.

»Es tut mir so leid. Aber es ist etwas dazwischengekommen.« In Eile scheuchte er mich aus dem Stall und schloss die Tür hinter uns.

»Es ist etwas dazwischengekommen?« Gleichwohl erschrocken wie irritiert starrte ich ihm nach. Der Himmel war bereits stockdunkel und einzig die dicke Schneedecke erhellte die Landschaft geringfügig. So verschwamm Dylan mit der Dunkelheit, und ich konnte seinen Gesichtsausdruck nicht lesen.

»Ein Notfall. Derek hat angerufen. Auf der Weasley Ranch ist ein Wagen abgerutscht, und sie brauchen Unterstützung. Ein Pferd war im Anhänger.«

»Ich möchte mitkommen. Vielleicht kann ich helfen.«

»Das kannst du nicht. Ich muss sowieso durch die Stadt, dort lasse ich dich raus.«

»Warum nicht? Ich möchte helfen.« Und auf keinen Fall allein auf ein Date mit Adam und Ally.

»Mensch Maddie. Wir haben keine Zeit. Steig sofort in den Wagen.« Sein herrischer Tonfall ließ mich zusammenfahren. Ohne ein weiteres Wort des Widerstandes setzte ich mich auf den Beifahrersitz des Trucks. Dylan war die Anspannung anzumerken, und ich wagte es nicht, die Stille zu brechen. Das Schweigen während der Fahrt war zum Zerreißen, und die Weihnachtsmusik im Radio wollte rein gar nicht zu der angespannten Stimmung passen. In der Stadt setzte er mich ab.

Am liebsten hätte ich mich heimlich auf die Ladefläche geworfen, um mitzufahren.

»Viel Spaß. Ich komme nach, sobald ich kann.« Zum Abschied schenkte mir Dylan trotz der Hektik ein warmes Lächeln, doch ich konnte es nicht ganz zu mir durchdringen lassen. Nervös zog ich den Wintermantel fester um mich.

Bis zu Tonis Diner war es nicht weit, und da ich nun ohne Dylan keine Eile verspürte, schlenderte ich gemächlich die schneebedeckten Straßen unserer Kleinstadt entlang. Bereits während der Fahrt hatte ein dichtes Schneegestöber eingesetzt und verzauberte Maple Valley in ein kleines verschneites Dörfchen wie in einer Schneekugel. Ich lächelte in mich hinein. Diese Ruhe gab es in New York nie. Es war erst sieben Uhr, und ich begegnete kaum jemandem. Obwohl ich den Winter mochte und Schnee erst recht – war ich froh, endlich Tonis Diner zu erreichen. Fröstelnd und bibbernd erklomm ich die Eingangsstufen und lugte durch die Glasscheiben, ob ich Ally bereits irgendwo erkennen konnte. Hoffentlich würde Dylan nicht lange brauchen. Die Tür öffnete sich von innen und beinahe wäre ich mit Barry Blake kollidiert.

»Maddie. Wir haben uns ja schon ewig nicht gesehen.« Breit lächelte mir der gesprächige Busfahrer zu.

»Hallo Mr. Blake. Schön, Sie zu sehen. Aber ich bin schon spät dran.« Flink drängte ich mich an ihm vorbei, und wir gaben uns die Türklinke in die Hand.

»Warte – da solltest du besser nicht hineingehen«, stotterte er und versuchte mich aufzuhalten. Bestimmt hatte er Ally und Adam bereits gesehen. Wäre ich nicht allein in der Stadt gestrandet, hätte ich wohl seine Warnung ernst genommen und wäre wieder gegangen. Aber so überwog mein Kälteempfinden.

»Schönen Abend noch.« Damit verschwand ich im Ladeninneren. Eine wohltuende Wärme mit dem angenehmen Geruch nach Essen schlug mir entgegen, und ich vertröstete mich damit, dass ich so wenigstens mal wieder in den Genuss von Tonis ausgezeichneter Küche kam. Zwar war Tonis Diner nicht gerade groß, dennoch sah ich nirgends Allys braunen Haarschopf zwischen den vereinzelten Gästen.

»Mad! Hier bin ich.« Natürlich konnte ich die Stimme sofort zuordnen. Als ich mich umdrehte und Adam am Fensterplatz sitzen sah, rutschte mein Herz ganz automatisch in die Hose. Er hatte sich halb hinter einer Speisekarte versteckt, als wäre auch er sich nicht sicher, ob das Treffen heute die richtige Entscheidung war. Suchend blickte ich mich nach Ally um. Doch sie war ganz eindeutig schlichtweg nicht anwesend. »Ally steckt im Schneechaos fest. Sie war heute in Toronto, das Brautkleid probieren und wurde auf dem Weg eingeschneit. Sie hat mir gerade geschrieben, dass sie in einer Pension in der Nähe untergekommen ist«, ließ mich Adam wissen. Er redete immer viel, wenn er nervös war. Aber das war jetzt egal. Entscheidend war, was die Bedeutung hinter den Wörtern war. Weder Ally noch Dylan würden es zum Essen schaffen. Das hier war kein Doppeldate mehr. Ach, hätte ich doch bloß auf Barry Blake gehört.

Kapitel 11

»Ich glaube, es ist besser, ich gehe«, hörte ich mich wie durch Watte gepackt sagen. Doch die Wahrheit war – ohne Dylan würde ich die Stadt nicht so schnell verlassen können. Sollte doch Adam sich verziehen. Gerne hätte ich ihm das auch so gesagt. Aber er schien nicht gewillt, so einfach klein bei zu geben.

»Mad, bitte. Setz dich. Ich möchte mit dir reden.« Aus seinen blauen Augen sah er mich so treuherzig an. Ich konnte mich nicht wehren. Gesteuert wie ein Roboter ließ ich mich auf den Sessel ihm gegenüber nieder.

War das vielleicht sogar Allys Plan gewesen? Ein Treffen zu verabreden, um Adam und mich zu einer Aussprache zu zwingen?

»Wie geht es dir?« Ungläubig sah ich ihn an. Fiel ihm keine blödere Frage ein? »Es tut mir leid, ich bin auch nervös«, ruderte er zurück und starrte betreten auf die Tischplatte.

»Können wir Ally bitte einfach erzählen, wir hätten uns ausgesprochen? Ich möchte nicht mit dir reden. Es ist demütigend, hier mit dir zu sitzen, wo uns die ganze Stadt beobachtet und Mitleid mit mir hat.«

Ich hoffte, die anderen Gäste würden uns über die laute Weihnachtsmusik hinweg nicht hören. Allerdings entging mir nicht, wie der Ladenbesitzer Toni bereits die Ohren spitzte und alle Gespräche auf mysteriöse Weise verstummt waren. Als sich unsere Blicke trafen, richtete er sich ertappt auf und eilte mit Notizblock und Stift auf uns zu.

»Hallo, Maddie. Schön, dich wieder hier zu sehen.« Seine Augen leuchteten neugierig, und gespannt sah er zwischen Adam und mir hin und her.

»Hallo, Toni.« Es war mir unangenehm, so angestarrt zu werden, und schnell schlug ich wahllos irgendeine Seite der Speisekarte auf, obwohl ich nicht vorhatte, etwas zu bestellen. Stattdessen würde ich einen Notfall vortäuschen. Ja, das war ein guter Plan. Das würde mir ein peinliches Gespräch mit Adam sowie die Nachrede, ich wäre vor ihm geflüchtet, ersparen.

»Seid ihr schon bereit, zu bestellen?«

Wie war das noch mal mit meinem Schauspielkurs? Man musste nur authentisch bleiben. Fahrig tastete ich nach meinem Handy. Ich würde sagen, Dylan hätte mir eine SMS geschrieben. Dann konnte ich verschwinden.

»Ja«, sagte Adam plötzlich überraschend entspannt. »Bitte zwei Milchshakes – davon einer ohne Zucker –, einmal ein Steak medium mit Kartoffelsalat und für die Dame einen Hühnchenburger mit Tomaten und Gurken, aber ohne Zwiebeln.« Er gab wie selbstverständlich meinen Essenswunsch ebenfalls mit. Denn das war es auch – *mein* Essenswunsch. Nach all den Jahren wusste er noch immer, was mein Lieblingsessen in Tonis Diner war. Toni notierte die Bestellung und verschwand dann in der Küche.

»Das magst du doch noch am liebsten oder?«, fragte Adam verlegen. Nun schien ihm auch aufzugehen, dass er das besser nicht hätte sagen sollen. Am besten, er hätte mich gleich gehen gelassen.

»Warum kannst du mich nicht einfach allein lassen? Siehst du denn nicht, dass ich kein Interesse daran habe, so zu tun, als wären wir Freunde?« Ich schloss meine Augen und atmete tief durch. Beinahe hoffte ich, er wäre verschwunden, würde ich es mir nur lange genug einreden. Doch natürlich war dem nicht so.

»Ob du es willst, oder nicht, ich werde bald ein Teil deiner Familie sein.«

»Das ist nicht mein Problem. Ich gehe wieder zurück nach New York.« Bockig starrte ich mit dem Plastikschneemann in der Mitte unseres Tisches um die Wette. Ich brachte es nicht über mich, Adam in die Augen zu sehen.

»Hörst du eigentlich, was du da sagst? Ein Problem? Es gibt

kein Problem. Eine Hochzeit ist etwas Gutes. Wenn du dich schon nicht für mich freust, dann doch bitte für deine Schwester.« Obwohl Adam noch immer mit ruhiger Stimme sprach, war er ärgerlich. Das erkannte ich an der steilen Falte zwischen seinen Augenbrauen. Ich hatte sie schon zu oft gesehen.

»Eure Getränke.«

Erleichtert über die willkommene Störung lehnte ich mich in meinem Sessel zurück. Die Spannung zwischen Adam und mir war geradezu erdrückend, und auch Toni schien das zu bemerken. Denn anstatt zu plaudern, zog er sich schnell wieder hinter den Tresen zurück. Da ich auf keinen Streit in der Öffentlichkeit aus war, blieb ich wortkarg, und so tranken wir schweigend unsere Milchshakes. Auch Adam schien das Licht aufzugehen, sodass er es mit Sicherheit bereute, mich vom Gehen abgehalten zu haben. Aber nun war es zu spät, und wir saßen peinlich berührt an den Strohhalmen ziehend am altbekannten Tatort.

Wir waren schon so oft gemeinsam hier gewesen. Angefangen bei Geburtstagsessen bis hin zu milchshakesüßen Valentinstagen. Es fühlte sich vertraut an, und das machte mir Angst. Denn es durfte nicht vertraut sein. Viel eher sollte es kurios sein. Denn das war es. Das Essen befand sich auf einer Peinlichkeitsskala mit einem Aufklärungsgespräch mit den Eltern gleichauf. Zum Glück kam Toni schnell mit dem Essen, und mit Messer und Gabel in der Hand hörte ich wenigstens auf, in meiner Aufregung die aus Weihnachtssternen bestehende Tischdeko zu zerstören.

»Kommt Dylan nicht?«, fragte Adam nach einer Weile und schien erst jetzt zu bemerken, dass mein Teil des Doppeldates ebenfalls fehlte.

»Nein, es gab einen Schneenotfall bei der Weasley Ranch.«

»War ja klar, dass Dylan sofort zur Hilfe springt. Dieser Superman.«

Ich setzte bereits dazu an, ihn zu verteidigen. Aber da realisierte ich Adams herzliches Lachen. Er schien es nicht böse zu meinen. Im Gegenteil. Es machte ganz den Anschein, als wären sie Freunde.

»Ähm, kennt ihr euch?« Vorsichtig tastete ich mich mit meiner Frage heran.

»Mad, das hier ist Maple Valley. Jeder kennt jeden. Dylan ist ein lustiger Kerl, und wir verstehen uns gut. Nicht jeder, der dich kennt, muss mich automatisch hassen, nur damit es dir in den Kram passt.«

Mit einem lauten Klackern ließ ich meine Gabel auf den Teller fallen. Zornig verengte ich meine Augen zu Schlitzen. »Was bildest du dir eigentlich ein, mich zu verurteilen? Falls du es nicht bemerkt haben solltest, in dieser Geschichte bist du der Böse. Du hast mich angelogen! Du bist mit meiner Schwester verlobt!« Meine Stimme zitterte vor Wut, und mir war es ganz gleich, dass bei meinem Geschrei sich alle Aufmerksamkeit auf uns richtete.

»Ich soll der Böse sein? Du hast mich verlassen, schon vergessen? Soll ich deswegen auf ewig allein bleiben, nur weil du keine richtige Beziehung führen kannst?« Seine blauen Augen blitzten wütend.

»Ich kann sehr wohl eine richtige Beziehung führen«, fauchte ich erzürnt.

»Ah ja«, machte Adam spöttisch. »Mit dem Russen? Ally hat mir von ihm erzählt. Kaum wurde es schwierig, hast du Schluss gemacht und bist abgehauen. Und weißt du was, ich bin nicht einmal überrascht. Denn das ist das, was du immer tust. Du läufst weg!«, brüllte er.

»Ich laufe nicht weg«, schrie ich und sprang auf. Ich könnte nicht beschreiben, was da in mich fuhr, aber plötzlich konnte ich nicht mehr klar denken. Hals über Kopf stürzte ich aus dem Laden. Die Glocken über der Ladentür klingelten, und für einen kurzen Moment blieb mein Blick bei dem Mistelzweig über dem Türstock hängen. Verdammte Liebe!

»Mad! Komm sofort zurück.« Die eisige Kälte hätte das Chaos in meinem Kopf klären sollen, doch nichts dergleichen geschah. Stattdessen wurde ich nur noch wütender.

»Schreib mir nicht vor, was ich tun soll. Dazu hast du kein

Recht.« Wir befanden uns auf halbem Weg zum Park, als er mich einholte. Die Straßen waren verlassen und verschneit.

»Es ist eisig. Zieh deine Jacke an.« Mit einem strengen Blick reichte er mir meinen Wintermantel.

»Genau das hasse ich an dir. Du bestimmst immer über alles.« In Wirklichkeit meinte ich: *Ich liebe es, wie fürsorglich du für alle bist.*

»Du hasst mich nicht«, sagte er mit belegter Stimme. Schneeflocken verfingen sich in seinen dunklen Haaren, und ich hätte zu gerne meine Hände darin vergraben.

»Doch, ich hasse dich«, flüsterte ich erstickt. Tränen sammelten sich in meinen Augen. Ob vor Wut oder Traurigkeit. Ich war aufgewühlt und nicht ich selbst.

»Hast du mich überhaupt jemals geliebt?« Es machte mich ganz verrückt, wie er selbst in dieser Situation noch so ruhig und gefasst wirken konnte. Er schrie nicht mehr, sondern redete leise, als wolle er die Frage eigentlich gar nicht wirklich stellen.

Die erste Träne lief mir über die Wange. »Oh ja, das habe ich.« Schniefend verschränkte ich meine Arme vor der Brust und wandte mich ab, sodass er meine Tränen nicht sehen konnte.

»Ich konnte es nie ertragen, dich weinen zu sehen«, hörte ich ihn flüstern, und plötzlich legte sich eine warme Hand auf meine Schulter. »Ich wollte dich nicht so unglücklich machen.« Er lachte hohl auf. »Genau genommen wollte ich immer das Gegenteil. Ich wollte dich immer nur glücklich machen.« Sanft zog er an meinem Arm und zwang mich damit, mich zu ihm umzudrehen. »Aber es tut so weh, dich zu lieben.« Mit einem traurigen Lächeln fing er mit seiner Fingerspitze eine Träne auf und strich mir behutsam über die Wange. Er behandelte mich wie ein zerbrechliches Geschöpf. Das hatte er schon immer.

»Ich hätte nicht gehen dürfen. Es tat so weh, dich zu verlassen«, antwortete ich und schluchzte auf. Mein Herz zog sich vor Schmerz zusammen, und ich fürchtete, wie eine Glasperle zu zerbersten.

»Ich warte seit fünf Jahren darauf, dass du das sagst.« Er lächelte schwach. Genau dieses Lächeln hatte mich schon immer um den Verstand gebracht.

Die Atmosphäre zwischen uns war aufgeladen und drohte zu explodieren. Ich wusste nicht, wie mir geschah, doch plötzlich umfasste er mit beiden Händen mein Gesicht. Ganz automatisch ließ ich die Jacke fallen und schlang meine Arme um ihn. Es fühlte sich so unglaublich vertraut an, wie ich mich an ihn schmiegte. Wie zwei Puzzleteile, die unwiderruflich zusammengehörten. Ich stellte mich auf die Zehenspitzen, er neigte seinen Kopf und glich den Größenunterschied aus. Dann trafen seine Lippen auf meine, und wir küssten uns. In meinem Inneren schäumten die Emotionen über, und ich vergaß ganz, wo ich mich befand und was soeben geschah.

»Maddie«, sagte plötzlich jemand hinter uns mit schneidender Stimme.

Erschrocken fuhren wir auseinander. Blinzelnd sah ich Dylan entgegen. Meine Gedanken waren so vernebelt, dass ich kaum begreifen konnte, was gerade geschah.

»Wir gehen jetzt. Komm mit.« Bitterböse erwiderte er meinen Blick.

»Ich … ich …«, stotterte ich, wobei ich nicht wusste, was ich gerne damit gesagt hätte.

»Steig sofort in den Wagen. Wir fahren heim.« Er warf Adam einen vernichtenden Blick zu, bückte sich, um meinen Wintermantel aus dem Schnee zu fischen und legte ihn mir um die Schultern.

»Sie kann wohl für sich selbst entscheiden.« Adam trat besitzergreifend einen Schritt an mich heran. Doch nun da Dylan mich wieder in die Wirklichkeit zurückgeholt hatte, wich ich ihm aus.

»Das kann sie nicht, sonst hätte sie das wohl nicht gerade gemacht.«

Die Enttäuschung, die in seinen Worten mitklang, beschämte mich. Was hatte ich nur getan? Das war viel schlimmer als jede Lüge, die mir Ally je erzählt hatte.

»Gute Nacht, Adam«, sagte ich leise und drehte mich um. Ich

hasste Dylan dafür, dass er mich so herumkommandierte. Aber noch mehr hasste ich ihn dafür, dass er recht hatte.

Schweigend gingen wir zum Wagen. Dylan sprach die ganze Fahrt über nichts. Es war klar, dass er den Kuss gesehen hatte und genauso offensichtlich, was er davon hielt. Ich war eine grauenhafte Person. Der Abend war ein einziger Reinfall gewesen, und Ally würde mir niemals verzeihen, sollte sie hiervon erfahren. Erst als Dylan den Truck im Hof parkte, erinnerte ich mich: Ich hatte vollkommen vergessen, mein Essen zu bezahlen. Das war der Beweis – ich war ein schlechter Mensch.

Kapitel 12

Morgens erwachte ich mit grauenvollen Kopfschmerzen. Es fühlte sich beinahe an wie ein Kater nach einer durchzechten Nacht. Allerdings lag es wohl eher an dem schlechten Gewissen, das mir eine schlaflose Nacht bereitet hatte. Ich wusste nicht, was in mich gefahren war, Adam zu küssen. Es gab keine Entschuldigung oder Rechtfertigung dafür, und Ally würde mich zu Recht hassen, sollte sie davon erfahren. Das war das nächste Problem. Würde ich Ally das Geschehene beichten, würde sie mich unweigerlich verachten. Sollten wir es jedoch als Geheimnis bewahren, machte mich das zu einer schrecklichen Lügnerin, und es würde mich auf ewig verfolgen, wann immer ich sie sah.

»Maddie?« Jemand klopfte an meine Zimmertür. »Bist du schon wach? Vergiss nicht, ihr fahrt bald los.«

Mist – die Samstagsprobe. Beinahe hätte ich sie vergessen. Stöhnend zog ich mir das Kissen über den Kopf und schloss die Augen. Was sollte ich bloß tun? Die Wahrheit sagen und riskieren, das Vertrauen meiner Schwester auf ewig zu verlieren oder mit einer Lüge leben. Doch was hatte der Kuss gestern eigentlich zu bedeuten? Bekam Adam lediglich kalte Füße und hatte sich hinreißen lassen, mich ein letztes Mal zu küssen, oder steckte noch mehr dahinter? Vielleicht alte Gefühle …

Hätte Mom nicht ein weiteres Mal nach mir gerufen, hätte ich womöglich den ganzen Vormittag meinen Gedanken nachgehangen. So quälte ich mich aus dem Bett und beeilte mich, meine Trainingssachen zusammenzusuchen.

»Morgen«, sagte ich gähnend, als ich die Küche betrat.

Obwohl Samstag war, herrschte bereits emsiger Betrieb. Mom

und Dad stritten sich um den letzten Kaffee, Grandpa löste das Kreuzworträtsel, Grandma las Zeitung, da sie früh von ihrem Damentreffen zurückgekommen war. Jessy mampfte Weihnachtskekse, und Dylan leerte soeben in großen Zügen seine Kaffeetasse.

»Guten Morgen.« Jessy grinste mich vielsagend an. »Uuuund ...«, gurrte sie. »Wie war es gestern?«

Die Tatsache, dass sie ausgerechnet in Dylans Gegenwart fragte, machte die gesamte Situation noch unangenehmer.

»Lustig«, sagte ich unbestimmt, wobei das wohl die unpassendste Bezeichnung für den gestrigen Abend war.

Grandma hob die Augenbrauen, ganz nahm sie mir das offenbar nicht ab.

»Wir müssen los. Bis später.« Hektisch griff ich nach meinem Wintermantel und warf Jessy einen vernichtenden Blick zu, der so viel hieß wie *halt die Klappe.* Natürlich würde sie keine Ruhe geben, und irgendwas musste ich ihr erzählen. Die Frage war nur was ...

»Lustig?«, kommentierte Dylan spitz, als wir das Haus verließen und auf den Truck zusteuerten. Mit aller Macht konzentrierte ich mich darauf, auf dem rutschigen Untergrund nicht das Gleichgewicht zu verlieren. »Ich bin mir sicher, du hattest deinen Spaß.« Es klang geradezu gehässig, wie er die Worte aussprach, und das traf mich überraschend heftig.

»Ich kann das erklären«, sagte ich gepresst, obwohl ich das eigentlich genau nicht konnte. Ich wusste nicht, wie ich erklären sollte, dass etwas passiert war, das ich absolut nicht verstand. Ich würde das Geschehene unmöglich rechtfertigen können.

»Spar dir die Entschuldigung für deine Schwester.« Mit einem lauten Knall zog er die Autotür zu. Ich zuckte zusammen.

»Also glaubst du, es ist besser, ich sage ihr die Wahrheit?« Schnell folgte ich ihm in den Wagen. Seine Meinung interessierte mich wirklich.

»Natürlich. Du kannst ihr so etwas auf gar keinen Fall verheimlichen.«

Aufgrund der Schneefahrbahn kamen wir nur langsam voran.

Wenn ich ehrlich war, wollte ich ohnehin nicht in die Stadt. Viel zu groß war meine Angst, Ally oder Adam zufällig über den Weg zu laufen.

»Aber das würde alles zerstören. Immerhin hatte der Kuss nichts zu bedeuten und wird sich niemals wiederholen.«

»Bist du dir da so sicher?« Dylan hob spöttisch die Augenbrauen.

»Ja, wirklich.« Doch meine Antwort kam nicht so überzeugend über meine Lippen, wie ich es gerne gehabt hätte. In Wahrheit hatte ich keine Ahnung, was Adam sich dabei gedacht hatte. Oder ob er wie ich einfach vollkommen den Verstand ausgeschalten hatte.

»Also eine einmalige Sache?« Er hatte seinen Blick starr auf die Straße gerichtet.

»Eine einmalige Sache«, bestätigte ich. Ich erwartete, damit hätten wir das Gespräch beendet, doch Dylan wirkte nur noch wütender.

»Dann hast du das nur gemacht, um es Ally heimzuzahlen?«

»Was? Nein!« Entrüstet schnaufte ich auf. »Muss ich dich daran erinnern, dass du mich allein gelassen hast? Ich wollte nie zu diesem verdammten Essen.« Wut brodelte in mir, und meine Finger begannen zu zittern. Nur mühsam konnte ich mich beherrschen. Meine Hände schlossen sich zu Fäusten.

»Du warst so wütend auf Ally, dass sie dich angelogen hat, und jetzt willst du ihr genau dasselbe antun, nur noch viel schlimmer. Immerhin hast du ihren Verlobten geküsst.«

»Adam war auch mein Verlobter«, schrie ich nun in Rage.

»Aber du hast in verlassen. Nur kannst du nicht damit leben, wenn jemand anderes etwas hat, was du nicht haben kannst. Für mich hört sich das sehr nach einem Rachefeldzug von dir an.«

»Du bist so ein Arsch«, fauchte ich ihn an.

»Gib es doch einfach zu. Du hast mit Adam Schluss gemacht, und trotzdem wolltest du nicht akzeptieren, dass er nun deine Schwestern heiraten will. Du gönnst ihnen ihr Glück nicht und tust alles, um es zu zerstören.«

Seine Worte trafen mich hart in die Magengrube. Mir wurde schlecht. So sah Dylan mich also? Eine hinterhältige, verschlagene, böse Diva, die alle um sie herum tyrannisierte. Tränen brannten in meinen Augen, aber ich gab mir nicht die Blöße, Dylan zu zeigen, wie sehr mich seine Meinung mir gegenüber verletzte.

»Bleib stehen«, stieß ich zwischen den Zähnen aus. Kalte Wut umschloss mein Herz. Aber ich schrie nicht, sondern blieb überraschend ruhig. »Bleib sofort stehen«, zischte ich ein weiteres Mal, als er nicht reagierte.

»Wir sind mitten im Nirgendwo, ich lasse dich hier nicht einfach aussteigen.«

»Dylan, halt sofort den Wagen an, oder ich schwöre dir, ich werde springen.« Meine Stimme schnitt eisig wie eine Klinge durch die Stille zwischen uns.

»Du benimmst dich absolut verrückt«, knurrte er nicht minder verärgert, hielt jedoch den Wagen an. Sobald wir nicht mehr rollten, riss ich die Trucktür auf und sprang hinunter in den Schnee. Dann knallte ich die Tür hinter mir zu und stapfte los.

»Maddie, steig wieder ein.« Dylan hatte die Fensterscheibe heruntergekurbelt und fuhr im Schritttempo neben mir her.

»Du machst es schon wieder. Du kommentierst immer alles und jeden rum. Du hast mir rein gar nichts zu sagen.« Meine Wut war unbeschreiblich. In meinem Kopf gab es nicht länger zusammenhängende Wörter und Sätze, sondern einen einzigen Schneesturm. Kalte Kristalle bohrten sich in meine Gedanken, und Zorn setzte sich darin fest.

»Vielleicht ist das notwendig, wenn du nicht für dich selbst denken kannst«, sagte Dylan laut genug, sodass ich es hörte und traf damit genau ins Schwarze.

Voller Hass funkelte ich ihn an. »Fahr zur Hölle, Dylan.«

* * *

Ich erwartete, der Fußmarsch in die Stadt würde mir guttun, um mich abzuregen. Doch je länger ich mich in meinem Gedankenchaos verstrickte, umso wütender wurde ich. Dylan nahm sich das Recht heraus, über mich zu urteilen, dabei kannte er mich gar nicht.

Für die Strecke, die wir normalerweise in wenigen Minuten zurücklegten, brauchte ich beinahe eine Stunde, und als ich endlich die Tanzschule erreichte, war ich erschöpft und ausgepowert. Einzig mein Ärger trieb mich dazu an, weiterzugehen.

Obwohl es kalt war, schien die Sonne am wolkenlosen, blauen Himmel, und der Schnee reflektierte die Helligkeit nur noch stärker, sodass das Wetter rein gar nicht zu meiner düsteren Laune passte. In der Stadt herrschte eifriges Treiben, und als mich immer mehr Bekannte in eine Unterhaltung verwickelten, kam ich erst recht nicht voran.

»Du bist viel zu dünn geworden«, sagte Leona, die an einem Stand selbstgemachte Weihnachtsdeko verkaufte, und führte mich gleich weiter zur nächsten Bude, in der ihr Mann Kekse verteilte.

»Danke.« Ohne viele Widerworte mampfte ich Kekse und das war wohl das Ausschlaggebende, sodass ich mich wieder beruhigte.

Als ich die Tanzschule erreichte, war es beinahe Mittag. Trixi und Jen spielten draußen im Schnee, woraus ich schloss, dass sie gerade eine Tanzpause machten.

»Hallo, Miss Clark«, riefen sie winkend zur Begrüßung und ließen einen Moment von ihrem Schneemann ab, der daraufhin beinahe seinen Kopf verlor.

»Hallo, ihr Lieben.« Es war nicht schwer, ein Kinderlächeln ehrlich zu erwidern.

Im Inneren der Tanzschule umfing mich endlich Wärme, und ich atmete mit einem Seufzen aus. Ob Dylan wohl noch sehr böse auf mich war? Der ausgebreitete Teppich, der den Schnee von draußen auffangen sollte, dämpfte meine Schritte und ich näherte mich unbemerkt dem Tanzsaal.

»Du hättest nicht anders reagieren können, denn dann wärst es nicht du gewesen«, hörte ich in dem Moment Madame Joan sagen.

»Sie hasst mich.« Das war Dylans Stimme. Betretenes Schweigen folgte. Obwohl mir bewusst war, dass ich eigentlich die kurze Gesprächspause nutzen sollte, um mich bemerkbar zu machen, verharrte ich vor der halb aufgeschobenen Eingangstür zum Probesaal.

»Sie hasst dich nicht. Maddie ist impulsiv, sie sagt manchmal Sachen, die sie nicht so meint.« Spätestens jetzt hatte ich die Gewissheit, worüber das Gespräch handelte.

»Sie geht lieber die ganze Strecke in der Kälte zu Fuß, anstatt mit mir in einem Wagen zu sitzen.« Dylan seufzte hörbar.

»Entschuldige dich. Das kann manchmal Wunder wirken.«

»Und wenn ich mich nicht entschuldigen will?« Nun klang er wieder sauer – und bockig. So bockig, wie ich mich zuvor verhalten hatte.

Madame Joan lachte. »Das glaube ich nicht.«

* * *

Die Atmosphäre war während der Probe angespannt. Dylan behandelte mich wie ein rohes Ei. Er erwartete vermutlich jederzeit, ich würde erneut austicken wie eine Zeitbombe – eine *Eizeitbombe.* Das war ja fast wie an Halloween. Ich war unkonzentriert und versäumte ständig meinen Einsatz. Die Kinder ließen sich ebenfalls anstecken, und die ganze Probe lief alles in allem schief.

»Am besten, wir machen Schluss für heute«, seufzte Madame Joan weit vor dem normalen Ende des Probetages und scheuchte die Kinder nach draußen, damit sie noch ein bisschen im Schnee tollen konnten, bis ihre Eltern sie abholen würden. »Du könntest auch etwas frische Luft gebrauchen. Sei so gut, und pass draußen auf sie auf«, wies sie Dylan an, der ohne ein weiteres Wort den Kindern folgte und sich frei von Beschwerden oder Protest in eine Schneeballschlacht verwickeln ließ.

»Können wir den letzten Part von meinem Solo noch mal durchgehen«, fragte ich und stellte mich in Position.

Doch Madame Joan schüttelte den Kopf, sodass die Löckchen ihrer rotgefärbten Haare hüpften. »Es ist erst mal genug für heute. Komm her, und setz dich zu mir.« Da neben ihr auf dem Klavierhocker nicht mehr viel Platz war, machte ich es mir auf dem Boden bequem und begann, mich währenddessen zu dehnen. Wenn ich schon nicht mehr zum Tanzen kommen würde.

»Worüber möchtest du mit mir reden?« Neugierig sah ich zu ihr auf und beugte mich zur Seite, bis ich die Dehnung meiner Bänder spürte.

»Dylan.« In ihren braunen Augen glitzerte der Schalk, dennoch schien sie es ernst zu meinen.

»Dylan? Was ist mit ihm?« Verwirrt runzelte ich die Stirn.

»Er hat mir von eurem Streit erzählt.«

Alles in mir verspannte sich. »Auch worüber wir gestritten haben?«

»Nein, aber egal, was es war. Du kannst nicht ewig böse auf ihn sein. Er mag dich wirklich und hat dir aus einer schweren Zeit geholfen. Dafür solltest du ihm dankbar sein.«

»Ich weiß«, murmelte ich geknickt.

»Für dich ist Tanzen zu Schweiß und Blut geworden. Dabei war es früher mal dein Herz und deine Seele.« Niedergeschlagen senkte ich den Kopf. Mir war bewusst, dass sie recht hatte. »Deswegen möchte ich, dass du dienstags bei unserem Tanzabend erscheinst. Du musst endlich wieder Freude am Tanzen gewinnen.«

»Ein Tanzabend?« Ich hatte die vage Erinnerung, dass Mom mal etwas darüber erzählt hatte.

»Ja, ein Tanzabend. Du erinnerst dich wahrscheinlich nicht mehr, weil du als kleines Kind noch nicht bleiben durftest und deine Großeltern in der Zwischenzeit auf dich aufgepasst haben. Aber ich veranstalte diese Feier jedes Jahr in der Weihnachtszeit. Zwar lassen sich nicht alle zum Tanzen begeistern, und es wird mehr geredet als sich bewegt, aber solange es Freude verbreitet, bin ich glücklich.« Sie lächelte mich warm an. »Berry hat mit deinem Großvater und Jeffry von der Weasley Ranch gesprochen und eine Schlittenfahrt organisiert. Für Essen und Getränke ist gesorgt. Dienstags wird es hier in der Stadt ganz schön rundgehen.«

»Das klingt toll.« Meine Worte klangen mehr wie eine Frage, aber Madame Joan lachte nur gutmütig.

»Ja, das wird es. Und für dich ist das genau das Richtige.«

Kapitel 13

Das Wochenende verging wie im Flug, und als der Dienstag kam, hatte ich noch immer keine Entscheidung getroffen, was ich gegen die »Adam-Situation« unternehmen wollte. Mir war unweigerlich klar, dass er und Ally ebenfalls bei dem Weihnachtsfest-Tanzabend sein würden, und ich konnte für nichts garantieren, sollte ich ihm unvorbereitet begegnen.

»Mom sagt, ich darf auch mit.« Jessy grinste freudestrahlend und klatschte begeistert in die Hände. »Darf ich mir von dir etwas zum Anziehen leihen?«

»Klar. Nur nicht den dunklen Rock, den ziehe ich an.« Ich sah nur kurz von meinem Handy auf.

»Schwarz? Ist das nicht irgendwie etwas trist?«

»Es ist kalt draußen, und es ist das Einzige, das gut zur grauen Wollstrumpfhose passt.« Für den heutigen Abend hatte ich mir einen dunkelblauen Rock mit einem weichen Pullover ausgesucht. Beides stimmte farblich so gut überein, dass es als Kleid hätte durchgehen können.

»Dann zieh wenigstens deine blauen Stutzen an, damit etwas Farbe reinkommt, und warm hast du es dann auch.«

»Zu Befehl, Boss.« Ich streckte ihr die Zunge raus. Dann quälte ich mich aus dem Bett. Ich ging unter die Dusche und richtete mich für den Tanzabend her. Als ich zurück in mein Zimmer kam, traf mich beinahe der Schlag. Mein Kleiderschrank schien von einer Bombe getroffen worden zu sein, mein Gewand lag überall im Raum verstreut.

»Was hast du getan?« Schockiert beäugte ich das Chaos.

»Du hast gesagt, ich dürfte mir etwas leihen.« Jessy saß halb in meinem Schrank und versank in einem Meer an Kleidern.

»Das räumst du wieder ein, sonst kannst du den Tanzabend heute vergessen«, drohte ich ihr, stieß dabei aber kaum auf eine Reaktion.

»Dein Handy hat geläutet, während du duschen warst«, informierte sie mich nur und hielt sich ein lila Kleid an die Brust. »Wie steht mir das?«

»Zu grell«, antwortete ich und tastete mich durch das Kleiderchaos zu meinem Handy. Schlussendlich fand ich es unter einem grünen Seidenschal.

Ein unbeantworteter Anruf. Als ich es entsperrt und die Nummer anklickte, rutschte mir mein Herz in die Hose. Adam.

Bemüht, nicht die Nerven zu verlieren, setzte ich mich erst mal mit zitternden Knien auf den Rand meines Bettes. Jessy redete weiter mit mir, aber ich konnte ihre Worte nicht aufnehmen. Sie prallten einfach an mir ab, wie Hagelkörner an einer Windschutzscheibe. Mir wurde eng um die Brust herum und abwechselnd heiß und kalt. Ich ließ mich rücklings auf mein Bett fallen und starrte an die Decke. Alles drehte sich, und ich hatte das Gefühl, auf einem wackligen Boot zu stehen. Ein falscher Schritt, und ich würde in die Tiefe stürzen, ohne darin schwimmen zu können.

»Alles okay bei dir?« Jessys Gesicht tauchte in meinem Blickfeld auf.

»Ja, klar.« Langsam richtete ich mich auf und schob mein Handy unauffällig unter die Kissen, sodass sie nicht Adams Namen auf dem Bildschirm lesen konnte. »Ich bin nur müde. Das ist alles.« Jessy bedachte mich mit einem Blick, als hielte sie mich für kurz vorm Durchdrehen, und das war ich vielleicht auch.

* * *

Bis wir uns auf den Weg in die Stadt machten, hatte ich keine freie Minute allein, in der ich Adam hätte zurückrufen können. Umso nervöser war ich, als wir das Haus verließen. Das lenkte mich wenigstens davon ab, dass die Stimmung zwischen mir und Dylan noch immer mehr als gespannt war. Da sowohl meine Eltern als auch meine Großeltern ebenfalls mit von der Partie waren, mussten wir mit zwei Autos fahren. Jessy und ich saßen also neben Dylan im Truck, und ich wurde immer hibbeliger. Dylans Gegenwart war nicht so unangenehm, wie ich es befürchtet hatte. Er hielt sich mit offenen Anfeindungen zurück, und so begegneten wir uns höflich neutral.

»Wirst du tanzen?«, fragte Jessy an Dylan gewandt. Sie hatte schon die ganze Autofahrt über nur Augen für unsere Ranchaushilfe.

»Klar, es ist doch ein Tanzabend.« Mit einer Hand zog er seinen Schal zurecht. Blitzblau und überhaupt nicht seinem Stil entsprechend. Aber zu der dunklen Winterjacke und seinen blauen Augen passte der Schal zugegebenermaßen wirklich gut.

»Auch vortanzen?«

»Tanzen ja. Vortanzen nein. Frag doch deine Schwester.« Er lachte amüsiert. Beinahe konnte ich mir einbilden, er wäre nicht mehr sauer. Oder war er enttäuscht gewesen? Eigentlich sogar noch schlimmer. Ich brachte keine Antwort zustande.

»Kannst du wie Maddie Ballett tanzen?« Sollte er von ihren Fragen genervt gewesen sein, so merkte man es ihm zumindest nicht an. Gelassen unterzog er sich ihrem Verhör.

»Nicht die Tanzart, in der ich mich am wohlsten fühle, aber ich kenne mich ungeachtet dessen mit Ballett wenigstens ein bisschen aus.«

Nachdem wie er mir bei meiner Choreografie für die Weihnachtsaufführung weitergeholfen hatte, war das mit Sicherheit eine Untertreibung.

»Wo hast du gelernt, so gut tanzen zu können? Warst du auf einer Tanzakademie?«, bohrte Jessy weiter nach.

»Wer sagt, ich könnte gut tanzen?«, wich Dylan aus und lachte.

»Ich habe dich beim Sommerfest gesehen«, antwortete Jessy schlagfertig. »Also, wo hast du tanzen gelernt?«

»Hier und da.« Er hielt seine Antwort vage, was Jessy alles andere als zufriedenstellte. Aber in dem Punkt blieb er standhaft und wirkte erstmalig verschlossen, obwohl er es gut überspielte. Dabei hätte die Antwort auch mich brennend interessiert.

Wir erreichten die Stadt, und von da ab war Dylan erst mal beschäftigt, einen freien Parkplatz zu finden. Denn der Bereich um die Tanzschule und den Stadtkern war für die Schlitten gesperrt, und die ohnehin raren Parklücken waren bereits besetzt. Als wir endlich einen Platz gefunden hatten und durch die Kälte zur Tanzschule spazierten, war ich doch froh, auf Jessys *Fashion-Advice* gehört und die Stutzen übergezogen zu haben, denn so waren wenigstens meine Beine gewärmt.

»Kalt, kalt, kalt«, stieß Jessy bibbernd aus, die sich ihren eigenen Rat hätte zu Herzen nehmen sollen. »Da drüben ist Robin. Wir sehen uns bestimmt später.« Sie winkte uns kurz zu, dann verschwand sie wohlweislich schnell, sodass mir keine Zeit für Ermahnungen blieb.

»Sie wird schon keinen Blödsinn machen«, sagte Dylan, da er meine Gedanken erraten zu haben schien.

Nun waren es nur noch zwei.

»Ja, du wirst recht haben.«

Schweigend gingen wir weiter. Bei der Dekoration der Stadt hatten alle ganze Arbeit geleistet. Die verschneiten Straßen entlangzumarschieren, war, wie in ein eigenes Maple Valley Wonderland einzutauchen. Lichterketten waren wie Lianen von einer Straßenseite zur anderen gespannt. Funkelnde Lichtersterne hingen in den Bäumen und ließen den Schnee auf den Ästen wie Diamanten schillern.

Der Geruch nach karamellisierten Erdnüssen und Lebkuchen hing in der Luft und ich sah Leona mit ihrem Mann am Glühweinstand. Sie winkte uns zu sich, aber Dylan schien es eilig zu haben. Vielleicht war ihm auch einfach kalt. Hätte er es jedoch zugegeben, wäre er in seiner männlichen Ehre gekränkt gewesen.

»Trixi und Noemi haben geholfen, die Eissterne zu falten«, kommentierte Dylan, als wir die Tanzschule erreichten. Bis nach draußen stand eine Traube an Leute, und aus dem Gebäude kam Musik. Die Fenster waren mit Papiersternen beklebt, und von dem Dachvorsprung baumelten bunte Laternen.

»Es sieht toll aus«, antwortete ich ehrlich begeistert. Wir hätten uns ohne Weiteres unter die Menschen mischen können, sodass jeder seine eigenen Wege ging. Doch ich wollte nicht, dass der Streit noch länger zwischen uns stand.

»Dylan …«, begann ich unbeholfen, und alarmiert sah er auf. »Es tut mir leid, dass ich dich in meine Probleme mithineingezogen habe. Ich wollte dich nicht so anfahren.«

Erst wirkte er überrascht, dann erschien ein versöhnlicher Ausdruck auf seinem Gesicht. »Und ich hätte nicht vorschnell über dich urteilen dürfen. Waffenstillstand?« Seine blauen Augen funkelten.

»Waffenstillstand«, sagte ich zustimmend und erwiderte sein Lächeln.

Unser Vertrag wurde genau im rechten Moment geschlossen, denn da wurden wir auch schon unterbrochen.

»Na endlich. Ich befürchtete bereits, ihr würdet gar nicht mehr kommen.« Mit klimpernden Perlenketten schwebte Madame Joan auf uns zu. In einer Hand hielt sie ein Punschglas, und den roten Wangen nach zu schließen, war sie schon ganz schön beschwipst.

»Das würden wir uns doch niemals entgehen lassen.« Dylan grinste breit.

»Genau das wollte ich hören.« Lachend kniff sie ihm in die Wange. »Aber jetzt los – amüsiert euch! Und Dylan, reservier mir einen Tanz.« Sie zwinkerte ihm vergnügt zu und tänzelte dann graziös weiter, um den Bürgermeister zu bezirzen.

»Möchtest du auch etwas trinken?« Er machte Anstalten, sich durch die Menge zum Getränkestand zu kämpfen.

Ich nickte dankbar. »Bitte einen Glühwein.« In dem Moment sah ich zwei vertraute Gestalten näherkommen, und mir wurde zugleich heiß und kalt.

»Hi«, begrüßte ich Adam und Ally.

»Hi, Süße. Es tut mir so unglaublich leid, dass ich es freitags nicht rechtzeitig zum Essen geschafft habe. Aber ich habe gehört, ihr hattet auch so einen schönen Abend.« Meine Schwester zog mich in eine warme Umarmung. Ganz offensichtlich hatte Adam nicht mit der Wahrheit herausgerückt. Andernfalls wäre sie mir nicht so warmherzig begegnet.

»Kein Problem.« Meine Stimme klang kratzig, mein Hals fühlte sich an wie Schmirgelpapier.

Ally erzählte mir von ihrem Termin in Toronto, aber ich konnte mich nicht auf ihre Worte konzentrieren. Krampfhaft wich ich Adams Blick aus, als ich ihn für einen kurzen Moment der Unachtsamkeit doch auffing, blieb mir beinahe das Herz stehen. Er sah mich an, wie er mich früher angesehen hatte. Warm, weich, voller Liebe. Aber er war mit Ally zusammen. Daran hatte sich nichts geändert. Ein drückendes Schwindelgefühl brachte mich zum Taumeln. Ich würde seine Gegenwart keine Sekunde länger ertragen.

»Ich sehe gerade, Dylan braucht meine Hilfe mit den Getränken«, stammelte ich und riss sie damit abrupt aus ihrer Erzählung. »Ich bin gleich wieder da.« Das war eine Lüge. Ich würde jede weitere Begegnung für heute Abend unter allen Umständen verhindern. Hals über Kopf stürzte ich mich in die Menge und kämpfte mich dorthin, wo ich die Getränkeschenke vermutete. Erleichtert atmete ich auf, als ich Dylans weizenblonden Haarschopf und den unverkennbar blau leuchtenden Schal erspähte. Vor ihm standen bereits unsere zwei Getränke, aber Toni, der heute Madame Joan half und einen seiner Angestellten die Obhut des Diners überließ, hatte ihn in ein Gespräch verwickelt.

»Hi, Toni«, grüßte ich und stützte mich mit beiden Armen an der Theke ab.

»Maddie.« Er nickte mir zu. Das Grinsen, das er zu unterdrücken versuchte, erinnerte mich daran, dass er vergangenen Freitag Zeuge von Adams und meinem Streit gewesen war. So ein Mist aber auch.

»Das kann ich jetzt gebrauchen.« Ohne auf Dylans urteilende Miene zu achten, entwendete ich ihm einen der Becher und leerte ihn trotz der warmen Temperatur in wenigen Schlucken. Glühwein war eine der Sachen, die ich an Weihnachten liebte. Zimt und der Geschmack von Beeren belebten meine Sinne, und der

Alkohol tat das Übrige. »Hast du noch etwas Stärkeres?« Geradezu hoffnungsvoll sah ich Toni an.

»Geh es langsam an. Wir haben morgen Training.« Ich war so überrascht, dass Dylan trotz unseres angespannten Verhältnisses unser Mittwochvormittagstraining nicht vergessen hatte. Beziehungsweise es nicht absichtlich totschwieg. Da mir vor Verblüffen die Worte fehlten, nickte ich nur artig. Musste allerdings verdächtig grinsen, als Toni mir den Becher noch mal auffüllte. Ich beobachtete, wie er in einem kurzen Moment, als Dylan abgelenkt wegsah, ein kleines Fläschchen mit Hochprozentigem in den Glühwein dazuschüttete.

»Langsam trinken«, sagte er und zwinkerte mir zu.

Ich konnte mich kaum noch erinnern, wann ich das letzte Mal eine durchzechte Nacht gehabt hätte. Während meiner Zeit an der Oper hatten sich Partys nicht mit meinem strikten Alltag vereinbaren lassen. Da hatte ich also rein gar nichts davon, dass New York eine mega Partystadt war. Und bevor ich umzog und noch zu Hause lebte, war an Alkohol auch nicht zu denken gewesen. Diesbezüglich waren meine Eltern wirklich streng. Gnade Gott, würden sie Jessy heute mit einem Glühwein in der Hand erwischen.

»Möchtest du zurück zu deiner Schwester?«, fragte Dylan, als wir uns mit unseren Getränken vom Tresen wegbewegten. Obwohl wir draußen waren, war mir aufgrund der Menschenmenge und den gutplatzierten Heizstrahlern angenehm warm.

»Besser nicht«, murmelte ich und winkte Mom und Dad zu, die sich gerade angeregt mit Jonny, Dads bestem Freund unterhielten.

»Lust auf eine Schlittenfahrt?«

»Ist das noch eine deiner Superheldentalente?« Langsam schlenderten wir über den überfüllten Platz. Von überall strömten die unterschiedlichsten Düfte. Angefangen bei Glühwein bis hin zu gebratenen Kastanien, Baumkuchen und Bratäpfeln.

»Einen Schlitten zu lenken ist kein Supertalent – das kann man genauso lernen wie Autofahren«, zog er mich auf. »Also – wollen wir?«

»Vielleicht später. Ich würde gerne beim Tanzen zusehen.«

»Beim Tanzen?« Dylan hob die Augenbrauen, als wäre er sich nicht ganz sicher, ob ich mir einen Scherz mit ihm erlaubte. Denn was beim Tanzabend getanzt wurde, war meilenweit vom klassischen Ballett entfernt. »Ich dachte, du magst nur Klassisches, keine Westernmusik …« Während er mit mir sprach, sah ich Cheryl in unmittelbarer Nähe. Sie winkte Dylan zu, konnte sich aber nicht von Madame Joan loseisen. Nun begriff ich, was sie mit ihrer Verabschiedung zu Dylan bei unserer letzten Begegnung gemeint hatte. *Doch kein geheimes Date.* Aus unbegreiflichen Gründen spürte ich Erleichterung nahe meinem Herzen, und plötzlich war ich unglaublich beschwingt.

»Möglich. Aber ich liebe es, meine Großeltern tanzen zu sehen. Und sie haben mittlerweile bestimmt das Tanzpaket erobert.« Ich grinste ihm schelmisch zu.

»Aber nur, wenn du später mit mir tanzt«, forderte er, und das Funkeln in seinen blauen Augen wirkte echt. Flirtete er etwa gerade mit mir? Jetzt lag es an mir, die Augenbrauen hochzuziehen.

»Wenn du das wirklich willst, Cowboy.« Ich spielte mit und zwinkerte ihm zu. Sein Gesichtsausdruck daraufhin war unbezahlbar, und auf einmal fühlte ich mich unbeschreiblich leicht und unbeschwert. Mir war egal, dass Adam mit Ally hier war, oder dass ich Dylan unentwegt auf die Füße treten würde. Ich war einfach glücklich und wollte dieses Gefühl auskosten. Wie Madame Joan gesagt hatte, ich musste anfangen, wieder den Spaß und die Begeisterung in meinem Leben zu entdecken und nicht nur die Arbeit und die Anstrengung.

Kapitel 14

Die Stimmung war sagenhaft. Da die Tanzschule nicht genügend Platz für den ganzen Menschenauflauf bereitgestellt hätte, war der Hauptort des Tanzabends in einer alten Scheune, die gleich an dem Gebäude der Tanzschule anschloss. Normalerweise verstaute Madame Joan hier Requisiten, Bühnenbilder und Kostüme.

All dies war nun weggeräumt, und die Scheunentüren standen weit geöffnet. Die Musik der Band hörte man bis nach draußen, und als wir eintraten, erfasste mich eine Welle von Überschwang. Niki, ein alter Freund meines Großvaters, stand mit seiner Band auf einer kleinen Bühne und heizte die Atmosphäre richtig an. Die Tanzfläche war voll, und auch an den Seitenrändern drängten sich die Zuseher. Meine Großeltern waren, wie nicht anders zu erwarten, mitten unter den Tanzenden. Grandma leuchtete mit ihrem gelben Poncho aus der Menge, und wie sie Grandpa über die Tanzfläche wirbelte, sah sie aus wie eine leuchtende Sonnenblume.

»Ich liebe Nikis Musik«, schrie ich gegen den Lärm an, und Dylan nickte, obwohl ich mir nicht sicher war, ob er mich verstanden hatte. Aber nicht nur die Musik war Country, auch die Kleidung. Im Gegensatz zu Dylan lief die restliche Bevölkerung nämlich nicht Tag ein Tag aus wie ein aus einem Comic entsprungener *Lucky Luke* herum. So viele Cowboyhüte wie heute wurden wohl im ganzen restlichen Jahr nicht getragen. »Oh nein«, murmelte ich, als ich Tiffany auf uns zuwanken sah. Im Gegensatz zu Peeta im Schlepptau, war bei ihr daran nicht der Alkohol verantwortlich, sondern der dicke Babybauch, der sie wie eine Ente watscheln ließ. Zum Verstecken war es nun zu spät. Mit einem enthusiastischen Strahlen winkte sie uns zu.

Die Begrüßung fiel einseitig überschwänglich aus, während ich mich zu einem Lächeln zwang. Peeta war bereits ziemlich betrunken und konnte seine Hände nicht bei sich lassen.

»Wie lange seid ihr denn schon hier?«, fragte ich an Tiffany gewandt. Den Wink mit dem Zaunpfahl schien sie nicht zu bemerken. So betrunken wie Peeta bereits war, mussten sie schon eine ganze Weile beim Fest gewesen sein, und vielleicht wurde es langsam Zeit, nach Hause zu gehen.

»Peeta ist mit ein paar Freunden schon am späten Nachmittag hergefahren, ich erst vor einer halben Stunde.« Peeta schlang seine Arme um sie. Als er ihren Po betatschte, wusste ich nicht, wo ich hinsehen sollte. Es wunderte mich, dass ihr sein Verhalten nicht peinlich war. Das war wohl die Liebe. »Er muss schließlich für zwei trinken«, sagte Tiffany dazu nur lachend und hob entschuldigend die Arme. Dann legte sie ihre Handflächen auf ihre Babykugel – den Grund, warum sie noch eine ganze Weile keinen Alkohol konsumieren durfte.

»Aha«, machte ich nur. Die Begründung, weshalb Peeta dafür umso mehr trinken sollte, erschien mir fragwürdig.

»Wenn das Baby erst mal da ist, wird er sich solche Saufabende ohnehin nicht mehr erlauben können.« Das konnte man nur für sie hoffen. Ihr Lachen wirkte allerdings echt. Also war Peetas Gehabe wohl keine Gewohnheit. Über den Lärm hinweg war es schwer, sie zu verstehen. Ich an ihrer Stelle hätte Angst gehabt, dem ungeborenen Baby bei der Lautstärke und den wummernden Bässen einen Gehörschaden zuzuziehen. Doch sie sang begeistert mit und wiegte sich auf den Sohlen vor und zurück.

»Ihr solltet auch tanzen. Los, auf die Tanzfläche mit euch.«

»Vielleicht später«, versuchte ich, sie abzuspeisen, aber sie ließ nicht locker.

»Los, los. Dylan, schnapp sie dir.« Regelrecht Richtung Tanzfläche gestoßen blieb mir nichts anderes übrig, als nachzugeben. Ich wusste nicht, warum ich mich so zierte, immerhin war ein Tanzabend doch genau dafür da. Zum Tanzen.

»Kannst du Two-Step?« Dylans Lippen streiften mein Ohr.

»Natürlich.« Ich nickte bestimmt und ein bisschen beleidigt. Niemand, der hier aufgewachsen war, konnte sich dem entziehen, und so lange war ich nun auch wieder nicht weggewesen.

»Dann los.« Dylan lag der Rhythmus im Blut, und gemeinsam fegten wir über die Tanzfläche. Two-Step war ein schneller lustiger Tanz, und ich fühlte die Musik bis in meine Knochen. Dylans Hand an meiner Hüfte war warm. Schon bald mussten wir eine Pause machen, damit ich meinen Mantel ausziehen konnte. Obwohl ich ausgesprochen lange keinen Country-Paartanz getanzt hatte, gingen mir die Bewegungen ganz automatisch von der Hand. Es war etwas vollkommen anderes als Ballett. Viel schwerfälliger und mit dem Boden verbunden. Ballett war da mehr wie fliegen. Aber trotz des Gegensatzes fühlte es sich unglaublich befreiend an. Ein warmes Glücksgefühl brodelte in meinem Magen, und ich war mir sicher, dass nicht nur der Glühwein Schuld daran trug. Es war gleichwohl unnötig wie unmöglich zu reden. Wir verständigten uns wortlos und über Berührungen. Wenn Dylan den Druck seiner Hand an meinem Schulterblatt verstärkte, wusste ich, dass ich mich auf eine Drehung vorzubereiten hatte. Es war ein Spaß, seine Körpersignale zu lesen, und wir harmonierten perfekt. Dylan war ein ausgezeichneter Tänzer und offenbar ein Multiversaltalent. Ich konnte nur über seine Vielfalt staunen.

»Pause«, rief er, als ich erstmals sein Zeichen nicht verstand – oder viel eher nicht verstehen wollte. Widerwillig ließ ich mich zum Rand drängen. Mein Hochgefühl ebbte sofort ab, als Adam und Ally in meinem Blickfeld auftauchten.

»Wollen wir nicht weitertanzen?«, fragte ich Dylan. Es klang wie eine Bitte. Aber er wischte sich nur den Schweiß von der Stirn, fächerte sich mit seinem Hut Luft zu und lehnte sich schnaufend gegen einen Holzbalken.

»Später«, antwortete er schwer atmend. Nur war später leider nicht früh genug. Aus den Augenwinkeln sah ich Ally näherkommen, und ich ging hinter Tiffany in Deckung. Doch das half nicht.

»Ihr tanzt großartig zusammen.« Ally strahlte mich an. Auch Tiffany neben ihr nickte bestätigend.

»Sie würde am liebsten weitertanzen, aber ich kann nicht mehr.«

»Adam, spring du ein«, schlug Ally vor. Mein Gesicht gefror zu einer Maske.

»Nein«, sagten Adam und ich wie aus einem Mund.

Ihre zwanghaften Versuche, Adam und mich anzufreunden, brachten mich zunehmend unter Zugzwang. »Vielleicht möchte Peeta?«, schlug er stattdessen versöhnlicher vor. Aber der Ersatzmann blieb verschwunden. »Ich sollte ihn besser suchen«, meinte Tiffany und sah sich in der überfüllten Scheune um.

»Ich brauche auch eine kurze Pause«, warf ich ein, da Ally argwöhnisch die Nase krauszog. »Und ich muss mal für kleine Mädchen«, sagte ich, um meiner Antwort die Schärfe zu nehmen und sie nicht misstrauisch zu machen. »Ich bin gleich wieder da.« Ich warf Dylan einen kurzen Blick zu. So, wie er wegsah, merkte ich ihm an, dass er sich über die Situation zwischen Adam und mir Gedanken machte. Es fuchste ihn, Teil unseres Versteckspiels zu sein, und ich konnte es ihm nicht verübeln. Lügen war grauenhaft. Aber für jemanden anderen lügen zu müssen, noch schlimmer. Ich war ihm dankbar, dass er sich verpflichtet fühlte, für mich dichtzuhalten. Doch ich wusste genau, wie schrecklich das für ihn sein musste. Denn oft genug war ich exakt in derselben Position gewesen.

Meine gute Laune war verschwunden, und mit einem dumpfen Gefühl im Magen verließ ich die Scheune. Sobald ich draußen war, zog ich mir fröstelnd meinen Wintermantel über. Der Temperaturunterschied von der überhitzten Scheune machte die Kälte im Freien nur noch beißender. Da vor den Toiletten der Tanzschule bereits eine lange Schlange anstand, entschied ich mich, einen kleinen Spaziergang zu machen und die Toilette in Tonis Diner zu benutzen. Da sich das ganze Geschehen um die Tanzschule und die Scheune herum abspielte, war es beim Park geradezu menschenleer. Beim Überqueren der Straße fiel mein Blick auf einen kostümierten Santa Claus. Er war so authentisch verkleidet, dass ich auf den ersten Blick nicht zu erkennen vermochte, wer sich unter dem ausgepolsterten Bauch und dem weißen Bart verbarg. Ich hob grüßend die Hand, da fiel mir auf, dass der Weihnachtsmann nicht allein war. Eine Gestalt kauerte vor ihm am Boden. Mit einer kleinen Spur von Besorgnis näherte ich mich zaghaft.

»Braucht ihr Hilfe?« In dem Teil des Parks waren keine Straßenlaternen und ich blinzelte gegen die Dunkelheit an, um im fahlen Licht des Mondes Gesichter zu erkennen. »Peeta? Bist das du?«

Als die Gestalt ihren Kopf leicht hob und aus müden dunklen Augen aufsah, durchflutete mich Panik. »Was fehlt ihm?«, fragte ich an Santa gewandt, der ihn stützte und unter Peetas Gewicht ebenfalls zu schwanken begann.

»Vollkommen dicht. Sah ihn hier liegen, hat mir einen Heidenschreck eingejagt.« An der dunklen Stimme erkannte ich Walter Dickens.

»Gott sei Dank hast du ihn gefunden. Peeta, hörst du mich? Tiffany sucht dich bereits.« Seine Antwort war ein unverständliches Gebrabbel. »Wir bekommen ihn nie im Leben allein zurück. Das dauert viel zu lange. Am besten Tiffany kommt her und holt ihn mit dem Wagen ab.«

»Gut, aber schaffen wir ihn zuerst auf die Bank, damit er nicht am kalten Boden sitzt.« Mit vereinter Kraft hievten wir Peeta hoch und lotsten ihn zu einer von Schnee bedeckten Parkbank. »Kommt ihr kurz allein zurecht? Dann laufe ich los und hole seine Frau.«

»Nicht gehen«, lallte Peeta und zog an Walters aufgeklebtem Weihnachtsbart.

»Das geht schon klar«, antwortete ich seufzend, und mit einem Nicken entfernte sich der in Rot gekleidete Mann. Ich beobachtete kurz, wie er in großen Schritten auf die beleuchtete Tanzschule losmarschierte. Ein paar Bäume versperrten mir die Sicht, doch die bunten Lampions waren unverkennbar und die Musik hörte ich bis hierher im Hintergrund brummen.

Entnervt beobachtete ich Peeta, der mich nun aus großen Augen anstarrte. Gruselig, wenn Leute so betrunken waren. Dann blinzelte er jedoch, und es ging rapide bergab. Sein Kopf nickte zur Seite, und seine Augenlider flatterten. Ich konnte nicht sagen, ob er überhaupt noch bei Bewusstsein war. »Peeta! Bleib wach. Hörst du mich?« Keine Reaktion. Ihm würde eine kalte Dusche oder ein Kübel eisiges Wasser nun richtig guttun. Zu schade, dass das momentan außer Reichweite war. Meine bloßen Finger verkrampften sich um das Holz der Parkbank. Als sie vor Kälte ganz klamm wurden, kam mir eine Idee. »Bleib so sitzen«, wies ich ihn an und ließ ihn für einen kurzen Moment los. Dann kniete ich mich in den Schnee und formte diesen zu einer Kugel. Wenn schon kein Kübel Wasser, musste ich mir eben anders behelfen.

»Wad tud du daaa?«, murmelte er und blinzelte verstört. Den Hauch von Panik bildete ich mir nicht nur ein. Meine Mundwinkel bogen sich zu einem kleinen Lächeln. So, wie er die Augen aufriss, musste die Schneekugel wie eine Pistolenkugel aussehen.

»Keine Sorge, die kommt nicht in die Hose«, antwortete ich mit Ironie und klatschte sie ihm stattdessen in den Nacken, um ihn mit der Kälte zurück in die Realität zu katapultieren.

»Brr«, machte er und schüttelte sich. »Scheiße, ist das kalt.«

Zwar waren seine Augen noch glasig und auch die Kälte war kein Allheilmittel, aber wenigstens musste ich nun keine Angst mehr haben, er würde in der Kälte einschlafen oder bewusstlos werden. »Geht's wieder?« Die Nervosität ließ nicht nach, doch zumindest konnte ich kurzzeitig aufatmen.

»Mir geds gudd«, nuschelte er. Auch wenn er nun augenscheinlich wach war, hatte er die Kontrolle über sein Sprachzentrum noch nicht wiederbekommen.

»Ja, das sieht man«, brummte ich sarkastisch.

»Ich sag di Waaheid«, grunzte er verärgert und packte mich an der Jacke.

»Au.« Ich zuckte zusammen. Mein Herz schlug einen Takt zu schnell und ich mahnte mich, zur Ruhe. »Ist schon gut, du sagst die Wahrheit«, antwortete ich, um ihn zu beruhigen.

»Du glaubst mir nicht«, heulte er plötzlich auf. Seine Stimmungsschwankung machte mich mehr als nervös. Ich durfte nur keine Angst zeigen.

»Peeta, ich glaube dir«, versuchte ich, ihm weiszumachen und ihn damit zu besänftigen. »Es ist besser, ich gehe jetzt. Tiffany ist gleich bei dir.« Ich sprach möglichst klar und ruhig, obwohl ich innerlich zitterte.

»Geht nicht!«, flehte er. »Mich verlassen immer alle. Du nicht auch.« Ich hätte wohl Mitleid mit ihm gehabt, wäre sein Griff nicht immer fester geworden. »Ich möchte nicht allein sein.«

»Tiffany ist gleich da, dann bist du nicht allein. Aber bitte, lass mich jetzt los.« Seine Umklammerung war wie ein Schraubstock und der Druck auf meine Arme schmerzte höllisch.

»Ich will Tiffany nicht«, raunzte er und verzog missmutig das Gesicht. Nun blieb mir die Spucke weg.

»Peeta«, sagte ich gleichwohl anklagend wie angeekelt. Gut, dass Tiffany nicht hier war, um das zu hören. Auch wenn er das nur von sich gab, weil er betrunken war – es würde sie zutiefst verletzen. »Sag so etwas nicht.«

»Ich will dieses Scheißleben nicht.« Nun waren seine Worte regelrecht ein Gebrüll. »Ich will endlich Aufregung und Abenteuer. Nicht immer den gleichen Alltagstrott, die gleiche Arbeit, die gleiche Frau …« Er lallte kaum noch, und das hätte ein Zeichen sein sollen, dass er sich wieder beruhigte und ausnüchterte. Doch das Gegenteil war der Fall. Als ein tierisches Funkeln von Gier in seine Augen trat, bekam ich es mit der Angst zu tun.

»Lass mich sofort los«, schrie ich und schlug um mich. Aber das entlockte ihm nur ein Lachen.

»Ich fand dich schon immer schön. War neidisch auf Adam. Zwar warst du arrogant, hast mich nie beachtet, aber schön bist du trotzdem«, raunte er an mein Ohr. Wo blieb nur Walter? Hatte er Tiffany noch immer nicht gefunden? Mir war es unmöglich zu erraten, wie viel Zeit bisher vergangen war. Doch mir kam es vor wie eine Ewigkeit.

»Peeta, bitte lass mich gehen.« Ich fühlte mich so machtlos und ausgeliefert. Tränen sammelten sich in meinen Augen, ich konnte sie nicht stoppen. Meine Schwäche schien ihn jedoch erst recht anzustacheln.

»Jetzt kannst du es dir nicht mehr erlauben, so arrogant zu sein.« Er grinste dreckig, während sein glasiger Blick über meinen Körper schweifte.

»Bitte, hör auf damit. Das sagst du nur, weil du betrunken bist. Ich möchte einfach nur gehen.« Ich schluchzte. Erinnerungsfetzen durchzuckten mich, aber das hier war nicht dasselbe wie mit Lionel. Die Frage war nur – würde es noch schlimmer werden?

Kapitel 15

Meine Lippen bebten. Meine Augen füllten sich immer wieder aufs Neue mit Tränen, und Peetas Gesicht verschwamm vor meinen Augen. Nachdem ich die Scheune verlassen hatte, hatte ich meinen Mantel nicht mehr zugeknöpft, nun brauchte er ihn nur aufzuschieben. Ich zitterte, als mich selbst dieser Schutz verließ.

»Du bist ein Schwein! Lass mich sofort los!«, schrie ich und hoffte, mich würde irgendjemand hören. Doch es war zum Verzweifeln. Auf der Feier war die Musik viel zu laut, und wir waren viel zu weit weg. »Hilfe!« Meine Lungen standen unter Feuer. Ich kreischte und trat, während seine Hand unter meinen dünnen Pullover fuhr.

»Psscht«, machte er und drückte mir die andere Hand auf den Mund. »Wir wollen doch nicht gestört werden.«

Ich konnte keinen Laut von mir geben. Meine Arme und Beine schmerzten unter der Gegenwehr, und ich fürchtete mich davor, was geschehen würde, wenn mich endgültig meine Kräfte verließen. Lediglich die Tränen liefen mir unaufhörlich über die Wangen.

Dieses Gefühl, machtlos zu sein, schnürte mir den Hals zu. Ich hatte Angst. Größere Angst als je zuvor. Aber am schlimmsten war es, genau zu wissen, dass er stärker war. Er war mir überlegen.

»Lass sie los!«

Eine Stimme ließ Peeta verdattert aufsehen, und ich nützte den kurzen Moment der Unachtsamkeit. Sein Griff lockerte sich, und ich sah meine Chance gekommen. Mein Herz raste, meine Gedanken drehten sich. Adrenalin pushte durch meine Adern, und ich stürzte davon. Keuchend fiel ich mit den Knien in den Schnee. Mein ganzer Körper zitterte.

»Hast du den Verstand verloren? Was war das?«, brüllte Dylan. Sein Gesicht war wutverzerrt, und wie ein Löwe baute er sich vor Peeta auf. Wimmernd robbte ich weiter weg, schaffte es aber nicht, aufzustehen.

»Sie … sie hat …«, stammelte Peeta, aber keine Erklärung wollte seine Lippen verlassen.

Wutentbrannt holte Dylan aus. Er versetzte Peeta einen heftigen Hieb mit der Faust. Direkt auf die Nase. Ein schauderhaftes Knacken ertönte.

»Was ist hier los?«, rief plötzlich Walter. Aus einem tränenverschleierten Blick sah ich zu ihm auf. »Gott, Kind. Was ist passiert?« Entsetzt kniete er sich zu mir auf den Boden. Er legte seine Hand an meine Schulter, aber ich zuckte zurück.

»Dylan? Was tust du da?«, schrie Tiffany, die hinter Walter auf uns zugelaufen kam und ahnungslos ins Chaos stolperte. Ihre Augen waren schreckensgeweitet.

»Maddie«, sagte Dylan und kam auf mich zu. Ohne auf Tiffany zu reagieren hob er meinen Mantel aus dem Schnee, schüttelte ihn aus und legte ihn mir um die Schultern. »Bist du verletzt?«

Es war nicht das erste Mal, dass ich diese Worte hörte, und sie drückten einen Schalter in mir um. Plötzlich war ich nicht mehr wackelig auf den Beinen, sondern von jeglichem körperlichen Gefühl abgeschottet.

»Mir geht es gut«, presste ich zwischen den Zähnen hervor und sprang auf.

»Was ist los? Was hat sie?«, schrie Tiffany durcheinander, aber da war ich schon losgelaufen.

Kopflos stürzte ich durch den Schnee. Der Untergrund war rutschig und vereist, doch ich wurde nicht langsamer.

»Maddie! Wo willst du hin?« Das war Dylans Stimme irgendwo hinter mir. Meine Füße trafen auf eine besonders glatte Stelle. Ich verlor den Halt und stürzte. »Wo willst du hin?«, fragte er noch mal, als er mich erreichte. Die Haut an meinen Handballen schürfte auf, und es brannte. Machtlosigkeit durchflutete mich. Ich fühlte mich wie eine Ertrinkende.

»Weg! Dylan, bitte bring mich von hier weg.« Meine Beine zitterten, und ich befürchtete, allein nicht mehr aufstehen zu können.

»Ich habe eine Idee. Komm!« Vorsichtig half er mir hoch. Der Weg zum Wagen war lang, und mit jedem Schritt wurde ich ausgelaugter. Doch als ich erkannte, dass Dylan nicht den Parkplatz anstrebte, wurde ich misstrauisch. Dennoch kam mir kein Wort über die Lippen. Mein Hals war wie zugeschnürt. »Berry, wir brauchen einen Schlitten. Ist noch einer frei?«, fragte Dylan, und ich begriff, was er vorhatte. Ich war unschlüssig, was ich von der Idee halten sollte. Aber als ich so in mich hineinhorchte, wurde mir bewusst, dass es mir schlichtweg egal war. Alles in mir fühlte sich leer an. Ich hatte keine Kraft mehr.

»Klar. Du kommst allein zurecht, oder soll ich mitfahren?« Obwohl er mit Dylan sprach, musterte er mich besorgt. Ihm entgingen mit Sicherheit nicht die Tränenspuren auf meinem Gesicht. Wenigstens hatte ich aufgehört zu weinen. Das verdankte ich der kalten Bedeutungslosigkeit, die mich umhüllte.

»Wir kommen zurecht.« Berry führte uns zum Hauptplatz, wo die Schlitten aufgereiht standen. »Hier. Nehmt Black Beauty. Er ist stark und hatte heute noch nicht so viele Runden.« Wir näherten uns einem weißen Schlitten, der an ein schwarzes Pferd geschnallt war. Es blähte neugierig die Nüstern und atmete schnaubend aus.

»Danke, Berry.« Mit einem Satz sprang Dylan auf den Schlitten, streckte seine Hand aus und half mir hoch.

»Viel Spaß«, rief uns Barry nach, aber ich war zu keiner Reaktion fähig. Ich fühlte mich einfach nur kalt und leer.

»Du zitterst«, stellte Dylan fest. Ich antwortete nicht, sondern beobachtete, wie er geschickt das Pferd lenkte. An den Zügeln waren Glöckchen befestigt, und ihr Klingeln war in meinen Ohren viel zu laut. Mein Kopf brummte, und ich hätte meine Gedanken zu gerne zum Verstummen gebracht.

Dylan lenkte den Schlitten durch die verlassenen Straßen. Das gleichmäßige Geräusch von Hufen auf Schnee beruhigte mich zunehmend. Nun, da ich mich langsam wieder fasste, kam ich mir blöd vor, wie ich ausgetickt war. Doch Peetas Verhalten hatte mich zu sehr an Lionel erinnert. Und das obwohl es vollkommen anders gewesen war.

»Geht es dir wieder gut?«, fragte Dylan mit Besorgnis in der Stimme. Ich zog die Schafwolldecke, die den Schlitten zu einem ausgefallenen Bett verwandelte, bis zu meiner Brust hoch und wickelte mich darin ein, um das Zittern zu unterdrücken.

»Du tauchst immer im richtigen Moment wie aus dem Nichts auf. Langsam fange ich an, zu glauben, du wärst wirklich Superman.«

»Walter hat mir gesagt, dass er Tiffany sucht und du bei Peeta bist.«

»Dann kann ich wohl euch beiden danken.« Seufzend rieb ich mir über die müden Augen. Das hatte ich also davon, wenn ich mal einen Abend Spaß haben wollte.

»Erzähl mir, was passiert ist«, forderte Dylan mich auf.

Es fiel mir schwer, die richtigen Worte zu finden, und so, wie ich es sagte, kam ich mir weinerlich vor. Doch Dylan tat nichts ab, sondern hörte mir nur zu.

»Ich glaube nicht, dass er sich schon einmal so benommen hat«, mutmaßte Dylan. Vermutlich hatte er recht, dennoch fragte ich mich, was Tiffany wohl fühlen würde, hätte sie gehört, was er gesagt hatte. Auch wenn er sich bisher noch keiner Frau gegenüber so furchtbar verhalten hatte, schienen ihn diese Gedanken zu begleiten. Er war nicht glücklich mit seinem Leben und sah im Alkohol ein Ventil. »Sobald er wieder ausgenüchtert ist, wird er sich für sein Verhalten schämen und sich bei dir entschuldigen.« Ich fragte mich, ob eine Entschuldigung reichen würde. Von Lionel hatte ich nie eine bekommen.

»In meiner Anfangszeit in der Kompanie gab es einen besonders einflussreichen Choreografen.« Ich sprach so leise, dass meine Worte über das Schnauben der Pferde hinweg beinahe nicht zu verstehen war. »Er war zweifellos großartig, ein geistreicher Kopf und er unterstützte mich sehr. Aber irgendwann begann er, zu glauben, ich wäre an ihm interessiert. Als ich ihn zurückwies, ignorierte er das vollkommen. Zu Anfang waren es nur flüchtige Berührungen, später mehr. Er sagte, würde ich ihn bei Troy anschwärzen, würde er mich aus der Kompanie werfen und meine Karriere zerstören. Als er im Sommer vor Gericht stand, traute ich mich nicht, auszusagen, und er wurde freigesprochen.« Meine Lippen bebten. »Dabei weiß ich, dass er das nicht nur mir angetan hat. Ich komme mir so schwach vor.«

»Das war nicht schwach. Er hat dich bedroht«, sagte Dylan leise.

Wir hatten die Stadt verlassen, und die Ruhe um uns war kaum zu glauben. Der Himmel war sternenklar, und so weit von der Stadt entfernt war die Nacht rein und echt. Der schwarze Nachthimmel wurde vom vollen Mond erhellt, der mich an das Licht der Scheinwerfer auf der Bühne erinnerte. Der Kegel des Scheinwerfers war schon so oft auf mich gerichtet gewesen, dass es kaum noch etwas Besonderes gewesen war. Doch das hatte sich geändert. Ich vermisste es, auf der Bühne zu stehen.

»Aber hätte ich von Anfang an etwas gesagt, hätte er den anderen Mädchen nichts mehr antun können.« Stumm rollte mir eine Träne über die Wange, während ich in den Nachthimmel starrte. Mein Herz zog sich zusammen, als hätte mir jemand einen Stich versetzt. Jedes Wort tat weh, aber es machte mich auch stärker. Ich redete mir den Schmerz von der Seele, und Dylan hörte zu.

Kapitel 16

Ich hatte bisher keiner Menschenseele davon erzählt, dass Lionel mich bei unseren Tanzproben sexuell belästigt hatte. Es wurde lediglich viel gemunkelt, und ich war mir sicher, dass Nicolai und Alexis Lionel gut genug kannten, um zu wissen, was er wirklich für eine Person war. Alexis hatte Lionels Job als Choreograf in der Kompanie bekommen, und die Anschuldigungen waren allgegenwärtig bekannt. Dennoch wurde das Thema in der Tanzwelt totgeschwiegen.

Doch gegenüber Dylan hatte ich das Gefühl, ihm vertrauen zu können. Vielleicht lag es aber auch an den Nachwirkungen des Glühweins.

Wie würde es nun mit Tiffany und Peeta weitergehen? Würde sie mich nach den Ereignissen des heutigen Abends fragen, wüsste ich nicht, ob ich ihr antworten konnte. Wir kamen langsam zurück in die Stadt, und erst als der Schlitten die Tanzschule passierte, bemerkte ich, wie lange wir fort gewesen waren. Die Stadt war wie ausgestorben, und selbst am Glühweinstand harrten nur noch vereinzelte Personen aus.

»Ich hätte ihn nicht mit dem Schnee wachhalten sollen. Dann wäre das alles nicht passiert.« Seufzend schmiegte ich mich an die warme Schafwolldecke. Ich kam mir so töricht vor. Eine falsche Entscheidung, und alles geriet aus den Fugen.

»Bist du verrückt?« Dylan riss entsetzt die Augen auf. »Nichts davon war deine Schuld. Sag so etwas nie wieder.«

Zwar wusste ich genau, dass er recht hatte. Dennoch empfand ich es nicht so. »Danke«, flüsterte ich. In seinem Lächeln lag nichts als Unterstützung. Auf ihn konnte ich zählen. Trotzdem fühlte ich mich elend. Eine dumpfe Hülle hatte mich eingewickelt wie eine Spinne ihre Beute.

Dylan lenkte den Schlitten vor Tonis Diner, wo Barry den Stand aufgebaut hatte. Die Pferde waren für die Nacht provisorisch in einem eingezäunten Stück des Parks untergebracht.

»Dafür sind Freunde doch da.« Die Wärme in seinen Augen, die er mir mit einem Blick schenkte, wärmte mich von innen. Genauso, wie es der Glühwein wenige Stunden zuvor getan hatte. Bisher hatte ich bei Dylan nie an einen Freund gedacht. Immerhin war die Stimmung zwischen uns von Anfang an angespannt gewesen. Aber beinahe schleichend hatten wir uns wohl wirklich zu Freunden entwickelt. Sein Verdienst, mich nicht mit Samthandschuhen anzufassen und mich wieder zum Tanzen zu bringen, resultierte genau daraus, dass wir keine Freunde gewesen waren und er kein schlechtes Gewissen haben musste, mir die Wahrheit ins Gesicht zu sagen. Doch nun hatte sich das Blatt gewendet, und ich sah ein, wie viel ich ihm verdankte. Er kletterte vom Schlitten und richtete seinen Hut zurecht. Das brachte mich zum Schmunzeln. Nicht einmal mein Dad trug so oft seinen Cowboyhut wie Dylan.

»Ich sag nur schnell Barry, dass wir mit dem Schlitten zurück sind.«

»Warte!«, rief ich ihm nach. Einer seiner Handschuhe war aus seiner Jackentasche gefallen. »Du hast etwas verloren.«

»Ah, danke.« Zerstreut kam er zurück. Mit einem Fuß stellte er sich auf das Trittbrett des Schlittens, hielt sich mit einer Hand am Holz fest und griff nach dem Handschuh, den ich ihm entgegenhielt. Plötzlich berührten sich unsere Finger, und etwas Seltsames geschah. Die Atmosphäre zwischen uns knisterte, und ich spürte Funken sprühen.

»Ich bin gleich wieder da.«

Zack – und der Moment war vorbei.

Eine Spur zu hektisch, wandte sich Dylan ab und strebte auf das einzige noch erleuchtete Lokal zu. Seine Schritte knirschten im Schnee.

Funken zwischen mir und Dylan? Das war absurd. Ich steigerte mich in die Sache hinein, weil Mom, Ally und Jessy mit den Andeutungen um sich geworfen hatten. Anders konnte ich es mir nicht erklären. Dylan war einfach nicht mein Typ. Als Freund in Ordnung, aber alles andere – einfach nein.

Obwohl ich nach diesem langen Tag schrecklich müde sein müsste, war ich nun ganz hibbelig und konnte nicht länger still sitzen. Also kletterte ich vom Schlitten, ging drumherum und nutzte die Zeit, um mich ein wenig mit dem Pferd anzufreunden. »Black Beauty« las ich von seinem Halfter und musste lächeln. Klassisch aber passend.

Mir blieb keine Zeit, meine Gedanken zu ordnen, und schon war Dylan wieder zurück. Ich hatte das Gefühl, er beeilte sich extra, um mich nicht zu lange allein zu lassen. Und irgendwie war ich ihm dafür dankbar. »Barry ist eingeschlafen, da möchte ich ihn nicht wecken. Du kannst schon zum Truck, während ich das Pferd vom Schlitten abspanne.«

»Sei nicht albern. Ich helfe dir.« Der Schlitten sah schwer aus, das würde er allein also ohnehin nicht so einfach bewerkstelligen können.

Das sah offenbar auch Dylan ein, denn er nickte. »Danke.«

* * *

Die Heimfahrt verlief beachtlich still. Als wir den Park passierten, grummelte ein ungutes Gefühl in meinem Magen, aber ich ignorierte es. Langsam schlich sich die Müdigkeit ein, und ich bemerkte erst, dass ich eingeschlafen war, als Dylan an meiner Schulter rüttelte.

»Wir sind da«, flüsterte er, wobei ich den Sinn des Flüsterns hinterfragte, wenn er mich doch aufwecken wollte. Aber das war wie immer Dylans Feinfühligkeit, er war einfach zu freundlich.

Verschlafen öffnete ich meine Augen und richtete mich auf. Mein Nacken schmerzte. Dylan schaltete den Motor des Trucks ab, und schwerfällig öffnete ich die Wagentür. Das Metall unter meinen Fingern war eisigkalt. Nun konnte ich die Wärme des Hauses kaum noch erwarten.

»Ein langer Abend.« Ich gähnte. Wir gingen nebeneinander zum Haus, obwohl Dylan eigentlich den Weg zum Stall anstreben müsste. Aber als Gentleman durch und durch, begleitete er mich zur Tür. Der Hof lag vollkommen verlassen da. Alle Fenster waren dunkel, einzig unter der Eingangstür auf der Veranda brannte ein kleines Licht. Mit Sicherheit schliefen schon alle. Das konnte nur bedeuten, dass niemand mitbekommen hatte, was mit Peeta vorgefallen war. An der Haustür blieben wir unbeholfen stehen. Ich wusste, ich sollte irgendetwas sagen, aber mein Kopf war wie leergefegt. Fieberhaft überlegte ich nach etwas Geistreichem. Bei Gott, mir wollte nichts einfallen.

»Versuche, das Schöne im Gedächtnis zu behalten, nicht das Schlechte. Ich hatte heute viel Spaß mit dir beim Tanzen.« Dylan lächelte mir warm zu, und ich war davon wie gefangen. Plötzlich war da wieder dieses Knistern zwischen uns, und ich traute mich kaum zu atmen.

»Gute Nacht«, hauchte ich, zu mehr waren meine Stimmbänder nicht imstande.

»Gute Nacht.« Das Lächeln setzte sich auf seinem Gesicht fest und erreichte seine Augen. Blaue Sterne, die funkelten.

Unsere Freundschaft war neu und ungewohntes Terrain. Kein Wunder, dass unsere Verabschiedung unbeholfen ausfiel. Er versuchte, mich zum Abschied zu umarmen, während ich ein Küsschen links, Küsschen rechts, erwartete, so, wie ich es von Alexis gewohnt war. Mit unseren gegensätzlichen Plänen gerieten wir ins Straucheln und so traten wir weder mit Küsschen noch mit Umarmung jeweils ein kleines Stückchen zurück. Das war ja mal schiefgegangen. Meine Wangen färbten sich flammendrot. Die Hitze kroch über meine Haut, und mit einem Mal schlug mein Herz ungewohnt schnell.

»Ich hoffe, ich überschlafe nicht den Wecker. Morgen früh Training?«, fragte Dylan und versuchte damit, die peinliche Situation zu überspielen. Er öffnete die Haustür für mich, wie immer war nicht abgesperrt.

»In Ordnung«, murmelte ich und sah irgendwohin, nur nicht in seine Augen. Und offenbar auch nicht auf den Boden. Denn als ich über die Türschwelle trat, blieb meine Stiefelspitze an der Türschwelle hängen, und ich fiel. Für einen kurzen Moment hatte ich wieder dieses schreckliche Gefühl der Schwerelosigkeit und dem ewigen Fall. Aber dann waren da Dylans Arme, die mich auffingen. Mein Blick wanderte hoch und genau über unseren Köpfen hing ein Mistelzweig. Grün und braun – nicht besonders schön, aber mit einer roten Masche versehen.

»Ein Mistelzweig«, flüsterte ich.

Dylan folgte meinem Blick nicht. Vielleicht hatte er den gefährlichen Zweig auch schon davor gesehen. Er fixierte mich mit einem stechenden Blick aus intensivblauen Augen, und als sich meine Lippen zu einem kleinen Lächeln hoben, sah er das wohl als Erlaubnis.

Er senkte seinen Kopf und küsste mich.

Und obwohl Winter war, explodierte mein Innerstes mit tausend Schmetterlingen.

* * *

Ich habe Dylan geküsst – dieser Gedanke nistete sich wie ein Mantra in mir ein und raubte mir nicht nur meinen Verstand, sondern vor allem meinen Schlaf. Von Müdigkeit war da keine Spur mehr, und mein Geist war klar und wach, wie nach einer Tasse Kaffee.

Kuss, Kuss, Kuss. Dylan, Dylan, Dylan.

Immer wieder richtete ich mich wie von der Tarantel gestochen im Bett auf. Hibbelig und unruhig wälzte ich mich in meiner Bettdecke und bekam kein Auge zu. Was hatte ich mir bloß dabei gedacht? Ich hatte definitiv nicht geplant, Dylan zu küssen. Also war das eine einmalige Angelegenheit gewesen? Am besten wäre vermutlich, wir würden den Kuss einfach nie wieder ansprechen und ihn totschweigen. Aber wollte ich das überhaupt? Es war unvorstellbar. Ich konnte nicht glauben, dass wirklich erst drei Monate vergangen waren, seit ich Dylan in meinem Zimmer vorgefunden hatte und ihn im Geheimen als eingebildeten Mistkerl beschimpft hatte. So falsch hatte ich wohl noch nie gelegen. Denn Dylan war kein Mistkerl und eingebildet schon gar nicht. Das war wohl die schlechteste Bezeichnung, die ich je für ihn hätte finden können. Genauso gut hätte ich Kit Harington einen unattraktiven Bauern schimpfen können. Doch das traf weder auf ihn noch auf Dylan zu.

Dylans Augen hatten mich von Anfang an verzaubert. Aber erst jetzt wusste ich, meine Gefühle von damals zu deuten. Ich mochte ihn, und meine Gefühle für ihn waren wohl mehr als nur Freundschaft? Obwohl es sich nicht um eine Frage handeln sollte, konnte ich nichts dagegen tun. Jeder Gedanke, der mit Dylan verbunden war, endete unweigerlich mit einem dicken Fragezeichen. Mir war absolut unklar, was ich damit anfangen sollte. Ich verdankte Dylan so viel, er hatte mich aus dem finsteren Loch einer Depression gerettet und hielt mich mit dem Training so beschäftigt, dass ich mich von meiner Eifersucht gegenüber Ally und Adam vollkommen hatte ablenken lassen.

Wären nur Mom und Ally nicht gewesen, die mit ihrem Plan, Adam und mich anzufreunden, Chaos gestiftet hatten. Ebenfalls warf dies die Frage auf, ob ich Peeta mit den Geschehnissen des heutigen Abends konfrontieren würde. Würde ich mit Tiffany darüber sprechen? Ihr würde es unangenehm sein, mit mir offen über ihr doch nicht so perfektes Leben zu reden. Aber es konnte ebenso gut möglich sein, dass sie genauso unter Peetas Alkoholproblem litt.

All das Unausgesprochene erinnerte mich an Lionel. Er war der Beweis, dass es nichts Gutes bereithielt, Geheimnisse zu wahren. Ich hätte bereits in New York den Mund aufmachen und die Wahrheit sagen müssen. Es hätte alles verändert. Nun, vor Ally den Kuss mit Adam zu verheimlichen war ein Samen, aus welchem Probleme und Streit spross. Würde es ihr jemand anderes erzählen, würde sie mir niemals verzeihen. Dylan war der Einzige, der davon wissen konnte, und ich vertraute ihm. Dennoch bestand immer eine Gefahr. Ich musste reinen Tisch machen. Immerhin war es genau das gewesen, warum ich ihr so böse gewesen war: Sie hatte mir nicht von Anfang an die Wahrheit gesagt.

Plötzlich bemerkte ich, wie wichtig es mir war, was Dylan von mir hielt. Denn wenn ich in mich hineinhorchte, fühlte ich mich vor allem gerade deswegen schlecht, weil Dylan wusste, was für eine schreckliche Person ich war. Er wusste, dass ich den Verlobten meiner Schwester geküsst hatte, und er wusste, dass ich es ihr verschwieg. Und dennoch hatte er mich geküsst. War es möglich, dass er mich mochte, obwohl ich ein schrecklicher Mensch war?

»Maddie! Aufwachen.« Erst als ich bei Jessys Stimme hochschreckte, begriff ich, dass ich eingenickt war. Mein Körper fühlte sich bleiern an, und meine Augen brannten, als ich gegen das helle Sonnenlicht anblinzelte.

Jessy sprang auf das Fußende meines Bettes und hüpfte darauf auf und ab wie ein leuchtender Flummiball. Sie strahlte.

»Wie kannst du so wach sein?«, grummelte ich und drehte mich auf die andere Seite.

»Es ist schon fast Mittag.« Ganz den Anforderungen einer nervigen, kleinen Schwester entsprechend, zog sie an meiner Bettdecke.

»Lass mich schlafen.« Mein Kopf brummte, mein Magen schrie vor Hunger, und meine Gedanken begannen schon wieder zu rotieren.

»Es gibt gleich Mittagessen.« Der Hunger war schlussendlich das ausschlaggebende Argument, denn vom Gedankensalat in meinem Kopf würde ich nicht satt werden.

»Ihr wart gestern so lange weg. Das ist ein gutes Zeichen. Wie war es mit Dylan? Magst du ihn? Ally sagt, ihr würdet fix ein Paar werden.« Jessys Fragen stimmten geradezu identisch mit meinen eigenen überein, beinahe, als würde mein Kopf mit mir reden. Doch das machte es ausgesprochen schwer, eine Antwort darauf zu finden, die nicht daraus bestand, mich unter meinem Kopfkissen zu vergraben.

»Hör nicht auf Ally und Mom. Das entspringt ihrer Fantasie«, wehrte ich daher nur ab und kämpfte mich mühsam aus dem Bett hoch. Wenn es tatsächlich schon so spät war, bedeutete das, dass Dylan ebenfalls unser Vormittagstraining verschlafen hatte, oder ihm erst das Ausmaß der Situation von gestern bewusst geworden war und er mir nun aus dem Weg gehen würde.

»Maddie? Du bist rot wie eine Tomate, was ist los?« Jessy beäugte mich mit einem forschenden Blick. Die braunen Haare standen zottelig in alle Richtungen ab, und sie trug noch ihren Schlafanzug, dennoch schaffte sie es, in besten Sherlock-Holmes-Manieren die Augen zusammenzukneifen und mich mit stechendem Blick zu durchbohren.

»Halt deine Nase aus Angelegenheiten raus, die dich nichts angehen, Sherlock«, schnauzte ich und wankte auf wackligen Beinen zur Tür. Es musste aussehen, als wäre ich ein Schiffbrüchiger, nach zu langer Zeit auf hoher See, nicht als hätte ich einfach eine durchsumpfte Nacht hinter mir.

»Wusste ich's doch«, schrie Jessy auf, die sich durch meine abweisende Haltung in ihrer Annahme nur noch bestätigt sah.

»Ach, halt die Klappe.« Grinsend warf ich ihr das Kissen ins Gesicht.

»Maddie und Dylan sitzen am Baum ...« Frech grinste sie hinter dem Kissen hervor. Ihre grünen Augen glitzerten schelmisch und erinnerten mich daran, dass auch ich einst so ein unbeschwertes Leben gehabt hatte. Ich fragte mich, ob auch in meinen Augen manchmal noch ein solches Funkeln zu sehen war.

Da mir im Flur bereits der Duft von Essen entgegenwehte, ließ ich die Morgenroutine ausfallen und lief noch im Pyjama die Treppe hinunter. Als ich den ersten Fuß ins Wohnzimmer setzte, bereute ich diese Entscheidung. Ich fragte mich, warum ich nicht eher daran gedacht hatte. Aber als ich Dylans Stimme in der Küche hörte, war es bereits zu spät.

»Maddie? Bist du es?«, rief Mom und lehnte sich in den Türrahmen. »Guten Morgen, Schatz. Das Essen ist gleich fertig. Setz dich schon mal.«

»Morgen«, murmelte ich und konnte nicht verhindern, dass meine Wangen rot anliefen, als ich die Küche betrat.

»Hey. Keine Sorge, du bist nicht der einzige Langschläfer. Ich habe unser Training total verpennt«, sagte Dylan. Seine Augen funkelten auf eben diese Art und Weise, um die ich Jessy zuvor noch beneidet hatte. Es fiel mir schwer, zu glauben, dass er ebenfalls bis jetzt geschlafen hatte, denn im Gegensatz zu mir war er gewaschen und gekämmt. Selbst seine Wangen wiesen eine leichte Röte auf, die zeigte, dass er sich rasiert hatte. Mit seinen blonden Haaren, die er in besten Justin-Bieber-Manieren zurückgestriegelt hatte, hätte er glatt in einer Shampoowerbung mitspielen können. Das Karohemd saß perfekt, und als ich meinen Blick wandern ließ, sah ich den schwarzen Cowboyhut an der Garderobe hängen. Im Vergleich dazu trug ich meinen zerknitterten Pyjama. Schlimm genug, hätte die Pyjamahose nicht auch noch am Po eine Hello-Kitty-Katze vorzuweisen. Meine Haare standen verstrubbelt in alle Richtungen, und selbst meine Zähne hatte ich noch nicht geputzt.

»Bringt das zum Tisch«, wies Mom an und riss mich damit aus meinen Gedanken. Gut so, nicht dass ich in meinem Halbschlaf auch noch zu sabbern begann.

Mit Salatschüsseln und Besteck folgte ich Dylan, der mal wieder schneller reagiert hatte als ich, in das angrenzende Esszimmer.

»Du siehst heiß aus«, raunte er mir zu, als wir weit genug von der Küche entfernt waren. Sein Blick verweilte eine Spur zu lange an meiner hellokittyversehenen, linken Pobacke, und meine Wangen glühten. Jegliche schlagfertige Antwort blieb mir im Hals stecken. Vermutlich gab es darauf auch einfach nichts zu erwidern, wenn ganz offensichtlich war, dass ich in meinem Pyjama so ziemlich wie alles aussah – nur keinesfalls *heiß*.

»Vergesst nicht, auch für Ally und Adam Teller aufzudecken«, rief Mom und kam mit einer weiteren Salatschüssel ins Zimmer.

»Schon wieder?«, fragte ich überrumpelt. Es war ein gewöhnlicher Mittwoch, und ich hatte das Gefühl, während ich den Tag verschlafen hatte, sei etwas Ungewöhnliches passiert, das einen gewöhnlichen Mittwoch zu einem besonderen Mittwoch gemacht hatte.

»Sei nicht so überrascht. Deine Schwester isst gerne mit uns zu Mittag, und Adam hatte heute einen freien Tag.« Mom bedachte mich mit einem besorgten Blick. Vermutlich befürchtete sie, meine Eifersucht könnte wieder die Oberhand gewinnen. In Wirklichkeit hatte ich Angst, mit Adam allein zu sein. Oder mit Ally. Oder mit beiden – gut, ich fürchtete mich generell vor der Anwesenheit des Pärchens.

Bis zum Mittagessen fanden Dylan und ich keine Minute allein, und so stand der Kuss von gestern noch immer zwischen uns. Er behandelte mich wie ein rohes Ei, und ich konnte ihm im Gegenzug nicht in die Augen sehen. Umso konzentrierter aß ich die Kartoffeln auf meinem Teller. Jeder Bissen fühlte sich wie eine Höchstleistung an. Bei jeder Bewegung zog ein pochender Kopfschmerz durch meine Schläfen. Das hatte man davon, wenn man die Nacht nicht zum Schlafen nutzte. Adam saß mir gegenüber. Umso schwerer war es, seinem bohrenden Blick auszuweichen.

»Tiffany hat mich heute ganz aufgewühlt angerufen«, sagte Ally, als ich gerade ein Stück vom Hühnchen kaute. Ich verschluckte mich daran und hustete. Dylan tätschelte mir den Rücken, während meine Augen vom Hustenanfall tränten.

»Was hat sie gesagt?«, fragte Jessy, ohne mich zu beachten.

»Sie hat nach einem Schlafplatz gefragt und wird für eine Weile bei mir und Adam wohnen.«

Ich zwang mich, ruhig zu bleiben, obwohl mein Herz plötzlich viel zu schnell schlug. Das bedeutete, Tiffany hatte Peeta verlassen, oder?

»Warum das? Was ist mit Peeta?«, fragte Grandma und griff nach der Kanne mit der Bratensauce.

»Sie wollte mir nichts Genaueres erzählen. Hat die ganze Zeit über geweint.« Ally zuckte ratlos mit den Schultern. Nur ich sah erstarrt auf meinen Teller, während sich Dylan neben mir anspannte.

»Vielleicht hat er eine andere«, mutmaßte Jessy, wofür ihr Mom einen mahnenden Blick zuwarf.

»Wir werden uns nicht in ihre Angelegenheit einmischen. Peeta ist ein guter Mann. Was auch immer er getan hat …«, verteidigte ihn Mom.

Mühsam hielt ich meinen Blick auf die Tischplatte gerichtet. Ich wusste, andernfalls würde ich Dylan ansehen, und dann könnte jeder die Tränen in meinen Augen sehen. Es fühlte sich an, als hätten sich in mir Steine angesammelt, die mir nun schwer im Magen lagen. Mir wurde schlecht, und das lag nicht am Essen.

»Bitte entschuldigt mich kurz. Ich brauche frische Luft«, murmelte ich und erhob mich schwankend.

»Maddie? Was ist los?«, rief Grandma, aber ich konnte nicht antworten.

Taumelnd kam ich vor dem Haus zum Stehen. Ich beugte mich keuchend vornüber und war mir sicher, ich müsste mich jeden Moment übergeben. Aber mein Magen war abgesehen von der einen Kartoffel und dem winzigen Stück Hühnchen leer. Kalter Schweiß stand auf meiner Stirn, und ich zitterte.

»Fühlst du dich nicht gut?« Dylan – natürlich! Wer auch sonst? Ich konnte nicht hochsehen, aber vermutlich klebte nun meine ganze Familie an der Fensterscheibe in der Küche und starrte zu uns nach draußen. »Tiffany konnte nicht genau wissen, was gestern geschehen ist. Möchtest du mit ihr oder Ally darüber reden? Oder deiner Mom. Es wäre bestimmt nicht schlecht, wenn du die Möglichkeit hättest, mit jemanden zu sprechen und es zu verarbeiten.«

Seine Worte klangen sinnvoll, dennoch schüttelte ich vehement den Kopf. »Nein, ich will mit niemanden reden.«

»Auch nicht über das zwischen uns …?«

Mein Herz blieb bei seiner Frage beinahe stehen. War nun der Moment für das klärende Gespräch gekommen? Dabei hatte ich noch gar keine Zeit gehabt, meine Gedanken dazu zu ordnen. »Ich wollte dich mit dem Kuss gestern nicht so überfallen. Es tut mir leid. Ich habe die Linie überschritten, das war nicht in Ordnung von mir.« Meine Wangen glühten. Deswegen küsste man keine Freunde. Danach war es nie mehr so, wie es früher war, und jede normale Situation wird unangenehm. Fröstelnd schlang ich meine Arme um mich. Beim überstürzten Verlassen des Hauses hatte ich nicht daran gedacht, eine Jacke überzuziehen. Es wehte ein kühler

Wind, der meine Haare aufwirbelte und die Windspiele an der Veranda rascheln ließ.

»Mir tut es leid. Du warst verletzt und verwundbar. Ich habe es ausgenutzt, dass du deine Schutzmauer fallen gelassen hast. Das hätte ich nicht tun dürfen«, hielt Dylan dagegen.

Als ich überrascht aufsah, erkannte ich, dass Dylan genauso verlegen um Worte rang. Sein Blick war so konzentriert auf die Fußspuren, die wir im Schnee hinterlassen hatten, gerichtet, als untersuche er sie auf die Anwesenheit von Bigfoot. Er war nicht minder nervös als ich, und das erleichterte mich.

»Du brauchst dich nicht zu entschuldigen. Du hast mich gestern gerettet, schon wieder. Dafür bin ich dir sehr dankbar.« Ich trat einen Schritt auf ihn zu und legte meine Hand an sein Kinn, sodass ich ihn damit zwang, mir in die Augen zu sehen. »Du hast es nicht ausgenutzt, dass ich verwundbar war. Ganz im Gegenteil. Seit ich hier bin, bist du ein Anker für mich. Du hast mich davon bewahrt, den Boden zu verlieren und in einem Meer aus Selbstmitleid und Trauer davonzutreiben. Du hast mich wieder in meine Welt zurückgebracht. Danke.« In den letzten Tagen hatte ich immer öfter darüber nachgedacht, und nun war es an der Zeit, meinen Dank auch Dylan gegenüber auszusprechen. Wegen ihm gab es wieder eine Chance, dass ich zurück an die Kompanie konnte. »Glaub nicht, ich sei verwundbar. Du hast mich wieder stark gemacht.« Mein Herz raste so schnell, ich glaubte, es würde jeden Moment aus meiner Brust springen und samt Flügeln davonflattern. Ich blendete alles um mich herum aus und sah nur Dylan an. Seine blauen Augen waren mein Anker. Der Anker, den ich brauchte.

»Der Kuss war kein Fehler?« Seine Worte klangen mehr wie eine Frage. Aber genauso hoffnungsvoll. Als sei er sich nicht ganz sicher, mich richtig verstanden zu haben. Seine Augen funkelten. Das Funkeln, das ich so liebte.

»Ach, halt die Klappe«, raunte ich und schlang meine Arme um seinen Hals. »Reden wird überbewertet.« Mir war egal, dass uns vermutlich meine ganze Familie beobachtete. Ich zog sein

Gesicht zu mir heran und presste meine Lippen auf seine. Seine Hände lagen an meiner Taille, hoben mich hoch, sodass meine Füße den Boden verloren. Aber ich fühlte mich in seinen Armen sicher. Sicher und geborgen. In meinem Magen rumorten tausend Schmetterlinge, und ich spürte das Lächeln auf seinen Lippen. Selbst als wir uns aus dem Kuss lösten, ließ er mich nicht auf den Boden zurück, sondern hielt mich fest.

»Möchtest du jetzt immer noch nicht darüber reden?« Er grinste frech.

»Gibt es denn etwas zu bereden?« Auch ohne Spiegel wusste ich, dass ich genauso strahlte. Wie die Sonne nach einem Sommergewitter.

»Bedeutet das, wir sind jetzt ein Paar?«, fragte er ganz unverblümt und traf mich damit unvorbereitet. Das war eine Frage, über die ich Nächte lang hätte wach liegen können und die mir jeglichen Schlaf geraubt hätte, doch ich wollte nicht länger darüber nachdenken. Im Gegensatz zu mir war Dylan geradlinig und wusste, was er wollte. Normalerweise machte ich selbst aus einfachen Situationen eine komplizierte, aber dem würde ich nun den Rücken kehren. Es war an der Zeit, meinem Bauchgefühl zu folgen. Also hörte ich auf die tausend Schmetterlinge, die mir zuschrien.

»Meiner Familie müssen wir es glaub ich nicht mehr sagen«, murmelte ich und musste lachen, als wir hinüber zum Küchenfenster blickten.

Kapitel 17

Die Zeit mit Dylan verging wie im Flug, und mit jedem offenen Türchen des Adventkalenders kamen wir der Weihnachtsaufführung näher.

Wie nicht anders zu erwarten, war eine Beziehung mit dem mysteriösen und undurchschaubaren Dylan kein Zuckerschlecken. Wir stritten oft und laut, es war eine toxische Liebe. Aber meine Gefühle waren gleichermaßen stark für ihn. Die Chemie zwischen uns funktionierte, und ich konnte mich nicht daran erinnern, wann ich jemals so verliebt und glücklich gewesen war. Dylan war leidenschaftlich, und jede seiner Berührungen brachte mein Herz zum Tanzen. Dennoch waren unsere Streitereien kompliziert, da wir ständig unter der Beobachtung meiner ganzen Familie standen. Das Loft über dem Stall war zwar heimelig, aber irgendwie kam ich mir zeitgleich wie in einem Schaufenster vor. Denn wir waren nicht nur das Gesprächsthema meiner Familie, sondern genauso der tratschenden Dorfbewohner. Obwohl nur hinter unserem Rücken geredet wurde, wusste ich genau, dass sie bei jedem Streit erwarteten, dass ich auch diese Beziehung zerstört hatte. Immerhin war es bisher immer so gewesen. Ich war eine einzige Beziehungszerstörerin.

»Wir brauchen eine Lösung«, sagte ich und drehte mich auf den Rücken. Dämmriges Morgenlicht fiel durch einen Spalt zwischen den Vorhängen, und ich kuschelte mich an Dylans nackten Arm, da er eine behagliche Wärme ausstrahlte.

»Ausziehen.« Er küsste mein Schlüsselbein. Seine Barthaare kitzelten auf meiner Haut, und ich musste kichern.

»Das ist schon erledigt«, raunte ich und hob keck den Kopf.

»Nein.« Nun musste er lachen. »Ich meinte, es ist besser, ich ziehe aus – aus dem Stall. Am besten, ich suche mir einen Platz in der Stadt.«

»Oh«, machte ich überrascht. Damit lag er wohl nicht unrecht. Die Situation hier war ganz schön intensiv, wenn man bedachte, dass wir erst so kurz zusammen waren und bereits so gut wie zusammenlebten. Etwas Abstand und Freiraum würden dabei guttun.

»Ich habe schon mit Madame Joan gesprochen. Ich kann das Gebäude neben der Tanzschule beziehen, und sie lässt mir jeglichen Gestaltungsspielraum.«

»Du meinst den Schuppen, in der der ganze Schrott gelagert wird?« Ich lachte auf.

»Der Schuppen ist groß und zentral in der Stadt, du Nörgeltante.« Er zwickte mir spaßhalber in die Seite, und ich quiekte auf.

* * *

Mit dem ersten Adventswochenende liefen die Vorbereitungen zum Weihnachtsvortanzen auf Hochtouren, und wir schoben immer mehr Proben ein. Ich war gestresst und hektisch, aber Dylan schien nie sein inneres Gleichgewicht zu verlieren. Er nahm verpatzte Proben mit Humor und motivierte die Kinder, ihren Spaß beim Tanzen zu behalten. Wie er es schaffte, nebenher auch noch umzusiedeln, war mir ein wahres Rätsel. Aber dass er Superman war, hatte ich ohnehin schon früh erkannt.

»Ich bin überrascht, wie gelassen du es nimmst, dass Dylan die Lagerhalle in ein Apartment umbaut. Ich finde, es ist so schade, die alten Bühnenbilder wegzuwerfen.«

Madame Joan und ich saßen am offenen Fenster des Proberaumes und ließen uns die seltene Wintersonne ins Gesicht strahlen. Die Kinder waren im ganzen Gebäude verstreut und bastelten an den Requisiten, während Dylan sich auf den Weg gemacht hatte, um blaue Farbe zu kaufen. Trixi hatte den letzten Topf verschüttet, und nun war nichts mehr übrig gewesen, um hellblaue Eisblumen auf die aus Pappe gebastelte Palasttür zu malen. Ich konnte nur bewundern, wie ruhig und geduldig er mit den Kindern umging. Ich an seiner Stelle hätte schon längst die Nerven verloren.

»Die Lagerhalle wird der geringste Schmerz sein, wenn ich mich erst mal trennen muss«, antwortete Joan und schloss die Augen.

Im Hintergrund hörte man die Kinder lauthals quatschen, und ich musste mich konzentrieren, mich nicht ablenken zu lassen. »Was meinst du?« Besorgt musterte ich sie von oben bis unten. Sie hatte schon immer eine schmale Statur gehabt, aber konnte es sein, dass sie noch abgemagerter war als sonst? Nach dieser unheilschwangeren Antwort machte ich mir Sorgen, sie könnte krank sein.

»Deinem überraschten Gesicht entnehme ich, dass es dir Dylan noch nicht gesagt hat.« Mit einem wehmütigen Lächeln öffnete sie die Augen und ließ den Blick durch den Tanzsaal schweifen.

»Mir was nicht gesagt hat?«

»Ich muss die Tanzschule verkaufen. Das hier wird die letzte Aufführung sein, bevor wir schließen.« Die Worte schienen ihr nur sehr schwer über die Lippen zu kommen und waren wie ein Fausthieb in meinen Magen.

»Die Tanzschule schließen?«, fragte ich entsetzt und spürte, wie mir die Tränen in die Augen schossen. Hier hatte meine Leidenschaft zum Tanzen begonnen. Ich wusste genau, wie viel die Tanzschule Madame Joan bedeutete. Sie war ihr Leben. »Das geht nicht. Warum?«, stammelte ich. Ein dicker Kloß bildete sich in meinem Hals.

»Ich habe finanzielle Probleme und halte mich seit Jahren kaum noch über Wasser. Ich habe lange gekämpft, aber nun werde ich zu alt dafür.«

»Aber die Tanzschule ist dein Leben. Du kannst sie nicht irgendjemandem Fremden geben. Wer wird der neue Besitzer?«

»Ach, Maddie. Das ist alles nicht so einfach.« Sie schluckte schwer. »Der Käufer ist ein großer Investor aus Toronto. Sie wollen hier ein Hotel bauen.«

»Das ist schrecklich.« Entsetzt hielt ich meine Hand an meinen Mund. Meine ganze Welt geriet ins Wanken. Wenn sie hier eine große Hotelkette ansiedeln wollten, würde von der alten Tanzschule nicht viel übrig bleiben.

»Die Tanzschule war dein Leben«, wiederholte ich mit gebrochener Stimme. »Das können sie nicht tun. Das hier ist dein Lebenswerk.« Nur mühsam hielt ich ein Schluchzen zurück. Ihr Lebenswerk vom Erdboden verschwinden zu sehen, würde sie zerstören.

»Du hast Recht. Das Tanzen und die Tanzschule hier waren mein Leben. Ich habe jede Sekunde, die ich dafür gearbeitet habe, genossen. Aber manchmal bereue ich es, nicht stattdessen eine eigene Familie gegründet zu haben. Dann wäre ich jetzt nicht so allein.« Eine einzelne Träne kullerte ihr über die Wange.

»Du bist nicht allein. Du hast mich.« Obwohl es mich innerlich zerriss, zwang ich mich zu einem Lächeln und griff nach ihrer Hand. Kühl fühlte sie sich in meiner Hand an. Als hätte sie draußen zu lange mit den Kindern eine Schneeballschlacht ohne Handschuhe geführt.

»Danke, das bedeutet mir sehr viel.« Auch sie rang um ein Lächeln, das jedoch in eine Grimasse ausartete. »Ich habe nur Angst, du könntest denselben Fehler machen wie ich.«

»Was meinst du?« Irritiert legte ich meinen Kopf schief.

»Du bist eine unglaublich talentierte Tänzerin, und ich bin wahnsinnig stolz auf dich. Aber ich wünsche dir auch eine Familie. Jemand, der dich bedingungslos liebt und nicht um deines Talentes willen.«

»Ich bin viel zu jung für eine Familie«, hielt ich dagegen und lachte, um dem Gespräch seine Ernsthaftigkeit zu nehmen. Ich wollte mir nicht eingestehen, dass ich seit ich von New York zurückgekehrt war, darüber nachdachte. Immerhin war Ally ein Jahr jünger als ich und sie würde Adam heiraten und vermutlich planten sie auch bald, Kinder zu bekommen. Der Gedanke kam mir surreal vor, aber irgendwie auch schön.

»Jetzt bist du jung, und ich verstehe, dass du dein Leben erst leben willst. Aber die Zeit fliegt dahin, und irgendwann drehst du dich um und erkennst, dass du alt geworden bist.« Mit einem Schulterzucken deutete sie auf sich selbst. »Eine Karriere kann schön sein. Menschen lieben es, Erfolg zu haben und von anderen angesehen und bewundert zu werden. Aber was schlussendlich zählt, sind diejenigen, die man liebt. Familie ist das größte Gut.«

Ihre Worte erinnerten mich daran, welch komplizierte Situation zwischen Ally, Adam und mir herrschte. Mir war schmerzlich bewusst, dass ich meiner Schwester gegenüber endlich ehrlich sein musste. Alles andere war nicht fair.

»Es macht mich wirklich glücklich, dich mit Dylan zusammen zu sehen. Ihr seid wie Feuer und Eis. Ein wunderbares Paar.« Seit wir zusammengekommen waren, sagten Leute immer wieder solche Sachen zu uns. Bei Madame Joan wusste ich allerdings, dass es von Herzen kam.

»Danke.« Ich lächelte. »Er macht mich glücklich. Auch wenn wir uns manchmal ganz schön auf die Nerven gehen.«

»Das ist unglaublich wichtig. Wäre es anders, wäre es doch langweilig, oder?« Sie zwinkerte mir zu.

»Vermutlich.« Ich grinste in mich hinein und spielte an einem losen Faden meiner Stutzen.

»Wie Feuer und Eis. Du musst nur aufpassen, ihn mit deinem feurigen Temperament nicht zu verschrecken. Dylan ist so eine ruhige und gute Seele. Es ist schön, zu sehen, dass du sein Herz zum Schmelzen bringst.«

»Bei dem Kitsch wird es einem übel«, konterte ich frech und schnitt ihr eine Grimasse. Innerlich freute ich mich allerdings, dass sie Dylan und mich so sah. Mit Sicherheit hatte sie mich durch diesen Themenwechsel nur ablenken wollen, dennoch bekam ich den Ruin der Tanzschule nicht aus dem Kopf.

»Wenn du erst mal so alt bist, wie ich, wirst du genauso reden.«

»Das hoffe ich sehr. Du bist mir immer ein großes Vorbild gewesen.« Das war nichts als die Wahrheit. Sie hatte mich von Anfang an unterstützt und dafür war ich ihr unglaublich dankbar.

»Na, wer wird jetzt kitschig?« Obwohl sie lachte, sah ich ihr an, wie gerührt sie war. Ihre von Falten durchzogenen Wangen leuchteten rosa, und ihre Augen glänzten verdächtig.

»Es tut mir leid, aber ich muss los, etwas in der Stadt einkaufen, bevor die Läden schließen«, sagte ich abrupt und stand auf. Das Letzte, was ich wollte, war, nun ebenfalls zu weinen zu beginnen.

»In Ordnung. Dann sehen wir uns morgen.« Sie hob die Mundwinkel, aber das Lächeln erreichte nicht ganz ihre Augen.

Geradezu fluchtartig verließ ich die Tanzschule. Die Geschäfte würden in Wirklichkeit vermutlich noch nicht so schnell schließen, und draußen war es weiterhin taghell. Ich kam mir beobachtet vor, und mein Blick schweifte von links nach rechts. Zerstreut überquerte ich die Straße, da entdeckte ich Dylan durch das Schaufenster im kleinen Haushaltsladen. Er trug zwei Tüten und öffnete soeben die Glastür. Sein Blick war auf die Verpackung einer Dose gerichtet, und er sah mich nicht. In dem Moment spürte ich mein Handy vibrieren.

Nicolai. Mein Herz setzte einen Schlag aus, dann drückte ich den Anrufer beiseite und steckte mein Handy zurück in die Hosentasche. Ich hatte schon seit Wochen nicht mit ihm gesprochen. Nun war daher nicht der richtige Zeitpunkt, etwas daran zu ändern.

»Dylan«, rief ich und winkte ihm zu.

Von meinem Ruf irritiert blickte er auf. Das Lächeln, das daraufhin auf seinem Gesicht erschien, ließ das mulmige Gefühl, das Nicolais Anruf in mir ausgelöst hatte, schlagartig verschwinden. Was auch immer er mir zu sagen hatte, es konnte nicht wichtig sein.

»Hey.« Er küsste mich zur Begrüßung, aber ich konnte mich nicht so fallen lassen, wie sonst in seiner Gegenwart.

»Warum hast du mir nicht gesagt, dass Madame Joan die Tanzschule verkaufen muss?« Obwohl ich es nicht beabsichtigt hatte, klang meine Stimme vorwurfsvoll.

»Oh«, machte er aus dem Konzept gebracht und schien von meiner direkten Konfrontation überrumpelt. »Wer hat dir davon erzählt?«

»Joan. Sie war überrascht, dass du es mir noch nicht gesagt hast.« Obwohl wir uns in der kurzen Zeit, in der wir nun zusammen waren, schon oft auf die Nerven gegangen und die Fetzen geflogen waren, ging es diesmal nicht um einen spaßigen Kommentar oder nicht weggeräumter Schmutzwäsche, sondern um einen Vertrauensbruch.

»Ich wollte es dir sagen, aber es ergab sich nie ein Moment.« Versöhnlich streckte er seinen Arm nach mir aus, doch ich blockte ab.

»Nicht der richtige Moment?« Meine Stimme war schneidend. War nicht genau das der Grund gewesen, warum Ally mir nichts von ihrer Beziehung zu Adam erzählt hatte? Das dunkle Gefühl, angelogen zu werden, braute sich auf eine vertraute Art und Weise in meinem Inneren zusammen. Wie als hätte Dylan meine Gedanken gelesen, wurde auch er zunehmend verärgert.

»Ja, genauso, wie sich noch nicht der richtige Zeitpunkt ergeben hat, um Ally zu sagen, dass du Adam geküsst hast.«

Gleichwohl empört wie erschrocken gefror mein Gesicht zu einer Maske. Wie konnte Dylan in aller Öffentlichkeit davon anfangen?

»Ich habe Adam nicht geküsst. Er hat mich geküsst«, zischte ich wütend. Meine Handflächen ballten sich zu Fäusten, und ich mahnte mich, ruhig zu atmen.

»Umso schlimmer. Ally will diesen Typen heiraten. Du musst ehrlich mit ihr sein, wenn sie nicht den größten Fehler ihres Lebens begehen soll.« Ich sah Dylan an, dass einzig Sorge um Ally aus ihm sprach. Trotzdem oder vielleicht gerade deswegen wurde ich wütend.

»Diese Entscheidung liegt nicht bei dir«, presste ich zwischen den Zähnen hervor und verschränkte meine Arme. Als ich mich umdrehte und davonstürmte, fragte ich mich allerdings, ob Adam tatsächlich Allys größter Fehler wäre. Oder lag viel eher das Problem an mir?

Kapitel 18

Wäre ich doch bloß nicht weggelaufen. In der Tat hatte ich mich kindisch verhalten. Das Autoradio war kaputt, und die drückende Stille hatte mir Zeit gegeben, den Streit noch mal Revue passieren zu lassen. Dadurch war mir vor Augen geführt, wie trotzig ich auf Dylans Eingeständnis reagiert hatte. Immerhin hatte er recht gehabt, und meine Reaktion war nicht angebracht gewesen. Ein Gespräch mit Ally war wirklich schon längst überfällig. Würde ich mich doch nur nicht so sehr davor fürchten.

»Maddie? Bist du es?«, rief Jessy, als ich das Haus betrat. Draußen dämmerte es bereits für die Winterzeit typisch früh, und ich knipste das Licht in der Küche an.

»Ja.« Ich legte meine Sachen am Tisch ab und ging zu ihr ins Wohnzimmer.

»Dylan hat angerufen. Er konnte dich nicht erreichen.« Mit überschlagenen Beinen lag sie auf der Wohnzimmercouch und blätterte in einer Zeitschrift, während sie überall Kekskrümel verteilte.

»Tatsächlich?« Irritiert warf ich einen Blick auf mein Handy, als der Bildschirm dunkel blieb, war mir schnell klar, dass mal wieder der Akku ausgegangen war.

»Was hat er gesagt?«, fragte ich möglichst unbekümmert und schnappte mir einen Lebkuchenkeks in Weihnachtsbaumform.

»Du sollst dir ein schickes Kleid überziehen. Ihr geht heute Abend aus.« Breit grinste sie mich an. Aber ich konnte mich nicht freuen. Das war mit Sicherheit vor unserem Streit gewesen. »Dazu wird es leider wohl nicht kommen.« Geknickt setzte ich mich auf die Sofalehne. »Wir hatten Streit.«

Schon wieder?, sagte Jessys Blick, aber dann richtete sie sich auf. »Ich glaube, das ist seine Art, Entschuldigung zu sagen. Der Anruf kam vor ein paar Minuten. Das muss also nach eurem Streit gewesen sein.«

»Meinst du wirklich?« Unentschlossen verharrte ich auf meinem Platz auf dem Sofa. Ein kleines Fünkchen Hoffnung braute sich nahe meinem Herzen zusammen. Aber ich traute mich nicht, diese Freude auszukosten. Es gab keinen Grund, warum Dylan sich die Mühe machen sollte, mich auszuführen, wo ich mich doch ganz klar schon wieder danebenbenommen hatte.

»Soll ich ihm schreiben?« Unsicher biss ich mir auf die Unterlippe.

»Glaubst du mir etwa nicht? Zieh dir etwas Schönes an, er holt dich in einer Stunde ab.« Jessy wedelte mit ihrer Hand und scheuchte mich damit aus dem Wohnzimmer.

»Bist du dir wirklich sicher?«, fragte ich dennoch noch mal, aber da war sie schon aufgesprungen und eskortierte mich höchstpersönlich hoch in mein Zimmer.

»Über was auch immer ihr euch gestritten habt. Dylan scheint es wieder geradebiegen zu wollen. Also mach es nicht komplizierter, als es ist, und zieh dich um. Ich bin mir sicher, dass er auftauchen wird.« Das Herumkommandieren konnte sie schon ausgesprochen gut. Da schlug sie ganz nach Mom.

»Danke«, sagte ich und lächelte. Ich konnte mich wirklich glücklich schätzen, mich so gut mit meiner Schwester zu verstehen. Das erinnerte mich daran, wie gut Ally und ich seit unserer Kindheit miteinander ausgekommen waren. Aber so veränderte die Zeit das Leben. »Du bist eine tolle Schwester. Ich hab dich lieb.« Wenn ich es schon nicht Ally sagen konnte, sollte es wenigstens Jessy hören. Diese hob amüsiert die Augenbrauen.

»Wir haben keine Zeit für Dankesreden. Hop, Hop – du musst für eine Verabredung fertig werden.« Obwohl sie mich nun Richtung Kleiderschrank scheuchte, sah ich ihren glasigen Augen an, dass sie sich über meine Worte freute.

* * *

Während ich auf Dylan wartete, saß ich auf heißen Kohlen. Ganz konnte ich noch immer nicht glauben, er würde tatsächlich noch auftauchen, nachdem wir uns so an die Gurgel gegangen waren.

»Zapple nicht so rum«, mahnte Grandma, die im Wohnzimmer ein Buch las und die ich mit meinem ständigen Auf- und Abgehen ganz unruhig machte.

»Er wird auftauchen«, sagte Jessy. Ich schien sie mit meiner Nervosität angesteckt zu haben, denn nun rekte sie schon zum fünften Mal den Hals, um aus dem Fenster zu spähen.

»Das wird er bestimmt nicht«, antwortete ich niedergeschlagen, da sprang Jessy mit einem Siegesschrei hoch.

»Ich sehe Scheinwerfer. Das ist Dylan«, rief sie begeistert aus, und auch ich stürmte zum Fenster. Mit wild schlagendem Herzen starrte ich hinaus in den nachtdunklen Hof. Eine Gestalt stieg aus einem Truck, und als ich die Silhouette samt Cowboyhut sah, war ich mir sicher.

»Bis später«, verabschiedete ich mich atemlos und stürmte nach draußen, bevor er die Gelegenheit bekam, das Haus zu betreten.

Wie von einem Magneten angezogen, lief ich auf ihn zu. Ich wollte mich bei ihm entschuldigen. Seine Nähe spüren. Wissen, dass er mir verzieh. Anstatt abzublocken, breitete auch Dylan seine Arme aus und zog mich in eine Umarmung. Es fühlte sich so gut an, ihn zu berühren. Sein Körper strahlte Wärme aus und schenkte mir Geborgenheit.

»Es tut mir so leid«, murmelte ich an seine Halsbeuge, und ich hätte ihn am liebsten nie wieder losgelassen.

»Mir tut es leid. Ich hätte dir von der Schließung der Tanzschule erzählen müssen. Keine Geheimnisse mehr, versprochen.« Er hauchte einen Kuss auf meine Lippen, und ich fühlte mich leicht wie auf einer Wolke. Ich musterte ihn von oben nach unten und registrierte erst jetzt, was er angezogen hatte.

»Du trägst einen Anzug?«, stellte ich fragend fest.

»Darf ich nicht?«, zog er mich auf und nahm den Cowboyhut ab. Aber ich hob die Augenbrauen. Ich hatte Dylan bisher noch nie in einem Anzug gesehen und dass er selbst auf den obligatorischen Cowboyhut verzichten wollte, ließ mich aus allen Wolken fallen. Dadurch sah er grundlegend anders aus, und doch konnte ich nicht abstreiten, dass es ihm gut stand.

»Also hatte Jessy Recht, du möchtest ausgehen?« Prickelnde Vorfreude braute sich in mir zusammen.

»Ja, in der Tat. Von mir aus kann es losgehen. Wir sind ohnehin spät dran.« Er grinste spitzbübisch. Dann legte er mir eine Hand an den Rücken und führte mich über den gefrorenen Boden zum Truck.

»Wohin fahren wir?«

»Sei nicht so neugierig, und lass dich einfach überraschen«, war seine vage Antwort dazu.

Zwar war ich kein Fan von Überraschungen, aber ich hatte auch keine große Abneigung dagegen. Dafür vertraute ich Dylan viel zu sehr. Und das war doch das Gefährliche an Überraschungen. Man konnte sich nicht darauf vorbereiten und wurde einfach ins kalte Wasser geworfen. Das ging nur gut, solange man seinem Gegenüber bedingungsloses Vertrauen entgegenbrachte.

»Bin ich wenigstens angemessen angezogen?« Für Bobfahren oder Schlittschuhfahren wäre mein elegantes, schwarzes Samtkleid wohl nicht so passend gewesen. Sein Anzug allerdings auch nicht.

»Ja.« Er musterte mich mit einem durchdringenden Blick von oben nach unten. »Einfach perfekt.«

* * *

Sobald wir Maple Valley hinter uns ließen, fiel es mir nicht schwer, zu erraten, dass uns die Überraschung nach Toronto verschlug. Obwohl wir die lange Autofahrt über Zeit gehabt hätten, die Schließung der Tanzschule anzusprechen, schwiegen wir das Thema tot. Natürlich brannten mir Fragen auf der Seele. Aber um des Friedens willen war es besser, sie für mich zu behalten.

»Kino? Theater? Essen?«, fragte ich mich durch, doch Dylan ließ sich nichts anmerken, und ich konnte nicht erraten, an welchen Ort unsere Reise ging.

»Ich würde dir gerne die Augen verbinden, damit du erst siehst, wohin es geht, wenn wir dort sind. Aber dann kommen wir endgültig zu spät, und das willst du bestimmt auch nicht.«

Tatsächlich wäre es mir auf den vollen Straßen viel eher unangenehm gewesen, mit Augenbinde herumzulaufen und die Blicke der Passanten auf mich zu ziehen.

Hand in Hand gingen wir nebeneinander die Straßen Torontos entlang. Es gab in diesem Moment wohl nichts, das sich besser anfühlen hätte können als Dylans Hand in meiner. Seine warme Berührung gab mir ein Gefühl von Geborgenheit, und ich genoss seine Nähe. Obwohl es eigentlich zu früh war, um von Liebe zu sprechen, empfand ich ihm gegenüber genau das. Meine Mom hätte dazu wohl schlicht und einfach gesagt, ich war verliebt. Aber ich wusste mit absoluter Sicherheit, meine Emotionen für ihn waren viel tiefer als bei einer einfachen Sommerromanze.

Vielleicht lag es auch nur daran – wir hatten keinen Sommer.

Aber ich war mir sicher, Dylan war eine Person, die mich mein Leben lange begleiten würde. Egal ob die Beziehung fortbestehen oder zerbrechen würde, er war ein Teil der Familie und vielleicht machte es sie damit so ernst. Unsere Leben waren miteinander verwoben, und ungeachtet dessen wie heftig unsere Streitereien werden konnten, er würde niemals einfach aufstehen und gehen. Weglaufen hatte Adam es genannt. Und es war das gewesen, was ich getan hatte. Mal wieder. Nicolai hatte mich nicht verlassen. Sondern ich war das Problem. Das war ich schon immer gewesen. Ich hatte Angst bekommen und die Flucht eingeschlagen. Unsere Leben waren einzig und allein durch die Kompanie miteinander verbunden gewesen. Das hatte es viel zu leicht gemacht, die Stricke zu kappen und wegzulaufen. Vermutlich, weil unser einziges gemeinsames Seil, das uns zusammenhielt, durch meinen Unfall plötzlich dünn wie der Faden einer Spinnwebe geworden war, und ich wusste, dass es früher oder später reißen würde. Ihn zu verlassen war daher einzig und allein ein Schutzmechanismus gewesen. Aber bedeutete das, dass ich Nicolai weniger geliebt hatte als Dylan oder dass mich und Dylan einfach mehr Fäden verbanden?

Gedanklich zählte ich Dinge auf, die uns aneinanderbanden und ergänzten, ich kam allerdings auf mehr Gegensätze, die uns zum Streiten brachten. Dennoch ließ sich das Gefühl in meinem Herzen davon nicht beirren.

»Woran denkst du?«, fragte Dylan und beäugte mich neugierig.

»Nichts«, sagte ich aus einem Reflex heraus. Aber davon ließ er sich nicht beeindrucken.

»Schwer zu glauben, wo du mich kaum gehört zu haben scheinst.«

»Was hast du gesagt?« Meine Wangen färbten sich ertappt rot.

»Ich habe gefragt, ob du schon einmal in der Weihnachtszeit hier warst«, wiederholte er seine Frage. Dabei wirkte er nicht gekränkt, dass ich ihn nicht gehört hatte, sondern eher amüsiert.

»Einmal mit Grandma. Sie wollte mit mir auf einen Weihnachtsmarkt. Fast hätte sie mich in der Menge verloren. Mom hat den ganzen Abend geschimpft.« In Erinnerung schwelgend lächelte ich.

»Das kann ich mir bei deiner Mutter gut vorstellen.« Um Dylans Augen herum bildeten sich Lachfältchen.

Wir gingen so schnell, dass ich gar keine Gelegenheit bekam, in meinem dünnen Abendkleid zu frieren, sodass ich den Eindruck bekam, dass wir uns beeilen mussten. Also gab es eine Startzeit.

Ich konnte meine Neugierde nicht länger in Schach halten. »Sicher, dass wir nicht ins Kino gehen?«, fragte ich.

»Habe ich gesagt, wir würden nicht ins Kino gehen?«, gab Dylan grinsend zurück.

»Heißt das, wir gehen ins Kino?« Hilflos auflachend hob ich die Augenbrauen.

»Nein.« Mit einem Funkeln in den Augen zwinkerte er mir zu. »Aber lange musst du dich nicht mehr gedulden. Wir sind gleich da.«

Er warf einen Blick auf die Armbanduhr an seinem Handgelenk. Daraufhin fiel es mir noch schwerer, mit seinem Schritttempo mitzuhalten. Die Altstadt Torontos war bei Winter ein einziges verzaubertes Winter-Wonderland. Obwohl ich in meiner Kindheit gerne hier gewesen war, fand ich mich mittlerweile kaum noch in der Stadt zurecht, und Dylan hätte mich hinlotsen können, wohin auch immer er wollte.

»Wir sind da. Erkennst du das Gebäude?«

Ich war so auf Dylan und meine Gedanken konzentriert gewesen, dass ich kaum auf die auffallenden Hinweise geachtet hatte.

»Ich glaube, ich bin schon mal hier gewesen«, sagte ich nachdenklich und fixierte das moderne Gebäude vor uns. Direkt auf einem großen Platz ragte eine Glasfront in die Höhe. Die Lichter funkelten und weckten alte Erinnerungen. *The National Ballet of Canada.*

»Das Ballett.« Bereits an den Werbeplakaten an den Säulen hätte es mir auffallen sollen, aber niemals wäre ich auf die Idee gekommen, Cowboy Dylan würde mich in ein klassisches Ballett entführen. Viel eher hätte ich erwartet, wenn schon, ihn zwingen zu müssen. Das Ballett – vielleicht hatte ich unsere Gemeinsamkeiten doch unterschätzt.

»Das ist absolut perfekt. Tausend Dank.« Stürmisch fiel ich ihm mit Küssen um den Hals. Womit hatte ich es verdient, dass er so gut zu mir war?

Kapitel 19

Das Gebäude war groß und einladend. Mit angehaltenem Atem folgte ich Dylan durch die hohe Glastür. Goldene Lichter funkelten, und der glänzende Fliesenboden führte zu einer modernen Treppe, deren Stufen überraschenderweise Türkis wie glasklares Meerwasser leuchteten. Es tummelten sich nur noch vereinzelte Leute im Foyer, und das unverkennbare Glockengeräusch zeigte an, dass sich das Publikum auf seine Plätze zu begeben hatte. Bisher hatte ich erst eine Aufführung im *Four Seasons Centre for the Performing Arts* gesehen, und das war schon lange her. Vor Aufregung wurde ich ganz hibbelig.

»Wir sind wirklich spät dran«, sagte Dylan mit hektischem Blick und nahm mir meinen schwarzen Mantel ab, um ihn bei der Garderobe abzugeben.

Während ich auf ihn wartete, schweifte mein Blick ziellos umher, und ich tauchte ganz in der Atmosphäre ab. Nun war ich froh, mich angemessen in Abendgarderobe gekleidet zu haben.

»Bereit?«, fragte Dylan und erschien wieder an meiner Seite. Seine Augen funkelten vergnügt, und galant reichte er mir seinen Arm, um mich einzuhaken.

»Mehr als bereit.« Ich strahlte und brodelte innerlich vor Vorfreude. Mein Herz ging auf wie eine blühende Rose, und auch wenn es albern aussah, ich konnte meine Mundwinkel nicht senken. Ich war schlichtweg glücklich.

Die Lichter im Saal wurden bereits gedimmt, und wir beeilten uns, noch rechtzeitig zu unseren Plätzen zu gelangen. Es war schon lange her, seit ich das letzte Mal im Publikum gesessen hatte. Als sich der rote Samtvorhang hob, dachte ich daran, wie es sich anfühlte, selbst auf der Bühne zu stehen. Es war ein seltsames Gefühl, nun von außen auf das Geschehen zu blicken und mich nicht inmitten dessen zu befinden. Erst als mir Dylan beruhigend über den Unterarm strich, bemerkte ich, dass ich vor Aufregung seine Hand förmlich zerquetschte. Ohne Dylan danach fragen zu müssen, war mir innerhalb der ersten Klänge sofort klar, um welches Ballettstück es sich handelte. Ich selbst hatte bereits viele Male als Clara in Tschaikowskis *Der Nussknacker* auf der Bühne getanzt. Die Ouvertüre hinterließ eine Gänsehaut auf meinen Armen. Geradezu fieberhaft hieß ich den ersten Akt willkommen und verfolgte gebannt das Weihnachtsspektakel der Familie, den Marsch der Zinnsoldaten und Clara samt Nussknacker in einem Duett.

Ich bemerkte nur am Rande, wie Dylan nach meiner Hand griff und seine Finger mit meinen verschränkte. Eine Träne schlich sich aus meinem Augenwinkel. Dies wurde jedoch nicht von Traurigkeit ausgelöst, sondern von einem unbegreiflichen Glücksgefühl. Erst in diesem Moment wurde mir so richtig bewusst, wie sehr ich das Gefühl, auf der Bühne zu stehen, vermisste. Mein Innerstes verzehrte sich nach dem von Adrenalin ausgelösten Rausch. Langsam sickerte die Erkenntnis ein, dass ich nicht ewig in Maple Valley bleiben würde. Mein Herz schlug für das Tanzen, und ich brauchte das Gefühl der Anerkennung wie die Luft zum Atmen.

Weggesperrt vom Rest der Welt war ich ein Vogel in einem Käfig, und ich würde alles dafür tun, um die Ketten zu sprengen und wieder auf der Bühne zu stehen. Ein bisher nie da gewesenes Problem ließ diese Vorstellung für mich jedoch in einem düsteren Licht erscheinen.

Denn was würde das für Dylans und meine Beziehung bedeuten?

Meine Liebe zu ihm war mit jedem Tag gewachsen, und ich hatte mich noch nie einem Menschen so verbunden gefühlt. Obwohl wir von Grund auf verschieden waren und mir seine Gedanken zu oft verborgen blieben, waren wir wie Feuer und Eis.

Wir gehörten zusammen, und gerade diese Geheimnisse zwischen uns entfachten die Leidenschaft.

Ich wandte meinen Blick von der Aufführung ab und fokussierte Dylan, der meinen Blick sofort auf sich spürte. Neugierig funkelten seine Augen in der Dunkelheit. Die Schmetterlinge, die er in mir auslöste, waren genauso stark wie der Rausch des Tanzens und dass er mich heute hierher mitgenommen hatte, zeigte mir mal wieder, wie gut er mich verstand. Die Luft zwischen uns knisterte, als ich mich langsam zu ihm über die Armlehne neigte und ihm einen Kuss auf die Lippen hauchte.

»Wofür war der?«, flüsterte er mit einem neckenden Lächeln.

Ich liebte dieses Lächeln und wie es mich ansteckte und innerhalb von Sekunden mit einem wohligen Gefühl von Wärme erfüllte. Dylan machte mich so unglaublich glücklich.

»Ich liebe dich«, rutschten mir die Worte unverblümt heraus. Ich war von mir selbst überrascht. Hitze schoss mir in die Wangen, und ich betete dafür, Dylan hätte mich über die immer lauter werdende Musik nicht verstanden. Wie in einer Zeitschleife gefangen, wiederholte ich die Worte immer wieder in meinem Kopf. Aber ich konnte sie nicht zurücknehmen. Sie waren einfach wahr. Die Sekunden vergingen, und Dylan sah mir unentwegt in die Augen. Meine Gefühle machten eine 180-Grad-Wendung, und ich wusste, ich brauchte eine Antwort. Nun hatte ich Angst, er hätte mich doch nicht verstanden. Plötzlich veränderte sich das Blau in seinen Augen, wurde dunkler und verklärt. Wie eine dunkle Gewitterfront. Ich liebte diese Augen. Sie zogen mich jedes Mal in ihren Bann.

»Ich liebe dich auch«, wisperte er mir zu. Im ersten Moment glaubte ich, mir seine Antwort nur eingebildet zu haben. Aber dann legte er seinen Arm über meine Lehne, zog mich zu sich heran und drückte mir einen langen, innigen Kuss auf die Lippen. Als wir uns wieder voneinander lösten, klopfte mein Herz – laut wie ein Presslufthammer. »Ich liebe dich wirklich sehr, Maddison Clark.«

Kapitel 20

»Hat dir die Vorstellung gefallen?« Dylan bedachte mich neugierig, da ich meinen Platz noch immer nicht verlassen hatte, obwohl bereits allgemeine Aufbruchsstimmung in den Zuschauerreihen eingesetzt hatte. Doch seine Befürchtung, ich könnte eingeschlafen sein, war unbegründet. Viel eher war das Gegenteil der Fall.

»Es war absolut großartig.« Meine Worte wurden den Empfindungen, die die Show in mir ausgelöst hatten, nicht mal ansatzweise gerecht.

»Ich bin froh, dass es dir gefallen hat.« Sanft verschränkte er die Finger seiner Hand mit meiner und zog mich aus meinem Sitz hoch.

»Die Zeit ist viel zu schnell vergangen.« Irgendwie tat es das immer, wenn Dylan in meiner Nähe war. Früher hatte ich mich nie für eine dieser beziehungsvernarrten Frauen gehalten. Im Gegensatz zu Ally bestand das Repertoire meiner Gesprächsthemen nicht einzig und allein aus der Liebe zu meinem Partner, und ich hatte Frauen mit der verliebten, rosaroten Brille immer von oben herab belächelt.

Doch langsam schien ich zu begreifen, was Liebe wirklich war. Vor wenigen Monaten hätte ich mich bestimmt selbst ausgelacht. Immerhin – wie konnte ich bereits jetzt von Liebe sprechen? Das war doch ausgesprochen lächerlich. Aber Dylan hatte alles verändert. Meine Liebe zu ihm war wie ein reisender Tsunami, der all meine vorgefertigten Meinungen und Urteile mit einer Welle weggewischt hatte. Er hatte mir Kampfgeist eingehaucht, und ich wäre ohne ihn zweifellos in Selbstmitleid versunken. Darüber dachte ich nach, während wir durch das Gewühl tratschender Gäste zum Ausgang gingen.

»Alles in Ordnung?«, fragte er, als wir das Gebäude verließen und ihm mein Schweigen in der ruhigeren Atmosphäre der verlassenen Straße auffiel.

»Mehr als das.« Trotz der Kälte hielt ich ihn davon ab, zum Auto zu gehen, schlang meine Arme um seine Schultern und küsste ihn.

* * *

Es war zu schade, dass der Abend sich bereits nach so kurzer Zeit dem Ende neigte. Aber die klirrende Kälte machte einen romantischen Mitternachtsspaziergang unmöglich. Im Wagen angekommen, drängte ich mich eng an Dylan heran, während er die Heizung hochdrehte.

»Danke für den schönen Abend«, sagte ich und küsste ihn auf die Wange. »War das die erste *Nussknacker* Aufführung, die du gesehen hast?« Nun, wo ich darüber nachdachte, bemerkte ich, dass ich viel zu sehr mit meinen eigenen Empfindungen beschäftigt gewesen war, um die Wirkung des Stückes auf Dylan zu beobachten.

»Nein.« Er schüttelte den Kopf und drehte den Schlüssel in der Zündung. »Ich habe schon ein paar Inszenierungen gesehen. Es war das Lieblingsstück von …«, er stockte in der Erzählung. »… einer Freundin.«

»*Einer* Freundin oder *deiner* Freundin?«, zog ich ihn neckend auf und schmunzelte. Aber das Amüsement in meiner Stimme prallte einfach von ihm ab, und sein Gesichtsausdruck wurde dunkel, als hätte sich eine Wolke vor die Sonne geschoben. »Dylan, was hast du?«

Er antwortete nicht. Mit Besorgnis zog ich die Augenbrauen zusammen. Sein plötzliches Verhalten passte rein gar nicht zu der glücklichen Stimmung von vorhin. Das konnte nur bedeuten, dass ich mit meiner Aussage voll ins Fettnäpfchen getreten war. Natürlich überraschte es mich nicht, dass Dylan auch vor mir Freundinnen gehabt hatte. Direkt gesprochen hatten wir darüber allerdings nie, und daher konnte ich nur Mutmaßungen diesbezüglich anstellen, wie lange die Trennung her war, beziehungsweise wie sie verlaufen war. Seiner Laune nach zu urteilen, alles andere als gut …

»Tut mir leid, vergiss, was ich gesagt habe.« Verlegen sah ich durch die Windschutzscheibe. Die Atmosphäre stand wegen einem dummen Satz auf der Kippe, und ich ärgerte mich über mich selbst. Immerhin wusste ich genau, wie ungern Dylan über seine Vergangenheit sprach. Aber wenn ich ihn mochte, musste ich unweigerlich damit leben, dass sein früheres Leben vielleicht für immer ein Geheimnis bleiben würde.

»Nein, mir tut es leid.« Ein tiefer Seufzer bahnte sich aus seinem Inneren. »Ich wollte nicht gleich so griesgrämig werden.«

»Du bist nicht …«, wollte ich ihn in Schutz nehmen, musste dann aber über mich selbst lachen. »… griesgrämig ist wohl das perfekte Wort dafür.«

»Es tut mir leid«, wiederholte er und lächelte mir kurz zu. Ein halbherziges Lächeln, aber dennoch kam es von Herzen. Ein halbherziges Lächeln von Herzen – mich schien die rosarote Brille auch schon vollkommen zu vernebeln.

Das Schweigen, das sich daraufhin zwischen uns ausbreitete, war nicht direkt unangenehm, dennoch fühlte ich mich nicht mehr ganz so ausgelassen wie nach der Aufführung. Es juckte mir in den Beinen, selbst das Tanzbein zu schwingen, und ich konnte kaum still halten. Am liebsten wäre ich mit Dylan auf der Stelle zur Tanzschule gefahren. Ich kam mir vor wie eine Süchtige auf Entzug. Das Tanzen und der Rausch der Auftritte waren meine persönlichen Drogen.

»Ich habe auch vor einiger Zeit mal in New York gelebt«, sagte Dylan unvermittelt.

Ich horchte auf. »Meine Mom hat einmal erwähnt, dass du aus einer Großstadt kommst. Ich dachte aber, du wärst Kanadier.« Es kam mir wie eine gefühlte Ewigkeit vor, die seit diesem Gespräch vergangen war. Seither hatte sich so unglaublich viel verändert.

»Das bin ich auch. Aber mit 16 brach ich die Schule ab und zog zu meinem Onkel in die USA.«

Ich wusste nicht, was mich mehr überraschte, dass Dylan die Schule abgebrochen oder seine Eltern verlassen hatte. Aber ich zwang mich dazu, keine zu schockierte Miene zu verziehen, das hätte ihn nur gekränkt.

»Er leitete eine Tanzschule in Brooklyn. Keine große. Er verdiente gerade genug, um sich und seine Frau über Wasser zu halten. Mein Traum war es, irgendwann am Broadway zu arbeiten. Als Tänzer, nicht im Lager.« Bitter lachte er auf.

»Was kam dazwischen?«, fragte ich vorsichtig. Bisher war Dylan noch nie so ehrlich und offen zu mir gewesen. Es bedeutete mir viel, dass er mir seine Geschichte anvertraute, wenn auch nur einen kleinen Teil davon.

»Ich bin aufgewacht und habe realisiert, dass es nur ein Traum war«, antwortete er. Ein dumpfer Schleier von Traurigkeit machte seine Augen glasig. »Als ich das erste Mal von dir erzählt bekam, habe ich dich ziemlich gehasst.« Nun hellte sich sein Blick auf, und er lachte.

»Du hast mich gehasst? Warum?« Mir fiel es immer schwerer, meinen Gesichtsausdruck neutral zu halten. War es mir nicht ganz genauso gegangen? Ich hatte ihn dafür verabscheut, wie er sich meinen Platz in meiner Familie erschlichen hatte.

»Weil du den Erfolg erreicht hattest, den ich mir mein Leben lang erträumt hatte. Ich war neidisch auf dich, Maddie.«

»Aber warum hast du mir dann geholfen, nach meiner Verletzung wieder auf die Beine zu kommen?«

»Weil ich es nicht mitansehen konnte, wie du dein Talent und deine Möglichkeiten wegwerfen wolltest. Aber das war, bevor ich mich in dich verliebt habe.«

Mein Herz setzte für einen Schlag aus. »Ich liebe dich«, flüsterte ich, und mein Herz zog sich gequält zusammen. Auch ihm war bewusst, dass ich zurück ans Ballett gehen würde.

»Ich dich auch.« Die düstere Stimmung von vorhin war wie mit einem Fingerschnippen von Zauberhand verschwunden. *Die*

Zauberformel heißt Liebe, würde meine Mutter dazu sagen. Unter normalen Umständen hätte ich sie dafür nur belächelt, aber heute spürte ich, wie herzzerreißend Liebe wirklich war. Wo ich so darüber nachdachte, schmerzte es mehr, zu wissen, dass unsere Beziehung nicht von Dauer sein würde, als meine Knöchelverletzung.

* * *

Eine frische Schneeschicht glitzerte auf der Fahrbahn. Dementsprechend dauerte die Rückfahrt viel länger als die Hinfahrt. Aber das war mir nur recht. So blieb mir die Zeit, die wohlige Wärme, die Dylans *Ich liebe dich* in mir ausgelöst hatte, in vollen Zügen zu genießen. Erst als er mir in der Einfahrt des Hofes die Tür öffnete, sodass kalte Luft ins Wageninnere drang, und zeitgleich mein Telefon klingelte, zerplatzte diese glückliche Seifenblase.

»Willst du nicht rangehen?« Er nickte meiner kleinen Tasche zu.

»Das ist bestimmt nur Mom, die sich Sorgen macht, wo ich nach Mitternacht noch unterwegs bin«, antwortete ich und zog Dylan näher an mich heran. »Möchtest du noch mit ins Haus kommen?« Kokett legte ich meinen Kopf in den Nacken und blinzelte zu ihm hoch, wie ich es von Mädchen aus Teeniefilmen, die ich mir mit Ally und Jessy zu oft angesehen hatte, gelernt hatte.

»Damit ich von deiner Mom mit einer Tirade gestraft werden kann, weil ich dich so spät nach Hause gebracht habe?« Er zog amüsiert grinsend die Augenbrauen hoch. »Als wäre ich ein Teenager. Nein, danke. Ich passe.« Frech streckte er mir die Zunge heraus. Kind traf es bei diesem Benehmen noch eher als einen Teenager. Gerne hätte ich ihm das auch so gesagt. Aber da brachte er mich mit einem Kuss zum Verstummen, der sich gewaschen hatte. Als wir uns atemlos lösten, schwebte ich irgendwo am nachtdunklen Himmel als liebestrunkene Wolke. Wäre da nur nicht dieses beständige Klingeln meines Telefons im Hintergrund gewesen …

»Sie ist aber hartnäckig.« Mit einem Schmunzeln schob Dylan mich ein kleines Stückchen von sich und angelte nach meinem kleinen Täschchen. »Sag ihr, dass wir da sind. Dann braucht sie sich keine unnötigen Sorgen machen.« Er zog mein Handy aus der Tasche heraus und hielt es mir entgegen. Unsere Blicke fielen gleichzeitig auf das Display. Der eingespeicherte Name, der uns entgegenleuchtete, war aber nicht Mom.

Kapitel 21

Ich starrte so lange auf das Display, bis der Anruf verstummte. Drei Sekunden Pause, dann leuchtete Adams Name erneut auf.

»Es muss wichtig sein, wenn er so spät noch anruft«, sagte Dylan um einen diplomatischen Ton bemüht. Doch sein Gesicht war zu einer verärgerten Maske gefroren.

»Ich … ich habe absolut keine Ahnung, was er will«, stammelte ich vollkommen mit der Situation überfordert.

»Geh ran«, forderte er mich auf, aber es wäre mir in jeglicher Hinsicht falsch vorgekommen, dieser Aufforderung nachzukommen.

»So wichtig kann es nicht sein. Ich rufe ihn morgen zurück. Bitte, Dylan. Ich möchte nicht, dass unser Abend so endet. Komm noch mit ins Haus«, bat ich ihn. Über das Klingeln hinweg schien er sich aber kaum auf meine Worte zu konzentrieren.

»Sprich mit ihm. Wir reden morgen. Mach dir keine Sorgen. Ich hatte einen wunderbaren Abend mit dir.« Er gab mir einen kurzen Kuss. »Außerdem vertraue ich dir.« Für ihn schien das Thema damit abgehakt.

Ich hingegen wurde erst recht unruhig. Seine Aussage, dass er mir vertraute, hatte in meinen Ohren geklungen, als wäre genau das Gegenteil der Fall. Aber gab es denn einen Grund, warum er mir nicht vertrauen sollte? Ein dritter Anruf von Adam. Während ich über den verschneiten Hof zur Haustür ging, fuhr mein Finger über das Display und ich nahm den Anruf entgegen.

»Was willst du?«, fragte ich zur Eröffnung des Gesprächs wenig freundlich. Mit einem dumpfen Gefühl im Magen sah ich Dylan nach, wie er im Truck aus der Einfahrt fuhr.

»Mad! Du bist noch wach?« Adams Stimme klang erleichtert, und so vertraut sie mir auch war, so freute ich mich nicht, sie zu hören.

»Spätestens nach deinen tausend Anrufen«, schnappte ich, wobei ich unerwähnt ließ, dass ich ohnehin noch aus gewesen war. Doch streng genommen ging ihn das wohl auch nichts an.

»Es waren drei Anrufe. Überdramatisiere nicht.«

»Drei Anrufe zu viel.« Ganz automatisch reagierte ich schnippisch. Ich hatte ihm unseren Streit und die darauffolgende Versöhnung noch nicht verziehen. Adam und ich bedeuteten Probleme, und das war das letzte, das ich im Moment gebrauchen konnte. Wir waren wie gefährliche Mischungen von Dynamit, die man nicht kombinieren sollte. Dylan hingegen war ganz und gar kein Dynamit. Mit ihm lief es so gut. Das wollte ich nicht zerstören.

»Ich muss mit dir reden«, eröffnete Adam ernst und vage. Sollte er damit beabsichtigt haben, mich neugierig zu machen, gelang es ihm nicht. Ganz im Gegenteil.

»Ich möchte nicht mit dir reden. Ruf mich nicht mehr an. Nie wieder«, sagte ich mit ruhigem Ernst. »Wir müssen uns voneinander fernhalten. Auf Wiedersehen, Adam.«

Ich ließ ihm keine Zeit für eine Reaktion, sondern beendete den Anruf. Es fiel mir überraschend leicht. Als erneut Adams Name auf dem Display erschien, schaltete ich mein Handy ganz aus.

* * *

Mit gequälter Langsamkeit wälzte ich mich morgens unausgeschlafen aus dem Bett. Als schlaftrunkener Zombie trat ich den Weg in die Küche an.

»Morgen, Schatz. Hast du gut geschlafen?«

Meine Antwort bestand lediglich aus einem lügenden Nicken. Mein Kopf brummte.

»Waren Dylan und du gestern noch lange unterwegs?«

Wieder ein benommenes Nicken. Diesmal beinhaltete es allerdings die Wahrheit.

»Trink das, du Morgenmuffel.« Nachsichtig grinsend reichte mir Mom eine Tasse dampfenden Schwarztee.

»Danke«, murmelte ich und nahm das heiße Getränk entgegen. Meine kalten Finger schlossen sich um das wärmende Porzellan, und ich döste auf dem Küchenstuhl weiter vor mich hin. Während im restlichen Haus noch Stille herrschte, sah Mom die Post durch. Die aneinandergelegten Papiere raschelten bei jeder Bewegung.

»Ein Brief für dich.« Ohne aufzusehen, gab sie mir den Brief weiter. Ich erwartete eine weitere der unzähligen *Get-Well-Soon-Karten*, die schnell wieder in der Kommode landen würde. Kommentarlos drehte ich das elegante Kuvert um und las die Adresse des Absenders. Der geschwungene Stempel mit dem Logo der Kompanie war unverwechselbar, und überrascht hielt ich in der Bewegung inne. Plötzlich wurde mir im Nacken unerträglich heiß, und mein Magen rumorte vor Aufregung. War das der Brief, vor dem ich mich die ganze Zeit über gefürchtet hatte? Meine Kündigung? Aber hätte Alexis dann nicht wenigstens davor mit mir gesprochen? Vielleicht hielten ihn die Proben so auf Trab, dass er es vergessen hatte. Ein Leben ohne die Kompanie war in meiner Vorstellung unmöglich. Mir wurde schlecht. Meine Finger zitterten, wodurch das Papier verdächtig zu rascheln begann. Ich zwang mich zur Ruhe, wobei meine Zähne so fest auf meine Unterlippe bissen, bis ich Blut schmeckte. Obwohl ich gestern noch gedacht hatte, es wäre das schwerste, Dylan zu verlassen, wurde mir nun wieder mit einem schmerzvollen Schlag bewusst, wie sehr ich das Tanzen brauchte. Tanzen war wie atmen für mich. Natürlich konnte man auch woanders als in New York atmen. Aber das wäre nicht dasselbe.

Dylan hatte gestern meinen Erfolg bewundert, und wenn ich ehrlich war, liebte auch ich den Rum, der das Tanzen mir gebracht hatte. Mühsam kontrollierte ich meine Atmung, bevor ich vor Panik zu keuchen begann. Ratsch – und das Kuvert war geöffnet. Tief durchatmend zog ich das darin zusammengefaltete Papier heraus. Als ich die ersten Worte las, verschwammen die gedruckten Buchstaben vor meinen Augen zu einem Meer von Tränen.

Ich blinzelte sie schnell weg, brauchte aber noch viel länger, bis ich die Bedeutung hinter den standardisierten Sätzen verstand. Es war eine Einladung zum diesjährigen Winterballett. Eine neue Inszenierung des Nussknackes. Unter der Unterschrift, die der Opernintendant Troy gesetzt hatte, erkannte ich die feinsäuberliche Handschrift von Alexis wieder. *Ich kann es kaum erwarten, dich wiederzusehen, mein Engel,* hatte er als P.S. notiert. Meine Lippen bogen sich zu einem kleinen Lächeln. Ich wurde nicht aus der Kompanie entlassen. Es handelte sich einzig und allein um eine einfache Einladung, die sie in den letzten Wochen in Massen hinausgeschickt hatten. Ein erleichterter Seufzer entwich meinen Lippen.

»Stimmt etwas nicht?«, fragte Mom und sah von der Zeitung auf. »Von wem ist der Brief?«

»Nein, alles in Ordnung. Es ist nur eine weitere Gute-Besserungs-Karte«, sagte ich schnell und steckte die Einladung zurück in den Umschlag. Dann schob ich ihn zwischen eine Taschentuchpackung und meiner Geldbörse in meine Tasche, die ich über die Stuhllehne gehängt hatte. Mir war nicht ganz klar, warum ich log. Aber eine kleine besorgte Stimme in meinem Hinterkopf raunte mir zu, dass die Wahrheit nur noch mehr Probleme schaffen würde. Sollte ich der Einladung Folge leisten und zum Winterballett nach New York fliegen, würden alle den Kurzbesuch als dauerhafte Entscheidung, wieder in der Kompanie zu tanzen, deuten. Dabei hatte ich noch gar keine Zeit gehabt, mir selbst darüber im Klaren zu werden. Außerdem bedeutete diese Einladung nicht, dass Alexis mich überhaupt zurückhaben wollte. Innerhalb von Sekunden verschwand das wohlige Glücksgefühl wieder und hinterließ ein unangenehmes Ziehen in meinem Magen.

Kapitel 22

Ich hatte meinen Tee erst zur Hälfte ausgetrunken, da ging im oberen Stockwerk des Hauses eine Bombe hoch. »Maddie«, schrie Jessy markerschütternd und riss damit den Rest der Familie aus dem Schlaf. Ihre Zimmertür krachte an die Wand, als sie sie aufschlug, dann polterte sie regelrecht die Treppe hinunter.

»Jessy – Psst«, machte Mom, legte ihren Zeigefinger an die Lippen und warf ihr einen bösen Blick zu. »Um Gottes willen, was ist denn los?«

Zerrupft und mit Schlafsand in den Augen sah sie aus wie ein entlaufener Zombie, das weite Nachthemd flatterte wie ein Geist um ihren schmalen Körper. »Das ist los!«, rief sie aus und knallte ihr *Tablet* vor mir auf den Tisch. »Das ist der Grund, warum Dylan nicht gerne über seine Vergangenheit redet.«

»Was meinst du?« Irritiert zog ich die Nase kraus. Ein ungutes Gefühl beschlich mich.

»Er hasst es, wenn man ihn fragt, woher er kommt, was er früher gemacht hat oder wo er so gut tanzen gelernt hat«, zählte sie mir die Liste auf, die mir nur zu gut bekannt war. Ich wollte ihr sagen, dass er mir gestern Einiges aus seinem vergangenen Leben anvertraut hatte. Es kam mir wie ein Beweis dafür vor, dass er mir vertraute. Aber mein Verstand hielt mich davon ab. Es gab keinen Grund, warum sich Jessy so aufregen sollte, nur weil Dylan mal beabsichtigt hatte, als Tänzer am Broadway zu arbeiten. Ganz abgesehen davon, blieb mir schleierhaft, woher sie diese Information haben sollte.

»Was hast du da gefunden?« Mein Hals war trocken und die Worte klangen kratzig.

»Dylan war Tänzer am Broadway!« Sie schrie beinahe.

»Psst.« Mom sah sie erneut böse an. Aber davon wurde Jessy nicht leiser.

»Er war ein Broadway Tänzer«, wiederholte sie.

Ich schüttelte den Kopf. »Sein Onkel hatte in New York eine Tanzschule, und er wollte am Broadway tanzen, kam aber ...«

»Nein, er hat dort getanzt«, widersprach Jessy vehement. »Oder woher soll dieses Foto sonst kommen?« Triumphierend hielt sie mir das *Tablet* samt Foto vor die Nase. Ich schluckte schwer und versuchte, mir nichts anmerken zu lassen. Aber der junge Mann auf dem Bild, der mit einer Frau als »Danny und Sandy« aus *Grease* auf der Bühne stand, war eindeutig Dylan.

»Das kann nicht sein. Warum hat er nichts gesagt?« Mir fehlten die Worte.

»Diese Frau, mit der er tanzte ... Das ist Mary Ingells.«

»Der Name kommt mir bekannt vor.« Ich kramte in meinem Kopf, kam aber nicht darauf, wo ich ihren Namen schon mal gehört hatte.

»Sie war Dylans Freundin.«

Da hatten wir also das Thema Ex-Freundinnen wieder. Ich sollte mich nicht darüber aufregen, immerhin war sie im Gegensatz zu meinem Ex-Freund Adam nicht in ständiger Anwesenheit in der Familie. Dementsprechend hatte ich kein Recht, eifersüchtig zu sein. Wenn Dylan seit Anfang des Jahres hier auf der Ranch arbeitete, musste die Trennung auch schon mindestens so lange her sein. Dennoch war es wie ein Messerstich, dass Dylan mir die Wahrheit verschwiegen hatte. Ich verstand nicht, warum er mir diesbezüglich nicht vertraute. Immerhin war ich nicht blöd und wusste, dass er wie jeder erwachsene Mann eine Vergangenheit hatte. Auch im Hinblick auf andere Frauen.

»Ich glaube, ich habe eine Aufführung von ihr gesehen. Vor drei Jahren. Nicolai hat mich zur Feier meiner Rolle als Odette in ein Musical ausgeführt. Er meinte, ein Schwan brauche auch einmal Abwechslung.« Ich lachte kopfschüttelnd. »Mir wäre es aber lieber gewesen, wir hätten uns ein Ballett statt des Musicals angesehen«, sagte ich nachdenklich. Das war nun schon lange her. Ich konnte mich kaum noch daran erinnern, wie Nicolai und ich als frisch verliebtes Paar gewesen waren.

»Maddie, sie ist tot.« Jessy sah mich aus ernsten Augen an.

»Was meinst du?« Obwohl ihre Worte unmissverständlich waren, wollte ihre Bedeutung nicht bis zu mir durchdringen.

»Sie kam bei einer Bandenschießerei ums Leben. Vor eineinhalb Jahren. Sie war zum falschen Zeitpunkt am falschen Ort.«

»Das arme Mädchen. Hätte ich das gewusst …« Mom schüttelte traurig den Kopf. »Dylan ist noch so jung und musste bereits so einen großen Verlust verkraften. Das ist schrecklich.« Ihr Gesicht war weich vor Mitgefühl, ich hingegen war wie zu Stein erstarrt. Ich wusste nicht, was ich fühlen sollte und war einzig eine leere Hülle.

»Woher weißt du das alles?«, fragte ich Jessy mit gebrochener Stimme.

»John Smith hat einen Artikel über dich veröffentlicht. Der Titel lautet: *Der mysteriöse Mann an Primaballerina Maddison Clarks Seite.*«

»Oh nein«, rief ich aus und stürzte mich nun auf das *Tablet*. Dylans Geschichte war von dem Reporter, der es auf mich abgesehen hatte, ausgegraben und meinetwegen in der Öffentlichkeit breit getreten geworden. Sollte Dylan davon erfahren, würde er ausrasten.

»Ballerina schnappt sich Broadway-Star«, las ich den ersten Satz laut vor. Das war eine absolute Katastrophe. »Dieser Arsch hat mich verfolgt!« Als ich mich auf einem der beigefügten Fotos mit Dylan vor dem Supermarkt in Maple Valley, wiedererkannte, wurde mir ganz schlecht. Ich hatte mich an jenem Tag beobachtet gefühlt und das zu Recht. »Ich muss gehen«, stammelte ich und stand so abrupt auf, dass der Küchenstuhl beinahe nach hinten gekippt wäre. Zerstreut nahm ich meine Tasche, zog einen Mantel über und verließ kopfüber das Haus. Ich musste mit Dylan sprechen, bevor er den Artikel von jemand anderen gezeigt bekam. Die Fahrt dauerte quälend lang, und ich wurde mit jeder Sekunde, die verstrich, ungeduldiger. Meine Gedanken drehten sich einzig und allein um Dylan und wie ich das wiedergutmachen konnte. Er hatte selbst mir nicht genügend vertraut, um mir die Wahrheit zu gestehen. Nun wusste nicht nur die ganze Stadt, sondern alle Welt von seiner Vergangenheit. Hätte er gewollt, dass jemand von seinem Leben am Broadway wusste, hätte er sich nicht die Mühe gemacht, sich hinter einem so großen Geheimnis zu verstecken. Nun bereute er es bestimmt, sich auf mich eingelassen zu haben.

Der Eingang zu Dylans umfunktionierter Lagerhalle war mit Schnee bedeckt, weswegen ich mir zumindest sicher sein konnte, dass er heute das Apartment noch nicht verlassen hatte. So bestand ein kleiner Hoffnungsschimmer, dass er die schlechten Nachrichten bisher von niemandem gehört hatte. Meine Finger zitterten, als ich mit großen Schritten auf die Eingangstür zuhielt. Tief atmete ich ein. Dann klopfte ich. Als er nicht sofort die Tür öffnete, wurde ich nervös. Es war gut möglich, dass er noch schlief, aber bisher hatte ich ihn eher als einen Frühaufsteher erlebt. Gerade hob ich erneut meine Hand, um mit dem Fingerknöchel dagegen zuschlagen, da schwang die Holztür nach innen auf.

»Guten Morgen, Maddie«, sagte Dylan. Zwar stand er noch im Schlafanzug vor mir, aber seine Augen blickten mir wach entgegen, und der undefinierbare Gesichtsausdruck ließ Schlimmes erahnen.

»Du weißt es?«, fragte ich gequält, obwohl es eher eine Schlussfolgerung war.

»Cheryl hat mich angerufen, um mir ihr Beileid auszusprechen. Daraufhin war es nicht schwer, den Artikel zu finden.« Er brüllte nicht, erhob nicht einmal die Stimme. Diese düstere Ruhe war beinahe schlimmer. »Ich habe versucht, dich anzurufen.«

Mist! Mein Handy war noch von gestern, als Adam nicht lockerlassen wollte, ausgeschalten.

»Es tut mir so unglaublich leid.« Tränen sammelten sich in meinen Augen. Gleich würde ich die Fassung verlieren. Die Distanziertheit, die Dylan mir entgegenschlug, war wie ein eisiger Schneesturm, der mich erstickte.

»Komm rein.« Mit einem Mal sank seine Abwehr. Seufzend zog

er mich an sich. Die Erleichterung, die daraufhin über mir zusammenbrach, ließ mich taumeln. Haltsuchend klammerte ich mich an Dylan fest. Sein Körper strahlte eine beruhigende Wärme aus, und ich wollte ihn am liebsten nie wieder loslassen.

Behutsam führte er mich in die umfunktionierte Küche. Da die Heizung noch Probleme machte, war dort der einzig warme Raum in der Wohnung. Weil ich mich aber nicht über den Küchentisch hinweg mit ihm unterhalten wollte, ging ich weiter ins Wohnzimmer, das gleichzeitig auch als Schlafzimmer fungierte und setzte mich auf die Couch. So konnte ich mich an ihn lehnen und fühlte weiterhin seine Wärme.

»Möchtest du etwas zu trinken?« Die Frage war viel zu formell. Wie man sie nur einem Gast stellte.

»Nein. Ich möchte nur dich«, murmelte ich an seine Schulter und schloss die Augen. Ich fühlte, dass er die flauschige Wolldecke hervorzog und über uns ausbreitete.

»Das ist nicht der erste Artikel, den John Smith über mich geschrieben hat. Ich hasse ihn.« Gut, dass Dylan nicht die Tränen sehen konnte, die sich vor Wut in meinen Augen sammelten. »Es tut mir so leid, dass du nun auch dahineingezogen wurdest.«

»Es wäre gelogen, würde ich sagen, dass ich nicht wütend bin. Aber nicht auf dich. Du kannst doch gar nichts dafür. Also hör auf, dich zu entschuldigen.« Er gab mir einen Kuss auf den Scheitel, und seine Umarmung wurde eine Spur fester, als befürchtete er, ich könnte ihm entgleiten.

»Was du mir gestern erzählt hast, war dann wohl nur die Halbwahrheit.« Streng genommen nicht einmal das. Schließlich hatte er mich im Glauben belassen, er hätte New York den Rücken gekehrt, weil seine Träume nicht in Erfüllung gegangen waren. »Stimmt es, was in dem Artikel geschrieben steht?«

Er schluckte schwer. »Ja. Es ist wahr.«

»Warum hast du mir nicht davon erzählt? Vertraust du mir nicht?« Beinahe schüchtern versteckte ich mein Gesicht, sodass er meinen verletzten Ausdruck nicht sehen konnte. Ihm gegenüber fühlte ich mich verletzlich.

»Weil ich versuche, es zu verdrängen. Ich habe niemandem davon erzählt, um endlich mit der Vergangenheit abschließen zu können, ohne immer wieder daran erinnert zu werden.« Kurz zögerte er, dann sprach er weiter. »Außerdem hatte ich Angst, was du von mir denken würdest, wenn du erfährst, dass ich meine Karriere hingeschmissen habe.« Ein langer Seufzer entschlüpfte seinen Lippen. Ich richtete mich ein Stückchen auf, um ihn anzusehen. Glaubte er wirklich, ich würde seine Entscheidung für falsch erachten? Nachdem ich selbst genauso mit mir am Hadern war ... Ganz abgesehen davon. Wer war ich, dass es mir zustehen würde, darüber zu urteilen?

»Nach Marys Tod gab es beim Musical nichts mehr, das mir wichtig war. Mein Kompass hatte seine Richtung verloren, und ich wollte nur weg von diesem grausamen Ort. Dem Ort, an dem mich alles an sie erinnerte.«

Mein Herz zog sich schmerzhaft zusammen. Seine Stimme klang so gebrochen, dass ich seine inneren Schmerzen regelrecht mitfühlte. »Ich kann deine Entscheidung gut verstehen. Und ...« Mir fiel es schwer, weiterzusprechen. Ein dicker Kloß schnürte mir die Kehle zu. »Und es tut mir leid, dass du Mary verloren hast.«

»Mir auch.« Er seufzte tief und drückte mich fest. »An manchen Tagen kann ich es kaum glauben, dass sie wirklich fort ist. Es ist schöner, sich einzureden, unsere Wege hätten sich auf normale Art und Weise getrennt und sie würde noch immer am Broadway tanzen. Aber das ist nicht wahr.«

Eine Weile saßen wir eng umschlungen auf dem Sofa. Jeder hing seinen Gedanken nach.

»Ich möchte nicht, dass du gehst«, sagte Dylan unverwandt und fixierte meinen Blick.

»Warum sollte ich gehen? Ich bin doch gerade erst angekommen.«

Verwirrt neigte ich den Kopf zur Seite. Mir war nicht ganz klar, worauf er hinauswollte, bis er eine Sekunde später weitersprach. »Geh nicht zurück nach New York. Ich möchte dich nicht auch verlieren.« Seine Bitte klang so aufrichtig und echt, dass mir der Atem wegblieb. Es schien ihm merklich schwerzufallen, so etwas von mir zu verlangen, aber das änderte nichts daran, dass er mir soeben ein Ultimatum gestellt hatte. Liebe oder Karriere. Erneut war der Moment gekommen, in dem ich mich entscheiden musste.

Kapitel 23

»Du willst, dass ich das Ballett aufgebe?«, fragte ich entsetzt.

»Du musst das Ballett nicht aufgeben. Aber geh nicht nach New York zurück. Bleib hier – bei mir.« Seine Augen glühten vor Inbrunst und Leidenschaft, doch anstatt ebenfalls Feuer und Flamme für die Idee zu werden, baute sich in meinem Inneren eine Schutzmauer auf. »Hast du seit deinem Unfall von der Kompanie gehört? Hast du mit deinem Manager schon über deine Zukunft am Ballett gesprochen?«

»Nein, aber ich kann nicht«, stotterte ich und rückte unbewusst von ihm ab. »Wenn ich die Kompanie verlasse, verlasse ich auch das Ballett. Hier gibt es kaum eine Möglichkeit, in so einer guten Kompanie zu tanzen. Schon gar nicht in der Nähe von Maple Valley.« Erst jetzt wurde mir bewusst, wie sehr es mir widerstrebte, die Kompanie zu verlassen.

»Du kannst überall tanzen. Auch hier«, hielt Dylan dagegen. Ich wusste, dass er damit sagen wollte, dass auch er das Tanzen nicht aufgegeben hatte. Aber war das wahr? Wollte er die *National Ballet Company America* mit einem kleinen Tanzstudio in Kanada vergleichen.

»Du willst, dass ich meine Karriere aufgebe?« Wir waren erst wenige Monate zusammen und hatten uns seither nicht nur einmal in die Haare bekommen. Wer konnte mir garantieren, dass unsere Beziehung überhaupt eine Zukunft hatte. Obwohl ich all diese Gedanken nicht aussprach, schien er genau zu wissen, was in meinem Inneren vor sich ging. Doch für eine Beziehung gab es einfach keinen Garantieschein.

»Willst du in deinem Leben nicht mehr als eine Karriere? Du

kannst dir niemals sicher sein, dass eine Beziehung hält, aber wenn du nicht an uns glaubst, ist es vielleicht besser, du sagst es jetzt gleich.«

»Du meinst, ich soll es nicht hinauszögern, wenn ich ohnehin wieder gehe?«, fragte ich eine Spur zu forsch. Da hatten wir es ein weiteres Mal – die Anschuldigung, ich würde zum Weglaufen neigen. Vielleicht hatte er auch schlichtweg recht.

»Wenn es wirklich das ist, was du willst.« Wie er das so ruhig und gelassen aussprach, wurde mir ganz schummrig.

Plötzlich sprang ich auf. Ich würde keine Sekunde länger neben ihm sitzen können. »Ich muss nachdenken«, stammelte ich und zog am Riemen meiner Tasche. Als diese zur Seite kippte, fiel der gesamte Inhalt zu Boden und prompt verhedderte ich mich mit den Füßen in der Wolldecke. »Verdammt.« Tränen der Wut sammelten sich in meinen Augen, und ich konnte kaum sehen, was ich da wahllos zurück in meine Tasche stopfte.

»Maddie, warte. Ich möchte nicht, dass du jetzt gehst«, rief Dylan. Erstmals wirkte er wirklich aufgebracht. Aber das brachte mich nur noch mehr durcheinander.

»Ich brauche Zeit zum Nachdenken.« Ich warf ihm einen letzten Blick zu, dann stürmte ich aus der Wohnung. Warum musste man sich immer entscheiden? Konnte ich nicht beides haben? Liebe und Erfolg? Aber vermutlich war das zu gierig.

* * *

Planlos kurvte ich mit dem Truck meines Dads durch die Straßen Maple Valleys. Ich wollte nicht nach Hause und zu Dylan schon gar nicht. Schlussendlich zog es mich dann aber doch zu ihm zurück. Bevor ich allerdings an seiner Tür klopfen konnte, nahm ich meine Sporttasche aus dem Wagen und eilte auf die gegenüberliegende Tanzschule zu. Typisch für einen Sonntag war die Stadt menschenleer, und auch in Madame Joans Ballettschule war niemand anzutreffen. So hatte ich meine Ruhe und konnte meinen Gedanken nachhängen. Es war die letzte Woche vor Weihnachten. In genau sieben Tagen war die Weihnachtsaufführung mit den Kindern vor der Stadtgemeinde. Sollte ich Alexis und Troys Einladung nachkommen, würde ich die letzten Proben nächste Woche verpassen. Dylan und Madame Joan wären enttäuscht, würden aber auch ohne mich klarkommen. Wenn das Weihnachtsballett der Kompanie allerdings Samstagabend aufgeführt wurde, blieb mir kaum Zeit, rechtzeitig bis zum Weihnachtsfest zurück in Maple Valley zu sein.

Nach allem, was meine Familie für mich getan hatte, konnte ich wohl kaum am Weihnachtsabend fehlen. Außerdem wäre Madame Joan über alle Maßen enttäuscht von mir, sollte ich das Solo doch nicht bei dem Tanzschulauftritt tanzen. Gerade da es sich um das letzte Event ihrer Schule handelte.

Es kam mir blöd vor, mein Solo zu üben, wenn ich gar nicht beabsichtigte, daran teilzuhaben. Daher zog ich meine Spitzenschuhe an und tanzte ein Solo, das ich seit meinem Unfall nicht mehr getanzt hatte. Nach Alexis Choreografie war ich als Aurora bei der Premiere einer neuen Inszenierung des Stückes *Dornröschen* von Iljitsch Tschaikowski über die Bühne geschwebt. Diese Schrittabfolge kam mir nun wieder in den Sinn.

Ich legte eine CD in dem Musikplayer ein und stellte mich in die erste Grundposition. Ich wärmte mich auf, während ich die ersten Takte verstreichen ließ und mich daran erinnerte, wie es gewesen war, Aurora zu sein. Nach dem dritten Mal, als ich das Stück angehört hatte, fühlte ich mich endlich bereit. Ich streckte meine Arme. Ging auf die Spitzen. Ich machte meinen Hals lang und schloss die Augen. Jeder Schritt gab mir das Gefühl zu schweben. Pirouette um Pirouette kreiselte ich durch den Saal und verschmolz mit der Musik. Ich dachte nicht mehr darüber nach, wohin ich meine Beine bewegte, sondern ließ mich einfach fließen. Meine Muskeln spannten sich, ich sprang und befand mich nicht länger am Boden. Für einen kurzen Moment konnte ich mir einreden, die Schwerkraft auszutricksen und wie ein Vogel zu fliegen. Dann landete ich wieder am Boden und die Musik verklang.

»Bravo«, sagte plötzlich eine Stimme und Klatschen hallte durch den Raum.

Ich drehte mich einmal um meine eigene Achse und fixierte ihn mit düsterem Blick. »Was machst du hier?«

»Ich habe den Wagen deines Vaters stehen gesehen und dachte mir, dass du hier bist«, antwortete Adam und kam näher.

»Und was willst du?« Um mein Unwohlsein zu verbergen, täuschte ich vor, durstig zu sein und griff nach meiner Trinkflasche.

»Mit dir reden. Warum hast du gestern einfach aufgelegt?«

»Weil ich nicht mit dir reden wollte.« Ich seufzte. »Dylan weiß, was zwischen uns vorgefallen ist. Es ist mir unangenehm, wenn er sieht, dass du anrufst. Ganz abgesehen davon, dass ich nicht noch mehr brauche, was ich meiner Schwester gegenüber verbergen muss.« Je mehr ich mich in Rage redete, umso lauter wurde meine Stimme.

»Warum solltest du Ally etwas verbergen? Wir reden doch nur.« Die Gelassenheit, mit der er dies sagte, ärgerte mich nur noch mehr. Wenn es nur beim Reden blieb, hatte ich kein Problem …

»Gut, worüber willst du mit mir sprechen?« Schnippisch warf ich meine Haare zurück und verschränkte abwartend die Arme.

Plötzlich wurde Adams Gesichtsausdruck gleichwohl sanft wie ernst. »Ally hat mir von dem Zwischenfall bei dem Tanzabend erzählt.«

Mein Herz setzte für einen kurzen Schlag aus, und mir wurde bis in die Fingerspitzen kalt. »Woher?«, stammelte ich. Meine Fassade bekam Risse und ich fühlte mich schwach.

»Tiffany hat Ally anvertraut, dass das der Grund ist, warum sie von zu Hause ausgezogen ist, und Ally hat es mir erzählt.«

Gerne hätte ich etwas Zynisches gesagt. Von wegen, sie seien schon ein perfektes Ehepaar, keiner konnte Geheimnisse vom anderen behalten. Aber dafür war das Thema viel zu ernst.

»Es wäre mir lieber gewesen, sie hätte es dir nicht erzählt.« Nun war mir auch schnell klar, warum Adam gestern versucht hatte, mich zu erreichen. »Du brauchst dir keine Sorgen um mich zu machen.« Ich bemühte mich, es so klingen zu lassen, als hätte mich die Situation mit Peeta nicht weiter beschäftigt. In Wahrheit hatte es jedoch viel mehr in mir aufgewirbelt, als mir lieb war. Seither war kein Tag vergangen, an dem ich nicht mit mulmigem Gefühl an ihn oder Lionel gedacht hatte.

»Er ist ein Schwein. Glaub mir, hätte mich Ally nicht gestoppt, wäre ich auf der Stelle zu ihm gefahren, um ihm etwas Verstand einzuprügeln.« Er schnaufte schwer, als würde er in seiner Vorstellung bereits losrennen.

»Dann bin ich froh, dass sie dich aufgehalten hat. Das wärst nicht du«, sagte ich möglichst ruhig. Gewalt passte rein gar nicht zu Adams Gemüt. Selbst wenn es hart auf hart kam, konnte er keiner Fliege etwas zuleide tun.

»Ich kann einfach nicht begreifen, wie er sich dir gegenüber so verhalten konnte.«

»Er war betrunken.« Obwohl es keine Entschuldigung war, zuckte ich mit den Schultern. Warum suchte ich Ausflüchte für ihn? Immerhin hielt ich ihn genauso für ein Schwein. Doch war für ihn womöglich wirklich der Alkohol der Auslöser gewesen. Lionel hingegen war komplett nüchtern, als er während der Proben die Grenze der Höflichkeit überschritt.

»Ich war an dem Abend genauso betrunken und würde mich dennoch nicht so respektlos verhalten.« Geradezu vehement schüttelte er den Kopf. »Es tut mir leid, dass ich nicht da war, um dich zu beschützen.« Traurig senkte er den Kopf. Früher hätte ich nun mit meiner Hand über seine Wange gestrichen. Den kratzigen Dreitagebart an meinen Fingern gefühlt und mich an ihn geschmiegt. Aber das war lange her.

»Du tust es noch immer«, stellte ich mit einer Mischung aus Überraschung und Unwillen fest.

»Was meinst du?«

»Du passt auf mich auf. Denkst darüber nach, wie es mir geht und wie ich mich fühle.«

»Ist daran etwas falsch?« In seinen Augen lag Zuwendung, und ich ruderte zurück.

»Alles«, flüsterte ich heiser. »Alles daran ist falsch. Du musst aufhören, dich um mich zu kümmern. Dir Sorgen um mich zu machen. Dich für mich zu interessieren …« Ich war ihm dankbar, dass er sich um mein Wohlbefinden sorgte, aber es war Ally gegenüber nicht fair. Erst jetzt begriff ich, wie gemein es von mir gewesen war, Ally wegen ihres Geheimnisses so ins Kreuzfeuer zu nehmen. Ich hatte gegen sie konkurriert, obwohl es mir nicht zustand, Anspruch auf Adam zu erheben. »Es ist nicht deine Aufgabe, dass ich glücklich bin.«

»Es tat weh, dich zu verlieren. Aber noch viel mehr schmerzt es, dich zu lieben.« Ein verletzter Ausdruck blitzte mir aus seinen Augen entgegen.

»Unsere Leben waren so lange miteinander verwoben, ich werde nie aufhören, dich zu lieben«, sagte ich vorsichtig. Es war die Wahrheit, aber ich wollte damit keinen falschen Eindruck vermitteln.

»Jetzt kommt das Aber«, antwortete er daraufhin gequält und hatte wohl auch nicht Unrecht.

»Aber wir sind nicht gut füreinander. Ich habe dir das Tanzen vorgezogen. Das war dir gegenüber nicht fair. Du verdienst jemanden, der sich für dich entscheidet. Du hast es verdient, die erste Wahl zu sein.«

»Ist Dylan deine erste Wahl?«, fragte er, und ich wusste, egal, was ich antwortete, es würde ihn verletzen.

»Du bist Allys erste Wahl«, entgegnete ich daher nur und drückte seinen Unterarm. »Ich hätte nicht so eifersüchtig auf eure Verlobung reagieren dürfen. Ihr gehört zusammen, und ich gönne dir dein Glück.«

»Aber ist es ihr gegenüber fair, wenn sie nicht meine erste Wahl war?«

Darauf wusste ich nichts zu sagen. Mein Herz schlug in einem schnellen Rhythmus, die Luft zwischen uns knisterte. Doch da war kein Verlangen, ihn zu küssen. Dylans Gesicht tauchte vor meinem inneren Auge auf. War er meine erste Wahl? Hatte er das Ballett verdrängt oder war er nur eine vorübergehende Laune? Mit Sicherheit konnte ich es nicht sagen, aber vielleicht lag es auch nur an der Angst. Der Angst, die Komfortzone zu verlassen und etwas zu riskieren. Adam riskierte etwas dabei, mir seine Liebe zu gestehen. Aber ich konnte sie nicht erwidern.

»Ally verdient die Wahrheit«, sagte ich leise. Das war das einzig Richtige, und dennoch wusste ich nicht, was das für uns alle zu bedeuten hatte.

Kapitel 24

Als ich das Tanzstudio verließ, sah ich im Fenster in Dylans Apartment Licht brennen. Aber ich konnte mich nicht dazu durchringen, hinzugehen und an die Tür zu klopfen. Eigentlich sollte ich mich darüber freuen, dass er mich bei sich haben wollte. Immerhin hatte auch ich genau über diese Angelegenheit die letzten Tage und Wochen nachgedacht. Nun jedoch vor eine Entscheidung gestellt zu werden, weckte den Fluchtinstinkt in mir. Denn wenn ich eines nicht mochte, war es, in die Ecke gedrängt zu werden.

»Du hast alles zerstört.« Erschrocken zuckte ich zusammen und sah mich orientierungslos am Parkplatz um. Abgesehen von Dads Truck war es wie ausgestorben. Da packte mich eine starke Hand von hinten, und ich quiekte auf.

»Was tust du da?«, fauchte ich meine Schwester an, als sie sich mit wutverzerrtem Gesicht auf mich stürzte. Ich musste ihre Handgelenke packen, um zu verhindern, dass sie mit ihren Fäusten auf meinen Brustkorb trommelte.

»Du hast alles zerstört«, brüllte sie ein weiteres Mal. »Adam hat mir erzählt, was zwischen euch passiert ist.«

»Oh«, machte ich überrascht und ließ vor Schreck ihre Arme los. Anstatt erneut auf mich loszugehen, sank sie in sich zusammen.

»Er hat gesagt, ich hätte es nicht verdient, zweite Wahl zu sein. Warum hast du das getan? Warum musstest du ihn mir wegnehmen? Du hast doch schon Dylan.« Sie schluchzte, und es zerriss mir fast das Herz. Ich hatte gedacht, Ehrlichkeit würde ihr helfen, doch ganz das Gegenteil schien der Fall zu sein.

»Es tut mir leid. Ich hätte dir bereits früher davon erzählen sollen. Aber ich dachte, es wäre nur ein Ausrutscher. Kalte Füße vor der Hochzeit«, stammelte ich eine Erklärung. Dabei war es nur eine lahme Ausrede, zu rechtfertigen, warum ich nicht den Mut gehabt hatte, von Anfang an die Wahrheit zu sagen. Hatte ich genau das auch von Dylan erwartet, als er über seine Vergangenheit geschwiegen hatte?

»Wage es nicht«, zischte Ally erbost. Ihre grünen Augen funkelten wie blitzende Smaragde, und Strähnen ihres braunen Haars lösten sich aus dem geflochtenen Zopf, während sie vehement den Kopf schüttelte. »Wage es nicht, Adam die Schuld zu geben. Du hast ihn dir gekrallt.« Sie spuckte mir die Worte regelrecht entgegen, und purer Hass lag in ihrem Blick. Hätte sie gekonnt, hätte sie Feuer gespien und mich verbrannt.

»Du verdienst jemand besseren als Adam«, antwortete ich ruhig. Zwar konnte ich nicht verleugnen, dass ich auch Schuld an der ganzen Sache trug. Damit war ich aber nicht allein. Adam hatte mich geküsst, nicht lockergelassen und immer wieder den Kontakt gesucht. Gestern war er es gewesen, der sagte, dass er mich noch liebte, und ich hatte ihn zurückgewiesen. Auch wenn Ally wütend war, ich würde mir nicht die Schuld für alles zuschieben lassen.

»Ich will niemand anderen als Adam«, schrie sie aufgebracht und deutete mit ausgestrecktem Zeigefinger auf mich, als wolle sie mich verwünschen. »Ich werde wieder in Ordnung bringen, was du angerichtet hast. Ab sofort hältst du dich aus unserem Leben fern.«

Nun blieb mir die Spucke weg. Nachdem Adam ihr gesagt hatte, dass wir uns geküsst hatten und sie nur seine zweite Wahl war, wollte sie immer noch zu ihm zurück? »Nach all dem willst du ihn noch immer heiraten? Das ist beschämend. Lass dich von ihm nicht so hinhalten. Ally, du hast etwas Besseres verdient.« Ich wusste nicht, was ich sagen konnte, um zu ihr durchzudringen. Stattdessen machte ich es nur viel schlimmer.

»Du bekommst immer alles und ich nichts. Jetzt soll ich auch noch Adam verlieren? Ich liebe ihn.«

Er dich nicht, wollte ich sagen, brachte es aber nicht über mich. Manchmal war die Wahrheit herzlos, und ich wusste, sie wollte sie nicht hören.

»Ally, es tut mir so unendlich leid. Du bist meine Schwester, und ich hab dich lieb«, sagte ich stattdessen und sah sie sanft an. »Bitte, verzeihe mir.«

Für einen langen Moment starrten wir uns in die gleichen grünen Augen. Aber der Ausdruck in ihrem Gesicht wurde nicht weicher. »Ich will dich nie wiedersehen«, zischte sie.

Als sie mit energischen Schritten davoneilte, war mir nur zu gut bewusst, dass sie jedes Wort davon ernst meinte. Sie würde mir nicht verzeihen.

* * *

Mit Tränen in den Augen machte ich auf den Absätzen kehrt. Ich konnte unmöglich nach Hause fahren, ohne dabei einen Unfall zu bauen. Außerdem war ich bereits genau dort, wo ich hinwollte. Meine Fingerknöchel waren taub vor Kälte, als ich an Dylans Eingangstür klopfte. Ich war mir sicher, dass er zu Hause sein musste. Aber er brauchte gefühlt eine Ewigkeit, bis er die Tür von innen öffnete.

»Maddie«, sagte er zur Begrüßung. Im ersten Moment wirkte er überrascht, dann wurde sein Gesichtsausdruck düster.

»Darf ich reinkommen? Ich brauche jemanden zum Reden.« Hilflos sah ich zu ihm auf. Obwohl wir bei unserer letzten Begegnung heute Morgen nicht im Guten auseinandergegangen waren, schien er Mitleid mit mir zu haben.

»Komm rein.«

Am liebsten wäre ich ihm sofort um den Hals gefallen, aber er brachte mir eine merkwürdige Distanziertheit entgegen, die mich frösteln ließ.

»Adam hat Ally die Wahrheit gestanden. Sie hasst mich.«

Er sah überrascht aus, aber nicht entsetzt. »Sie hat die Wahrheit verdient. Wenigstens weiß sie jetzt, woran sie ist.« Dylans Antwort klang hohl, und ich fühlte mich noch schlechter. Ich hatte auf aufbauende Worte gehofft, aber diese blieben aus. Wenn ich ehrlich war, hätte ich sie auch nicht verdient gehabt.

»Was ist los?«, fragte ich vorsichtig, da ich ihm ansah, dass etwas zwischen uns gewaltig schieflief. Er konnte mir noch nicht mal in die Augen sehen.

»Was soll sein?«, begann er zuerst noch ausweichend, aber er konnte mir nichts vormachen.

»Dich beschäftigt etwas.«

»Du hast vorhin gesagt, du hättest mit der Kompanie keinen Kontakt. Das hier sieht aber anders aus.« Wie aus dem Nichts zog er einen gefalteten Zettel von einem Unterlagenstapel vom Küchentisch. Verdammter Mist. Ich erstarrte. Die Einladung zum Winterballett. Sie musste mir zuvor aus der Tasche gefallen sein.

»Das ist eine Einladung. Mehr nicht.« Es fiel mir schwer, die richtigen Worte dafür zu finden. Ich kam mir merkwürdig ertappt vor.

»Und fährst du hin?« Herausfordernd hob er das Kinn an. Sein Kiefer mahlte, sodass die Zähne knirschten.

»Nein, ja. Ich weiß nicht. Die Einladung war heute in der Post. Ich hatte kaum Zeit, mir darüber Gedanken zu machen.«

»Fahr hin. Dann kannst du dir gleich noch viel mehr Gedanken über alles andere machen«, raunte er deutlich verärgert. Ich konnte es nicht leiden, wenn er sich passivaggressiv gab. Im Gegensatz zu ihm konnte ich meine Stimme nicht so ruhig halten. Wenn ich wütend wurde, begann ich zu schreien und das tat ich auch jetzt.

»Vielleicht werde ich genau das tun«, zischte ich erbost und riss ihm die Einladung aus der Hand. »Hier will mich ohnehin niemand haben!« Mit diesen Worten stürmte ich nach draußen. Die Tür knallte ich hinter mir ins Schloss.

Kapitel 25

Meine Wut klang nicht ab, bis ich die Farm erreichte. Ich war auf alles und jeden wütend und konnte meine Emotionen kaum unter Kontrolle halten.

»Ich reise ab«, verkündete ich atemlos, als ich die Küche betrat.

»Du tust was?« Grandma sah mich irritiert über eine ausgehöhlte Zucchini hinweg an.

»Ich fliege zurück nach New York.«

»Du fliegst zurück nach New York? Wann?« Mom betrat mit Jessy die Küche.

»Jetzt. Jetzt sofort«, war das Einzige, das ich zwischen den zusammengepressten Zähnen hervorbrachte.

»Maddie, warte. Was ist passiert?« In einem verzweifelten Versuch, mich aufzuhalten, versperrte sie mir den Weg.

»Ich muss hier weg.« Tränen brannten in meinen Augen. Bevor sie wie ein Damm überlaufen konnten, drängte ich mich an Mom vorbei und lief in mein Zimmer. Geradezu in Trance packte ich meine Sachen in die Sporttasche, die mir Nicolai mitgegeben hatte und rief ein Taxi zum Flughafen. Dann blickte ich mich in meinem alten Kinderzimmer um und wusste nicht, was gerade mit mir geschah. Wollte ich wirklich zurück nach New York? Oder tat ich es nur, um Dylan zu verärgern? Fakt war jedoch, ich brauchte Abstand von ihm und Ally. Da kam mir die Einladung nur gelegen.

»Maddie«, schrie Mom. Sie schlug mit der Faust gegen meine Zimmertür. Doch diese hatte ich in weiser Voraussicht abgeschlossen. Als ich nicht antwortete, sagte sie nach einer Weile: »Wenn du reden möchtest, warte ich unten auf dich.« Ihre Stimme klang gedämpft durch das Holz, aber ich hörte das Mitgefühl. Mitgefühl, das ich im Moment gar nicht gebrauchen konnte. Ich traute mir nicht vorzustellen, wie enttäuscht sie von mir sein würde, sobald sie von Ally erfuhr, was ich getan hatte. Sie würde darin nur bestätigt sehen, dass ich Adam noch nicht losgelassen hatte. Das war das Beschämendste daran. Ich hörte, wie draußen ein Wagen vorfuhr. Schniefend wischte ich mir mit dem Ärmel meines Pullovers die Tränen von den Wangen, dann schulterte ich die Tasche. Mit polternden Schritten lief ich die knarrende Treppe nach unten.

»Maddie«, rief Grandma alarmierend. »Da draußen steht ein Wagen.« Mom und Jessy saßen im angrenzenden Wohnzimmer nebeneinander. Als sie meine Schritte hörten, sahen sie besorgt auf.

»Ich habe ein Taxi gerufen.« Offenbar hatte sie nicht geglaubt, dass es mir mit meiner Ansage ernst gewesen war. Aber das war es. Davon war ich nun umso überzeugter. »Es tut mir leid. Ich muss weg. Wir sehen uns an Weihnachten.« Hektisch drückte ich Grandma einen Kuss auf die Wange.

»Maddie«, schrie Mom, die mir nun folgte.

»Ich hab euch lieb, Mom.« Ich drehte mich für einen kurzen Moment um und sah ihr in die Augen. Hoffentlich sah sie die Entschuldigung in meinem Blick. Es tat mir leid, was ich der Familie angetan hatte, und es war schwach, nun einfach vor den Konsequenzen davonzulaufen. Aber mir blieb keine andere Wahl. Und wie bereits alle vor mir erkannt hatten – *das war genau das, was ich immer tat.*

* * *

Nachdem ich fünf Stunden am Flughafen auf den nächsten Flug nach New York gewartet hatte, ging es ab da an zügig. Die Maschine war bis auf den letzten Platz besetzt, und ich konnte mich glücklich schätzen, überhaupt noch einen Flug in die USA bekommen zu haben. Der Weihnachtsstress war hier viel deutlicher zu spüren, als das zu Hause der Fall gewesen war. Eigentlich verursachte Fliegen meist ein mulmiges Gefühl in meinem Magen, aber da es sich nur um eine kurze Strecke handelte, verging die Zeit wie im Flug.

Kaum waren wir gestartet, landeten wir eineinhalb Stunden später auch schon in den Staaten. Die Lichter New Yorks funkelten bei der Landung unter uns in einem atemberaubenden Meer, und ich konnte mir beinahe einbilden, gar nicht in der Luft zu sein, sondern vom Boden aus in den Sternenhimmel zu blicken.

Mein Aufbruch war so überstürzt und kopflos geschehen, dass ich nicht daran gedacht hatte, dass ich ein Hotelzimmer brauchen würde. In der Vorweihnachtszeit waren diese natürlich vollkommen überfüllt. Außerdem kam es mir töricht vor, in einer Stadt, in der ich streng genommen noch ein halbes Apartment besaß, in ein Hotelzimmer einzuchecken. Kurzerhand rief ich vom Flughafen aus Nicolai an. Er hob nicht ab, was wohl bedeutete, dass er beim Training war. Das überraschte mich nicht weiter. Ich winkte ein gelbes Taxi herbei und fuhr die vertraute Strecke in die *Upper East Side*.

Die Fahrt dauerte im nächtlichen Verkehr beinahe so lange wie der Flug, und ich musste mich sehr zusammenreißen, nicht ans Fenster gelehnt einzunicken. Um Nicolai wenigstens vorzuwarnen, dass ich in unserer gemeinsamen Wohnung auftauchen würde, schrieb ich ihm eine SMS. Normale Männer hätten so die Möglichkeit bekommen, eine Geliebte rechtzeitig zu verstecken. Nicolai hingegen schätzte ich nicht so ein. Er war jemand, der sich definitiv für die Karriere entschieden hatte. Das war auch der Grund gewesen, warum er sich in mich verliebt hatte. Mein Erfolg hatte ihn angezogen. Ich fragte mich, ob es nicht gar mein Talent anstatt meiner Persönlichkeit gewesen war, weswegen er mit mir zusammen gewesen war. Die Liebe zu Dylan war so anders. Viel impulsiver, leidenschaftlicher, echter.

Aber nun hatte ich auch diese kleine, echte Freude in meinem Leben zerstört. Meine Mundwinkel sanken nach unten, und ich lehnte mich in dem weichen Ledersitz zurück. Der Geruch nach Rauch hatte sich in dem Leder festgesetzt, und als ich den würzigen Tabakgeruch in meine Nase aufzog, erinnerte er mich an die Zeit, als mein Großvater noch Pfeife geraucht hatte.

Der dunkelhäutige Fahrer beobachtete mich über den Rückspiegel, und in der Stille, die einzig durch das Autoradio unterbrochen wurde, hatte ich das Gefühl, etwas sagen zu müssen. Nach der zehnten roten Ampel taute der Taxifahrer auf und begann die Unterhaltung zu dominieren. Damit erinnerte er mich an den Busfahrer Barry Blake, und mich überkam Heimweh.

»Das erste Mal in New York?«, erkundigte er sich und trommelte mit den Fingern in einem unbestimmten Rhythmus auf das Lenkrad.

»Ich lebe hier«, antwortete ich, stockte allerdings augenblicklich. Lebte ich wirklich noch hier? Schließlich war ich mir nicht einmal sicher gewesen, ob ich noch ein Apartment besaß. Das Beziehungsende zwischen Nicolai und mir war so glatt wie ein Messerschnitt gewesen. Wir hatten nicht gestritten, nicht geschrien. Er hatte meine Entscheidung, zu meiner Familie zu fliegen verstanden, und irgendwie waren wir wohl davon ausgegangen, sollte ich zurückkommen, könnte alles wieder wie früher werden. Aber nun, da ich die flammende Liebe von Dylan kannte, wollte ich nichts anderes. Daraus resultierte die Frage – was tat ich überhaupt hier? Ich kam mir unglaublich blöd vor, und dennoch kehrte ich nicht zurück. Es war kurz vor Mitternacht, als wir vor dem Wohnblock hielten, und ich hoffte, Nicolai wäre bereits vom Training nach Hause gekommen. Ich zahlte und verabschiedete mich vom Taxifahrer, dann stieg ich aus und schulterte meine Tasche.

Plötzlich wurde ich nervös und konnte mich nicht überwinden, das Haus zu betreten. Mit klopfendem Herzen starrte ich der Tür entgegen, als würde ich damit die Grenze zu einer ganz neuen Welt passieren. Tat ich wohl auch. Jedoch die Welt zu meinem alten Leben. In diesem Moment läutete mein Handy. Die Ablenkung willkommen heißend, sah ich auf das Display. Als Dylans Name darauf erschien, fiel mir das Herz bis in die Hose. Meine Finger zitterten. Ich konnte nicht abheben, mit ihm reden und mir selbst eingestehen, dass ich gerade dabei war, einen Fehler zu begehen. Nach wenigen Sekunden verstummte das Läuten, beinahe zeitgleich folgte eine Nachricht, dass mir jemand auf die

Mailbox gesprochen hatte. Nervös überlegte ich hin und her, war schlussendlich aber doch zu neugierig. Mit fieberhaft ratternden Gedanken legte ich das Handy an mein Ohr und hörte mir Dylans Nachricht an. Sobald ich seine Stimme vernahm, schlug mein Herz vor Freude viel schneller, und gleichzeitig wurde mir schummrig vor Schmerz.

»Maddie. Hier ist Dylan. Deine Mom hat mir erzählt, wo du bist. Ich hoffe, dich erreicht das hier noch rechtzeitig. Bitte, flieg nicht nach New York.« Eine kurze Pause folgte. Ich drückte das Handy noch fester an mein Ohr, um auch ja kein Wort zu verpassen. »Es tut mir leid, was ich gesagt habe. Ich habe es nicht so gemeint. Bitte, verlass mich nicht. Bitte …« Ich war mir sicher, dass es noch mehr gab, was er in diesem Moment sagen wollte, aber dann endete die Nachricht abrupt, als hielte er die ganze Idee für einen Blödsinn.

Tränen traten in meine Augen. Nun war es bereits zu spät. Ich war in die Maschine gestiegen, ich konnte nicht mehr umdrehen. Vermutlich hätte ich ihn anrufen sollen, bestimmt wartete er darauf, und diese Gewissheit verursachte ein wohliges Gefühl in meinem Magen. Aber ich tat nichts dergleichen. Als ich mich mit ruhigen Schritten auf das Gebäude und die Tür in mein altes Leben zubewegte, war es, als würde ich mich von außen beobachten. Jedoch nicht mich, sondern eine andere Person. Eine andere Person, die ich nicht kannte.

Kapitel 26

Der Schlüssel klapperte im Schloss, dann schwang die Tür nach innen auf.

»Hallo?«, rief ich in die dunkle Wohnung. Schlafen gegangen war Nicolai bestimmt noch nicht. Aber er musste zu Hause sein. Denn neben der Tür standen fein säuberlich nebeneinander seine Schuhe.

Plötzlich hörte ich es rumpeln, und keine Sekunde später erschien er in der Badezimmertür. Er hatte um die Hüften seines athletischen Körpers ein Handtuch geschwungen und an den Spitzen seiner dunklen Haare hingen noch Wassertropfen.

»Maddison«, rief er überrascht aus und sah mich aus großen Augen an, als würde ein Geist gerade vor ihm Hula tanzen. Dann warf er jegliche Bedenken über Bord, kam auf mich zu und drückte mich fest in seine Arme. »Ich habe dich vermisst.«

Wir standen gefühlt eine Ewigkeit so im Flur, und ich genoss seine Nähe. Alles an ihm war mir so vertraut, und auf absurde Art und Weise hatte sich nichts geändert, obwohl genau das der Fall gewesen war. Stattdessen war es wie vor meinem Unfall.

»Ich habe Alexis Einladung bekommen und musste einfach her«, erklärte ich ihm, wobei ich den Großteil der Geschichte ausließ.

»Ich wollte dir davon am Telefon erzählen, aber du hattest nicht abgehoben.« Seine Worte waren keine Anschuldigungen, sondern einzig eine nüchterne Feststellung.

Dennoch überfiel mich ein schlechtes Gewissen. Ich wusste noch genau, wann er das letzte Mal angerufen hatte. Vor zwei Tagen, als ich Dylan in der Stadt gesehen hatte und ich mich so beobachtet gefühlt hatte. Der Tag, an dem mir John aufgelauert und die Fotos von uns geschossen hatte.

»Tut mir leid. Die letzten Tage waren stressig.« Wie töricht, ihm gegenüber von Stress zu sprechen, während er in den Vorbereitungen für eine der Hauptrollen für das Weihnachtsballett steckte.

»Dennoch bist du jetzt hier.« Er lächelte mich warm und glücklich an. Währenddessen rechnete ich mir im Kopf zusammen, wie hoch die Wahrscheinlichkeit stand, dass an Nicolai die Klatschpresse über Dylan und mich ungesehen vorübergegangen war. Als er die nächsten Worte in den Mund nahm, verschwand dieser Hoffnungsschimmer klanglos. »Stört das deinen Broadway-Tänzer nicht?« Hitze schoss mir in die Wangen, und mir blieb eine Antwort im Hals stecken. Aber dann tat er seine Worte mit einer einfachen Handbewegung ab. »Mach dir keine Gedanken darüber. Ich bin nur froh, dass du wieder da bist.« Er drückte mir einen Kuss auf die Lippen. Nahm mir die Sporttasche ab und führte mich in unser Apartment. Es klang, als würde er meine Beziehung zu Dylan als nichtigen Sommerflirt abtun und mir verzeihen. Ich fragte mich, ob das wirklich wahr war. Ich kam mir vor wie in einem Film, dessen Drehbuch ich nicht kannte. Orientierungslos war ich den anderen Schauspielern ausgeliefert und wusste meinen Text nicht. Hatte ich mir in Bezug auf Dylan nur etwas vorgemacht? War es tatsächlich Liebe? Oder hatte ich nur eine Ausflucht vor meinen Ängsten vor meinem alten Leben gesucht? Aber nun, da ich wieder da war, fühlte es sich an, als wäre ich nie weg gewesen.

* * *

Wir blieben lange wach und sprachen uns aus. Nicolai hatte wie durch ein Wunder Verständnis dafür, dass ich Dylans Charme verfallen war, und ich redete mir ein, dass es wirklich nicht mehr gewesen war.

»Es ist unglaublich, wie schnell du dich von deiner Verletzung erholt hast.« Sanft strichen seine Finger über meinen Knöchel. Er hatte mich schon immer behandelt, als wäre ich etwas Zerbrechliches.

»Ich hatte große Unterstützung«, antwortete ich und dachte an Dylan. Ohne ihn würde ich wahrscheinlich noch immer im Selbstmitleid baden.

»Es war eine gute Entscheidung, zu deiner Familie zu fliegen. Deine Augen leuchten wieder. Du scheinst wirklich glücklich zu sein.«

Wie Augen lügen konnten. Fühlte ich mich innerlich nicht gerade komplett elend? Ally hasste mich, und ich hatte Dylan verlassen. Genau wie Adam viele Jahre zuvor. War es nicht exakt das gewesen, was Adam mir vorgeworfen hatte? Dass ich davonlief, sobald es ernst wurde ...

»Wer tanzt die Zuckerfee?«, fragte ich. Bisher hatte ich angenommen, Brittney hätte meine Rolle übernommen. Nun wollte ich die Bestätigung allerdings aus seinem Mund hören. Nicolai fühlte sich bei dem Thema deutlich unwohl, jedoch war es nicht so, als würde es mich damit verletzten. Ich war nicht so dumm gewesen, zu glauben, das Winterballett würde ohne Zuckerfee auskommen.

»Brittney Jordan. Sie ist gut, aber du bist besser. Alexis wird überglücklich sein, dass du wieder da bist. Weiß er es schon?«

Seltsamerweise fühlte ich mich nicht schlechter, Brittneys Namen zu hören. Jedoch fragte ich mich, ob mein Besuch wirklich bedeutete, dass ich endgültig wieder hier war. Ich fand keine Antwort darauf.

»Nein.« Ich lehnte meinen Kopf an seine Schulter. »Ich möchte ihn morgen früh überraschen. Nimmst du mich zur Probe mit?«

Ein breites Strahlen erhellte sein Gesicht, als ich zu ihm aufsah. »Natürlich. Liebend gerne.«

* * *

Wir redeten miteinander, bis ich mitten im Gespräch wegbrach und ich in einen angenehmen Schlaf abtauchte. Ich fühlte mich in seinen Armen geborgen und zuckte überrascht zusammen, als ich morgens erwachte und der Platz neben mir im Bett leer war. Dann strömte der Duft von Eierspeise in der Pfanne in meine Richtung, und ich setzte mich mit einem Gähnen auf. Ich hatte ganz vergessen, wie sehr ich es liebte, noch im Bett zu liegen, während ich Nicolai in der Küche mit Töpfen und Pfannen hantieren hörte. Dann wusste ich genau, dass mir noch ein paar Minuten wohltuender Schlaf vergönnt waren. Nur heute war ich ganz plötzlich vollkommen wach und hielt es nicht länger unter der warmen Daunendecke aus.

Meine Kleidung von gestern war zerknittert. Ich streckte mich, und meine Knochen knacksten. Da mir die schützende Wärme der Decke dann doch fehlte, legte ich mir meinen Morgenmantel um und folgte dem Duft des Frühstücks weiter in die Küche.

»Guten Morgen.«

Nicolai sah aus, als wäre er einem Werbeprospekt entsprungen. Er trug eine tiefsitzende Pyjamahose, und einen dunkelblauen Bademantel, der vorne locker geöffnet war und einen Blick auf sein durchtrainiertes Sixpack freigab. Aus der Pfanne vor ihm strömte Dampf, und munter pfiff er vor sich hin.

»Gut geschlafen?« Seine leicht zu einem Lächeln gebogenen Lippen wurden bei meinem Anblick zu einem Strahlen.

»Ja.« Und das war seltsamerweise die Wahrheit. Ich fühlte mich angekommen und wie als wäre ich nach einer langen Reise wieder zu Hause. Tief atmete ich aus.

»Brechen wir in einer halben Stunde zum Training auf?« Mit entspannter Miene teilte er die Eierspeise auf zwei Teller auf.

»Ja, gerne. Ich muss vorher nur kurz telefonieren.« Ohne eine weitere Erklärung zu geben, suchte ich mein Handy aus meiner Tasche und zog mich auf den Balkon zurück. Eigentlich hatte ich nur meine Eltern anrufen wollen, um ihnen zu sagen, dass es mir gut ging. Aber als ich in meinen Morgenmantel gehüllt in der eisigen Kälte des winterlichen New Yorks stand und der Morgensonne entgegenblinzelte, fanden meine Finger Dylans Handynummer wie von selbst. Es war Montagmorgen, und vermutlich arbeitete er gerade auf der Farm. Ich betete stumm dafür, dass er ranging. Aber als sich am anderen Ende der Leitung tatsächlich eine Stimme meldete, hätte ich am liebsten wieder aufgelegt. Und das Handy gleichwohl vierzehn Stockwerke in die Tiefe geschmissen.

»Hallo?«, sagte Dylan noch ein weiteres Mal. »Maddie? Bist du es?« Als ich noch immer nicht antwortete, wurde er ärgerlich. »Das ist nicht witzig. Wer ist da? Gleich lege ich auf«, drohte er.

»Nein, bitte nicht. Ich bin es«, brachte ich leise hervor. Mein Herz wummerte in meiner Brust. Stille auf der anderen Seite der Leitung. »Es tut mir leid, dass ich einfach so weggelaufen bin.«

»Du hättest dich wenigstens verabschieden können.« Seine Stimme klang weit weg und distanziert. Aber das lag nicht an der Entfernung zwischen uns.

»Ich weiß. Es tut mir leid. Ich war so aufgebracht und brauchte Zeit, um einen klaren Kopf zu bekommen.«

»Und das hättest du hier nicht tun können?« Nun wurde er angriffslustig. »Ich habe dir gesagt, wie wichtig du mir bist und ich nicht möchte, dass du wieder zurück nach New York gehst. Aber anstatt wie vernünftige Menschen darüber zu sprechen, tust du einfach genau das Gegenteil und läufst weg.«

»Es tut mir leid.« Tränen schossen mir in die Augen.

»Daran hättest du früher denken sollen. Langsam glaube ich, das ist deine Masche. Erst fängst du dir den Mann, dann lässt du ihn plötzlich fallen und trotzdem soll er dir noch ewig nachhängen. Aber ich werde mich nicht so manipulieren lassen wie Adam.« Dylan war wütend, dennoch oder gerade deswegen trafen mich seine Worte wie messerscharfe Nadelstiche.

»Manipuliert?«, fragte ich mit erstickter Stimme. »Das denkst du also von mir?«

Anstatt mit Ja zu antworten, was er bestimmt gerne getan hätte, legte er einfach auf.

Kapitel 27

Die Woche bis zum Weihnachtsballett verging wie im Flug, und um ehrlich zu sein, fühlte es sich an, als wäre ich nie weggewesen. Obwohl es ungewohnt war, Nicolai mit Brittney tanzen zu sehen, begleitete ich ihn zu den Proben und nutzte die Zeit, um in einem freien Trainingssaal selbst zu üben. Hin und wieder spürte ich dabei Alexis Blicke auf mir ruhen. Wie Nicolai vorhergesagt hatte, war er ganz begeistert gewesen, mich zu sehen, und darüber war meine Freude groß.

»Bist du nervös?«, fragte ich und lehnte mich in den Türrahmen des Badezimmers. Er kämmte sich gerade die schwarzen Haare zurück, wobei er sich mit angespannten Kiefermuskeln im Spiegel betrachtete.

»Würde ich mit dir tanzen, wäre die Aufregung geringer.« Er legte den Kamm beiseite und gab mir im Vorübergehen einen Kuss auf die Wange. »Ich kann es kaum erwarten, bis du beim Frühjahrsballett wieder meine Partnerin bist.«

Darauf wusste ich nichts zu erwidern. Obwohl ich jetzt wieder hier war, hatte ich noch keine endgültige Entscheidung getroffen. Ich liebte das Ballett, aber ich wollte mir noch nicht eingestehen, dass es zwischen mir und Dylan aus sein sollte.

»Viel Glück.«

»Kommst du nach der Generalprobe hinter die Bühne? Ich würde dich vor dem Auftritt gerne sehen.« Er lehnte sich so dicht zu mir, dass ich den Geruch seines Aftershaves in mich aufnehmen konnte.

»Ja, bis später.« Ich zwang mich zu einem Lächeln. Je näher die Aufführung rückte, umso beklemmender wurde das Gefühl in meiner Brust.

Während Nicolai zur Oper aufbrach, richtete ich mich für den Abend zurecht. Ich rechnete bereits damit, dass zahlreiche Reporter anwesend sein würden – vermutlich auch John Smith unter ihnen.

* * *

Mit dem Taxi fuhr ich zum Opernhaus und war seltsam nervös, als würde ich zu meiner eigenen Aufführung erscheinen. Dabei hatte ich heute keine andere Aufgabe, als im Publikum zu sitzen, zu applaudieren und hübsch auszusehen. Ich war früh genug dran, sodass ich im Foyer kaum Menschen antraf, und problemlos gelang ich hinter die Bühne zu den Garderoben.

»Hallo, mein Engel«, begrüßte mich Alexis und küsste mich auf die Wangen. Links, rechts, links. »Nicolai ist in der Garderobe 1. Wir sehen uns später.« Gehetzt eilte er weiter Richtung Bühne, wo bereits eine Gruppe an Ballerinas zusammenstand. Ich erkannte ihre Gesichter, hatte aber nie wirklich viel mit ihnen zu tun gehabt.

Hier im Off-Stage-Bereich pulsierte die Atmosphäre vor Aufregung und Spannung. Es kitzelte mir in den Knochen, selbst auf die Bühne zu gehen. Joffrey, einer der Solisten, nickte mir im Vorbeigehen zu. Ich schlängelte mich durch das Getümmel. Die Näherin, Margery, führte noch ein paar letzte Änderungen an den Kostümen durch, und im Hintergrund hörte ich Musik von der Bühne. Es roch nach Schweiß und Anstrengung gepaart mit dem stechenden Geruch nach Puder und Haarspray.

Ich ging auf den Eingang der Garderobe zu. Erst klopfte ich an, dann wartete ich aber nicht weiter auf ein Herein.

»Nicolai?«, sagte ich zur Begrüßung, ruderte jedoch schnell zurück, als nicht Nicolai, sondern Brittney dort saß. Wie ein Häufchen Elend kauerte sie am Schminktisch vor dem Spiegel.

»Entschuldigung. Ich dachte …«, stammelte ich betreten.

»Du suchst bestimmt Nicolai.« Sie schniefte und versuchte, ihre Tränen zu verstecken.

»Ähm, ja. Hast du ihn gesehen?« Verlegen kaute ich auf meiner Lippe.

»Er ist bei Troy und bespricht letzte Anweisungen.«

»Gut, danke.« Daraufhin verharrte ich unentschlossen im Türrahmen gelehnt. Sie sah wirklich nicht gut aus. Die blassen Wangen konnte sie auch durch das Make-Up nicht verbergen.

»Geht es dir nicht gut?«, fragte ich zaghaft und traute mich einen Schritt weiter in den Raum hinein.

»Alles in bester Ordnung«, zwitscherte sie geschauspielert, aber es war sonnenklar, dass das nicht der Wahrheit entsprach.

»Möchtest du darüber reden?« Je näher ich kam, umso kleiner kauerte sie sich zusammen. Der Stoff ihrer Strickjacke, die sie über ihr Trikot gezogen hatte, verrutschte und gab Blick frei auf dunkelblaue Flecken, die sich auf ihren knochigen Schultern abzeichneten. »Hast du dich verletzt?« Misstrauisch beäugte ich die Stelle, doch da zog sie die Jacke schon wieder hoch.

»Nein, ich brauche nur Ruhe«, schnauzte sie mich an. Allerdings kaufte ich ihr die plötzliche Abfuhr nicht ganz ab. Aber es hatte keinen Sinn, ihr meine Gesellschaft aufzuzwingen.

»Viel Glück für die Aufführung«, sagte ich leise und verließ die Garderobe.

Da alle ohnehin zu gestresst waren, zog ich mich in den hinteren Teil der Bühne zurück, sodass ich niemandem im Weg war. In Gedanken schwelgend schlenderte ich durch die Gänge und verstaubten Ecken mit alten Bühnenbildern und Requisiten. Seit dem Unfall hatte ich nicht oft Stöckelschuhe getragen, und eine kleine Unsicherheit schwang noch immer bei jedem vorsichtigen Schritt mit. Doch anstatt einer langen Abendrobe trug ich heute ein enganliegendes Cocktailkleid, das mir bis zu den Knien reichte. Das helle Rosé schmeichelte meinem pfirsichfarbenen Teint und das Stickmuster von Blumen auf dem Stoff hatten etwas Asiatisches an sich. Auf Alexis Geheiß hin hatte ich meine Haare zu einem Knoten hochgesteckt und funkelnde Ohrringe angelegt, die mir Nicolai zu meinem letzten Geburtstag geschenkt hatte. Augenscheinlich sah ich aus wie Alexis Engel, der vor wenigen Monaten von oben herabgefallen war. Ich konnte nur Vermutungen darüber anstellen, wie die Presse meine Geschichte diesmal ausschlachten würde. Würden sie meine Stärke loben, dass ich wieder zurückgekommen war oder mich als Verliererin neben Brittney sehen?

»Maddison, da bist du ja.« Nicolai tauchte neben einem verstaubten Pappbaum aus dem Sommernachtstraum auf. Er trug bereits sein Kostüm, dessen Knöpfe im dumpfen Licht funkelten. Ohne Zweifel würde er als Nussknacker darin auf der Bühne noch viel imposanter aussehen. »Ich habe dich gesucht. Alexis sagte mir, du seist hier.« Locker legte er mir einen Arm um die Schulter und zog mich damit an sich heran. »Du wirkst bedrückt. Was ist los?«

»Nichts.« Ich zuckte mit den Schultern.

»Bist du traurig, nicht mittanzen zu können?« Forschend sah er mich aus seinen dunklen Augen an.

»Ja, natürlich«, sagte ich. Aber irgendwie fühlte es sich nicht ganz wahr an. Stattdessen dachte ich an Dylan, und mich erdrückte das schlechte Gewissen. Eigentlich sollte ich gerade in Joans Tanzschule sein und ihm mit den Vorbereitungen für die Weihnachtsaufführung helfen.

»Nächste Saison bist du wieder fit. Alexis will dich zurückhaben. Davon bin ich überzeugt.« Gelassen gab er mir einen Kuss. »Der Vorhang geht bald hoch. Du solltest schon mal zu Troy. Dein Platz ist ganz vorne neben ihm.«

»Bei den Ehrengästen?«, fragte ich amüsiert.

»Absolut.« Er grinste breit. Aber in mir wollte sich schlichtweg kein Glücksgefühl einstellen. Seine Küsse gaben mir nicht die gewohnte Leichtigkeit, und irgendwie fühlte ich mich fehl am Platz.

»Du wirst großartig sein«, sagte ich zur Verabschiedung und ging dann zurück ins Foyer. Als ich den Bühnenraum verließ, war da keine Enttäuschung, nicht selbst dem Auftritt entgegenzufiebern. Da war einfach nichts. Und das verstand ich nicht. Immerhin hatte ich genau darauf hintrainiert. Auf die Möglichkeit, wieder ein Star zu sein. Aber plötzlich konnte mich das Prickeln in dieser Atmosphäre nicht erreichen. In dem Moment, als Dylan mich aufgefordert hatte, zu bleiben, war ich wie vom Donner gerührt gewesen. Allein der Gedanke, nicht zurückzukehren, war absolut absurd und verrückt gewesen. Doch jetzt begann ich zu hinterfragen, ob es nicht viel absurder war, hier in New York mein Glück zu suchen, wo ich die letzten Monate in Maple Valley eine ganz andere Art von Glück gefunden hatte. Eine Art von Glück, die mich glücklicher gemacht hatte als alles andere in meinem bisherigen Leben.

Im Foyer der Oper herrschte nun bereits reger Betrieb. Die klassische Musik, die von einem Flügel in der Eingangshalle kam, ging im allgemeinen Getümmel und dem Tratschen der Leute beinahe unter. Ich erspähte Troy neben einem Reporter. Als er mich zufällig entdeckte, winkte er mich zu sich. Aber als ich in dem Moment John Smith nicht unweit von ihm entfernt, sah, tat ich so, als hätte ich Troys Versuch, meine Aufmerksamkeit auf sich zu ziehen, nicht bemerkt.

Mit nervös unregelmäßig schlagendem Herz und schwitzigen Handflächen schlängelte ich mich durch die Menge und betrat den Konzertsaal mit der großen Bühne. Der rote Vorhang verbarg das Bühnenbild noch hinter sich, aber das Licht war bereits gedimmt, und die Glocke läutete, ein Zeichen, dass sich das Publikum langsam auf seine Plätze begeben sollte.

An meinem Platz angekommen, atmete ich erst mal tief durch. Die Hektik um mich herum war mir unangenehm. Nun trennte mich nicht länger ein schützender Vorhang vom Rest der Welt.

Troy kam gerade rechtzeitig, da wurde er auch schon für die Eröffnungsrede auf die Bühne geholt. Die Lichter gingen aus, aber die Plätze links und rechts von mir waren noch immer nicht besetzt. Neugierig sah ich mich um. Es war klar, dass Troy auf einem davon sitzen würde, doch wer fehlte noch? Alexis war die ganze Aufführung über auf der Seitenbühne, und Troys Frau saß bereits zwei Plätze weiter. Aber mir entging jemand Wichtiges. Bevor ich meinen Gedanken fertig zu Ende denken konnte, kam Unruhe am Rand auf, und ein Zuspätkommender schlich sich durch die Reihe zu mir. Vor Schreck blieb mir das Herz beinahe stehen.

Kapitel 28

Das Blut rauschte so laut in meinen Ohren, sodass ich kaum mitbekam, wie die Musik einsetzte und Troy von der Bühne zurück ins Publikum kam und sich links neben mich setzte. Meine Konzentration lag stattdessen auf einem ganz anderen Mann, der sich in dem Moment auf dem Platz recht von mir niederließ.

»Hallo, my love«, raunte er mir zu. Dabei strichen seine Finger wie aus Versehen über meinen Unterarm. Ruckartig zog ich ihn von der Lehne zurück und verschränkte meine Arme vor der Brust. Mein Herz wummerte. Ich hatte gedacht, ihn aus meinem Leben verbannt zu haben, aber innerhalb einer Sekunde prasselten alle Erinnerungen wie ein Platzregen auf mich ein. Er hatte sich nicht verändert. Noch immer das selbstsichere Lächeln, die dunkelblonde Löwenmähne und die klugen, blauen Augen. Selbst der Geruch seines Aftershaves war noch derselbe. Bemüht, mir nichts anmerken zu lassen, starrte ich mit zu einer Maske gefrorenem Blick nach vorne auf die Bühne. Normalerweise hätte mich bereits die Anfangsszene vollkommen in ihren Bann gezogen. Doch nun konnte ich keinen klaren Gedanken fassen. Wie ein Mantra schrie es in meinem Kopf: Lionel. Lionel. Lionel.

Die nächsten eineinhalb Stunden waren eine Qual. Ich traute mich nicht, mich zu bewegen, ihm mit einer unachtsamen Bewegung das Gefühl zu geben, Notiz von ihm zu nehmen. Er durfte nicht wissen, welche Macht er noch immer über mich hatte.

Die Aufführung ging zu Ende, und ich hatte kaum einen Moment davon in mich aufgenommen. Stattdessen verschwamm alles vor meinen Augen zu einem einzigen schwarzen Loch, das mich drohte, zu verschlingen.

»Großartig!«, rief Troy und klatschte begeistert in die Hände. Hunderte Menschen im Publikum taten es ihm gleich, dennoch fuhr ich erschrocken zusammen. »Jetzt habe ich erst das Gefühl, dass es wirklich Weihnachten ist.« Mit dem Strahlen eines Honigkuchenpferdes erhob sich Troy aus seinem gepolsterten Sitz.

»Eine bemerkenswerte Aufführung«, sagte Lionel über den tosenden Applaus hinweg und lehnte sich dabei viel zu nah zu mir. Starr wie eine Marmorstatue zeigte ich keinerlei Reaktion. »Schau nicht so bedrückt. Bald bist du wieder der Star, nicht Brittney«, raunte er und setzte dazu an, mir die Wange zu tätscheln. Eindeutig erzürnt, blockte ich seinen Arm ab.

»Du glaubst, das wäre mein Problem?«, zischte ich ihm voller Zorn zu.

»Ich liebe es, wenn du kratzbürstig bist. Eine richtige Diva.« Sein Grinsen glich einem Zähnefletschen.

Angewidert wich ich von ihm zurück. Mittlerweile war Aufbruchsstimmung in das Publikum gekommen, und die Menge bewegte sich langsam auf die Ausgänge zu. Daher fiel es nicht weiter auf, als ich völlig überstürzt meinen Platz verließ. Kurzerhand machte ich mich auf die Suche nach Nicolai. Als ich ihn im Foyer auf mich zukommen sah, wäre ich vor Erleichterung beinahe zusammengebrochen.

»Wie hat es dir gefallen?« Voller Euphorie und Adrenalin hob er mich hoch und wirbelte uns einmal um sich herum. Auch als er mich wieder auf dem Boden absetzte, behielt er seine Hände an meiner Taille. Seine Augen leuchteten. Es war unfair von mir, ihm nicht diesen Moment der Freude zu gönnen. Aber das Ballett war das letzte, an das ich in diesem Moment denken konnte.

»Warum hast du mir nicht gesagt, dass Lionel hier ist?«, fragte ich mit schneidender Stimme. Mein Gesicht war angespannt, und ich zitterte vor unterdrückter Spannung.

»Ich hatte befürchtete, er könnte auch hier auftauchen. Aber er ist bei den Proben zur Hilfe eingesprungen, da verstand Troy nicht, warum …«

»Er war bei den Proben?« Ich schnappte nach Luft.

»Alexis musste letzte Woche überraschend nach Hongkong, da sprang Lionel als Ersatz für ein paar Tage als Trainer ein. Troy hätte es für unhöflich gehalten, wäre er daraufhin nicht auf der Gästeliste gestanden.«

»Ihr habt mit Lionel trainiert? Du weißt genau, was er mir angetan hat. Wie kannst du danach auch nur ein Wort mit ihm wechseln?« Da war keine Überraschung auf seinem Gesicht und das gab mir die Bestätigung, dass er tatsächlich schon immer gewusst hatte, wie Lionel sich gegenüber den Tänzerinnen im Ballett verhalten hatte.

»Sonst weiß niemand davon.«

»Ich weiß es und Alexis auch. Ich kann es nicht glauben, dass er ihn tatsächlich als Vertretung zugelassen hat.«

»Ich wollte keine Aufmerksamkeit darauf …«, stotterte er, aber da schnitt ich ihm eisig das Wort ab.

»Du wolltest keine negative Aufmerksamkeit für die Aufführung? Das ist dir wichtiger als ich?« Enttäuschung erdrückte mich förmlich, und ich konnte kaum atmen.

»Das ist nicht wahr. Du bist mir wichtiger als alles andere.«

»Das glaube ich dir nicht.« Ich konnte ihm nicht länger in die Augen sehen. Mein Blick schweifte durch das volle Foyer. Für einen kurzen Moment sah ich Brittney, und da traf mich die Erkenntnis. Ich dachte daran, als sie heute geweint hatte. Aber noch etwas anderes, kam mir in den Sinn. Auf ihren Schultern waren blaue Flecken gewesen. Eindeutig nicht vom Tanzen. Ich war so blöd, nicht früher an diese Möglichkeit gedacht zu haben. »Er hat es wieder getan«, stieß ich entsetzt aus, und dann erfasste mich eine Welle von Wut.

»Maddison. Warte! Wo willst du hin?«, schrie Nicolai. Ohne auf ihn zu hören, stürmte ich auf die Treppe zu, die ich erst wenige Monate zuvor hinuntergestürzt war. Alexis gab gerade einem Reporter ein Interview, Lionel stand daneben. Da sprengte ich einfach dazwischen.

»Es ist an der Zeit, die Wahrheit zu sagen.«

»Maddison, my Love. Was hast du denn?« Lionel lächelte von

oben auf mich herab, als wolle er meinen Wutausbruch herunterspielen. Das gab mir den Rest. »Emotionale Ballerinas«, sagte er amüsiert an den Reporter gewandt. Als dieser allerdings sein Lächeln nicht erwiderte, fühlte ich mich bestärkt.

»Alle Anschuldigungen an Lionel Leroy sind wahr.« Mit erhobenem Kinn stellte ich mich mit ihm auf eine Stufe. »Du hast deine Macht in der Kompanie missbraucht, und jeder soll es wissen.« Innerhalb weniger Sekunden hatten wir die Aufmerksamkeit aller.

»Sie spinnt doch.« Verlegen kratzte Lionel sich über den Bart. Mit einem Blick versuchte er, dem Reporter zu signalisieren, dass ich verrückt war. Aber dieser hing fasziniert an meinen Lippen.

»Und was ist mit Brittney? Ich habe ihre Verletzungen gesehen, und ich weiß genau, dass du das warst.« Herausfordernd blickte ich ihm in die Augen. Heute würde ich mich nicht von ihm einschüchtern lassen. Seine Drohungen würden nicht länger Wirkung bei mir erzielen.

»Du hast nie gegen mich ausgesagt«, stammelte er und war nun deutlich verunsichert.

Ich sagte nur: »Das war ein Fehler.«

Und plötzlich war es ganz still um mich herum.

Kapitel 29

Erst als ich die Taxitür hinter mir schloss, konnte ich wieder einigermaßen durchatmen. Nachdem ich die Bombe hatte platzen lassen waren mir die Reporter gefolgt. Aber nun war ich in Sicherheit. Als ich mich im Sitz zurücklehnte, nahm ein neuer Plan in meinem Kopf Gestalt an.

»Wohin?«, fragte der Taxifahrer. Er beäugte die Fotografen mit ihren Kameras ängstlich, als wären es Soldaten mit Kanonenfeuer, und mich mit Ehrfurcht, als hielte er meine Wenigkeit für die Präsidentin. Schwach lächelte ich ihm zu.

»Zum Flughafen«, sagte ich mit Bestimmtheit in der Stimme. »Ich fliege nach Hause.« Das Offenlegen der Geheimnisse, die ich so lange in mich hineingefressen hatte, tat gut, und eine schwere Last war mir von den Schultern gefallen. Der Taxifahrer manövrierte den Wagen vom Straßenrand und gliederte sich in den Verkehr ein. Dabei glitt mein Blick durch das Fenster zurück zum Operneingang. Nicht unweit entfernt sah ich John Smith. Da hatte er nun seine Geschichte …

Hätte ich doch nur schon früher ausgepackt.

Mein Handy vibrierte, und ich wusste, dass es Nicolai war. Nun überfiel mich ein schlechtes Gewissen. Ich hätte nicht so plötzlich verschwinden dürfen. Mit ihm über das Telefon Schluss zu machen – das hatte er nicht verdient. Immerhin war er immer gut zu mir gewesen. Aber nun, da ich angefangen hatte, die Wahrheit zu sagen, wollte ich das auf mein ganzes Leben umlegen. Die Welt des Balletts war voll mit Intrigen, Lügen, Leistungsdruck und Machtkämpfen. Lionel hatte genau das ausgenutzt. Es lag nicht daran, dass ich vor ihm davonlief. Das erste Mal seitdem er angefangen hatte, mich während der Proben gegen meinen Willen unsittlich zu berühren und mir mein Schweigen mit Drohungen zu erkaufen, fühlte ich mich ihm gegenüber nicht schwach. Ich hatte die Wahrheit gesagt und mich gegen ihn behauptet. Ich konnte stolz auf mich sein.

Mein Handy steckte zwischen einer Taschentuchpackung und Kaugummi in meiner kleinen Handtasche und ich brauchte eine Weile, bis ich es hervorgezogen hatte.

Es überraschte mich, nicht Nicolais Namen auf dem Display erscheinen zu sehen. Vor Freude machte mein Herz einen kleinen Sprung.

»Dylan«, sagte ich atemlos, nachdem ich so schnell abhob, sodass mir das Smartphone beinahe aus der Hand gefallen wäre.

»Maddie. Ich hoffe ich störe nicht«, antwortete er mit für ihn so typischer Gelassenheit und Ruhe. Allein seine Stimme zu hören, war Balsam für meine Seele, und obwohl ich glücklich war, kamen plötzlich die Tränen.

»Ich bin so froh, dass du anrufst. Es tut mir so leid, was ich getan habe. Ich hätte auf keinen Fall weglaufen dürfen. Nach New York zu fliegen war ein schrecklicher Fehler. Du hattest recht, jetzt weiß ich es auch.« Ohne Rücksicht auf mein Make-Up zu nehmen, fuhr ich mir mit dem Handrücken über die tränenden Augen. »Ich vermisse dich so unglaublich.«

»Ich dich auch. Die letzten Tage waren grauenhaft.«

Diese Worte aus seinem Mund zu hören machten mich so unbeschreiblich glücklich. Nicht weil ich mich freute, dass er mich genauso sehr vermisst hatte wie ich ihn. Sondern weil es bedeutete, dass er es wert war, mein Leben vollkommen umzukrempeln. Für ihn. Und auch für mich. Das Ballett war nicht mehr das, als das ich es erträumt hatte. Ich wollte nicht mehr in ständiger Angst leben, nicht die beste zu sein. Wie Madame Joan gesagt hatte, das Tanzen erfüllte mich nicht mehr mit Freude und Begeisterung.

»Ich bin auf dem Weg zum Flughafen. Ich möchte nicht länger ohne dich sein«, sagte er ganz unverblümt, und ich fiel aus allen Wolken.

»Du bist auf dem Weg nach New York?«, rief ich überrascht aus. Ich musste gleichzeitig lachen und weinen. Er wollte für mich zurück in die Stadt, die er mit so vielen dunklen Erinnerungen verband.

»Ja, ich versuche so schnell wie möglich, einen Flug zu bekommen.«

»Nein. Warte!«

Der Taxifahrer bedachte mich mit einem genauso irritierten Blick wie Dylan Meilen entfernt wohl auch gerade.

»Du möchtest nicht, dass ich zu dir komme?«, fragte er bestürzt.

Diese Bedenken konnte ich jedoch sofort zunichtemachen. »Doch, nichts lieber als das. Aber ich bin auf dem Weg zum Flughafen. Ich komme nach Hause und habe nicht vor, wieder zu gehen.«

Für einen Moment blieb es still am anderen Ende der Leitung, und ich presste das Handy noch fester an mein Ohr.

»Dann beeilen wir uns, zum Flughafen zu kommen«, raunte mir der Taxler mit einem Zwinkern zu und trat aufs Gas.

Die Straßen New Yorks zogen an uns vorüber, und voller Vorfreude sehnte ich mich nach dem Moment, Dylan am Flughafen wiederzusehen.

»Ich kann es kaum erwarten, dich in meine Arme zu schließen.« Dylans Stimme klang so nah und doch so fern, aber voller Liebe.

Bisher hatte ich mich immer davor gescheut, die magischen drei Worte auszusprechen und war mir dabei töricht und verletzlich vorgekommen. Nun gab es allerdings vier magische Worte, die für uns viel entscheidender waren. Es nun übers Telefon zu sagen war wahnsinnig unromantisch. Aber ich konnte einfach keine Sekunde länger warten. Mir war es vollkommen egal, dass der Taxifahrer mit einem Lächeln die Ohren spitze und meine Konversation verfolgte. Das einzig Wichtige war für mich Dylan.

»Ich bleibe bei dir«, flüsterte ich und wusste nicht, wie ich meine Stimme unter Kontrolle halten sollte. Mich überschwemmte eine Welle von Emotionen, und ich drohte vor Glück zu platzen. Meine Entscheidung war gefallen.

»Ich liebe dich«, antwortete er, ohne zu zögern, und zu gerne hätte ich in diesem Moment sein Gesicht gesehen. Die blauen Augen, die dabei funkelten. »Ich liebe dich über alles.«

Gerade wollte ich zu einer Antwort ansetzen. Das breite Lächeln auf meinen Lippen konnte er schließlich nicht sehen. Doch bevor es dazu kam, ging ein Ruck durch den Wagen. Ein lauter Knall. Fensterglas splitterte. Das Kreischen von sich verbiegendem Metall fuhr mir durch Mark und Bein. Aber nichts war damit zu vergleichen, wie mich die Wucht des Aufpralls packte. Ich spürte nichts außer Schwerelosigkeit. Ich fiel, und da war kein Gurt, der mich gehalten hätte. Mir entglitt das Telefon, es bestand keine Chance, mich noch irgendwo festzuhalten. Alles um mich herum schien stehen zu bleiben. Nur mein Körper flog, bis ich nur noch Schmerzen fühlte. Mein letzter Gedanke galt Dylan. Ich sah seine blauen Augen vor mir und hatte ein Lächeln auf den Lippen, als mich die Dunkelheit umfing.

Epilog

Ein Jahr später

Verträumt blickte ich in den leeren Tanzsaal. Die Lichter waren gedimmt, und die Schatten wirkten mystisch und lang. Genau in solchen Momenten hatte ich es immer geliebt, zu tanzen. Aber für die nächsten Wochen würde das nicht gehen.

»Woran denkst du?«, fragte Dylan und tauchte wie aus dem Nichts neben mir auf. Da er von draußen kam, trug er noch seinen blauen Schal um den Hals geschlungen. Der Winter war diesmal nicht weniger hart, und obwohl ich die Jahreszeit mochte, konnte ich den Sommer kaum erwarten. Vermutlich auch vor allem weil unsere kleine Familie da bereits drei, statt nur zwei Menschen umfassen würde.

»Ich sehe aus wie ein Walross«, stieß ich mit einem Seufzen aus und faltete meine Hände über meinem gewölbten Bauch zusammen.

»Aber ein sehr attraktives Walross«, antwortete er neckend und gab mir einen Kuss.

»Danke aber auch.« Ich musste lachen.

»Ich finde, es steht dir.« Er beugte sich noch näher heran und drückte auch meinem Bauch einen Schmatzer auf.

Ich kicherte. »Als könnte eine Babykugel auch nur irgendjemandem gut stehen«, sagte ich naserümpfend, konnte aber nicht aufhören, zu strahlen.

»Dir schon.« Liebevoll lächelte er mich an. »Kaum zu glauben, wie schnell die Zeit vergeht. Jetzt ist es schon ein Jahr her.«

Ohne genauer darauf einzugehen, war mir natürlich sofort klar, worüber er sprach. Noch immer überzog mich eine Gänsehaut, wenn ich an den Autounfall dachte.

»Ich bin dankbar für jeden Tag.«

»Du hattest unvorstellbares Glück.« Er legte seinen Arm schützend um mich. Dabei umhüllte mich ein angenehmer Schokoladenduft. Vermutlich hatte ihm zuvor Leona ein paar Weihnachtsleckereien an ihrem Stand aufgeschwätzt.

»Als ich im Krankenhaus lag, dachte ich oft darüber nach, was gewesen wäre, hätte ich an dem Tag nicht die Wahrheit über Lionel gesagt und die Oper nicht verlassen.« Man konnte nicht wissen, was das Schicksal für mich bereithielt. Wäre ich Lionel nicht begegnet, hätte ich vermutlich nie die Wahrheit ans Licht gebracht und womöglich wäre ich sogar in New York geblieben.

»Vermisst du die Kompanie sehr?«

Nachdenklich legte ich meinen Kopf an Dylans Schulter. »An manchen Tagen. Immerhin waren sie so lange meine Familie und mein Leben. Aber an diesem Tag letzten Winter habe ich begriffen, dass sich ihre Werte nicht mehr mit den meinen vereinbaren lassen. Alexis wusste, was Lionel mir angetan hatte, und dennoch hat er ihm erlaubt, mit Brittney zu arbeiten. Ganz habe ich ihm das wohl noch immer nicht verziehen.« Wenigstens hatte Lionel seine gerechte Strafe erhalten. Nach meiner Aussage hatten sich schnell auch weitere Opfer gemeldet.

»Auch wenn es egoistisch ist. Ich bin froh, dass du geblieben bist«, raunte mir Dylan zu.

»Es war das einzig Richtige. Genauso wie die Tanzschule. Ich weiß, Madame Joan wäre froh darüber, dass wir sie wiederaufgebaut haben.«

Obwohl ihr unerwarteter Tod nun schon über ein halbes Jahr her war, füllten sich meine Augen mit Tränen. Heute würde die erste Winterballettaufführung ohne sie stattfinden. Ich erinnerte mich daran zurück, wie ich nach meiner Knöchelverletzung zurück nach Maple Valley gekommen war. Damals hatte Mom prophezeit, dass ich in wenigen Wochen wieder auf der Bühne stehen würde. Sie hatte unrecht gehabt. Stattdessen hatte sich mein

Leben ein weiteres Mal um 180 Grad gewendet. Doch so steinig der Weg auch gewesen war und so sehr mir so mancher Verlust schmerzte – ich war glücklich, da, wo ich heute stand. Und glücklich zu sein ist schließlich das Wichtigste. Darauf kommt es im Leben an. Egal ob einem die Karriere oder die Liebe das Glück brachte. Keines davon war besser, nur anders. Und was soll falsch daran sein, auf eine andere Art und Weise glücklich zu sein? Früher war ich immer davon ausgegangen, dass es nur einen richtigen Weg gäbe, doch das glaubte ich mittlerweile nicht mehr. Es gab nun mal kein Geheimrezept, um glücklich zu sein. Daher konnte ich unglaublich froh sein, Dylan gefunden zu haben.

»Joan wäre sehr stolz auf dich«, sagte Dylan leise.

Um nicht doch noch in Tränen auszubrechen, wechselte ich das Thema. »Ally war gestern ganz neben der Spur. Sie hat Adam wiedergesehen. Das erste Mal, seit er von seiner Weltreise zurückgekommen ist.«

»Oje. Da ist Ärger vorprogrammiert.« Verhalten lachend fuhr er sich durch die Haare. »Ich bin froh, diesen ganzen Datingkram hinter mir zu haben.«

»Ich hoffe ehrlich gesagt, dass sie wieder zueinanderfinden. Vielleicht war die vorübergehende Trennung genau das Richtige. Als ich ihn das letzte Mal sah, kam er mir viel erwachsener vor. Die Reise hat ihm gutgetan.«

»Das klingt, als wärst du selbst gerne auf Weltreise gegangen.«

Schulterzuckend strich ich mir über den Bauch. »Ich habe bereits so viel von der Welt gesehen, jetzt ist erst mal diese Reise hier das Wichtigste.«

»Damit machst du mich zum glücklichsten Mann auf der Welt.«

»Dann muss ich ihn also nicht auf einer Weltreise erst suchen?«, neckte ich ihn grinsend.

»Er steht genau vor dir.«

Glücklich schmiegte ich mich in seine Arme. Wenn mir der Autounfall eines gezeigt hatte, dann, dass das Leben kurz und kostbar war. Ich hatte mich bewusst dafür entschieden, jede Sekunde davon mit der Liebe meines Lebens zu verbringen.

»Ich könnte nicht glücklicher sein. Dennoch fehlt mir das Tanzen. Wenn ich mich bewege, fühle ich mich wirklich wie ein Walross. Tanzen war für mich wie Fliegen. Ich bin einfach über den Boden geschwebt, nicht wie ein Walross geschwankt.« Obwohl ich dabei lachte, traf es ziemlich genau die Wahrheit.

»Weißt du, was meine Mutter immer gesagt hat?«

Mit dieser ernsten Frage hatte ich nicht gerechnet. Amüsiert fragend hob ich die Augenbrauen.

»Liebe wie ein Luftballon – fliege.«

»Und wie genau funktioniert das?«

»Du musst dich nur immer wieder daran erinnern, was dich glücklich macht. Wenn ich dich ansehe, habe ich das Gefühl, zu fliegen.« Ich erwartete einen Kuss, aber stattdessen entfernte er sich einige Schritte. Dann kam er mit einem roten Plakatschreiber, den die Kinder für das Beschriften der Bühnenbilder verwendet hatten, zurück.

»Was wird das?«, fragte ich und beäugte ihn gleichermaßen skeptisch wie belustigt.

»Eine kleine Erinnerungshilfe.« Ohne auf meine Erlaubnis zu warten, bückte er sich und zeichnete flink einen Luftballon auf eine Seite meines Schuhs.

»Dylan«, rief ich empört, zog meinen Fuß aber nicht zurück. Das Lächeln, das er mir daraufhin schenkte, zog mich viel zu sehr in seinen Bann.

»Solange du deine Spitzenschuhe nicht anziehen kannst, soll dich dieser Luftballon daran erinnern, dass du immer fliegen kannst, solange du liebst.«

Danksagung

Es ist drei Uhr in der Nacht, und ich kann kaum glauben, dass meine Reise mit Maddie und Dylan nun zu Ende geht. Dass diese Geschichte nun allerdings auch in die Hände von Leserinnen und Lesern gelangt ist, verdanke ich einigen wunderbaren Menschen.

Ein riesengroßes Dankeschön möchte ich dem großartigem Piper-Team aussprechen. Vor allem an Barbara und Christiane, die mich durch die spannende Zeit begleitet haben. Ebenso vielen herzlichen Dank an Diana Napolitano für das tolle Lektorat.

Durch den Überarbeitungsprozess haben mich meine lieben TestleserInnen begleitet. Hierbei ein ganz besonders großes Dankeschön an Flavia. Danke, dass ich immer auf dich zählen kann!

Aber ohne meine Schreibbuddys Katelyn und Sandra hätte ich vermutlich nie die Motivation aufgebracht, das Buch zu Ende zu schreiben. Tausend Dank, Sandra, dass ich dich egal zu welcher Uhrzeit mit Fragen nerven und immer auf deine ehrliche Meinung vertrauen kann.

Danke an Kathi und Chris, die mir bei Pferde- und Medizinwissen ausgeholfen haben und mich mit einem Glas *Hugo* beruhigen können, selbst wenn die Deadline schon wieder bedrohlich näher rückt.

Aber besonders dankbar bin ich für meine Familie (wegen der ich Weihnachten so sehr liebe). Danke, dass ihr mich immerzu unterstützt und für mich da seid.

Bis zum nächsten Buch, eure Kathi.